銀河帝国の興亡１

アシモフ

１万2000年の繁栄を誇る人類の大帝国に、没落の影が兆していた。このとき現れた天才、心理歴史学者ハリ・セルダンは、３万年に及ぶ暗黒時代の到来を予見した。銀河帝国が崩壊すれば各星系は小国に分裂し、知識も技術も失われてしまう。それを阻止することは不可能だが、その期間を短縮することはできる。彼は〈セルダン・プラン〉を提唱し、銀河のすべてを記載する『銀河百科事典《エンサイクロペディア・ギャラクティカ》』の編纂にとりかかる。だがセルダンは帝国首都トランターから辺境の惑星テルミヌスへ追放されてしまった。そしてこのテルミヌスこそが銀河文明再興の拠点、〈ファウンデーション〉となるのだ。20世紀ＳＦ史にその名をとどろかす不朽の三部作。

銀河帝国の興亡 1

風雲編

アイザック・アシモフ
鍛 治 靖 子 訳

創元ＳＦ文庫

FOUNDATION

by

Isaac Asimov

1951

目次

銀河帝国の興亡1

風雲編

第一部　心理歴史学者《サイコヒストリアン》

1

ハリ・セルダン　……銀河紀元《ギャラクティック・エラ》一一九八八年生、一二〇六九年没。現在一般に使用されているファウンデーション紀元《エラ》に換算するならば、これはFE前七九年―後一年に相当する。アークトゥルス星域の惑星ヘリコンにおいて中流家庭に生まれ（信憑性には乏《とぼ》しいものの、彼の父親は当惑星において煙草《たばこ》の水耕栽培をおこなっていたといわれている）、幼少時からめざましい数学の才能を発揮した。その才能に関する逸話《いつわ》は無数に語られているが、中には相矛盾《あいむじゅん》するものも少なくはない。たとえば、彼は二歳にして……

……彼のもっとも偉大な業績が心理歴史学《サイコヒストリー》の分野にあることは語るまでもなく明らかである。セルダンは曖昧な公理の集合にすぎなかった当分野を深遠なる統計科学となし……

……彼の生涯を記した現存する文献に関しては、ガアル・ドーニックによる伝記が最高と目《もく》されている。ドーニックはまだ青年であったころ、セルダンが死去する二年前に、かの偉大なる数学者にまみえたのである。その会見の物語は……

銀河百科事典《エンサイクロペディア・ギャラクティカ》

＊本書における銀河百科事典《エンサイクロペディア・ギャラクティカ》からの引用はすべて、テルミヌスに拠点をおく銀河百科事典《エンサイクロペディア・ギャラクティカ》出版社がFE一〇二〇年に発行した第一一六版より、同社の許可を得て転載したものである。

彼の名はガアル・ドーニック、一介の田舎《いなか》の若者にすぎず、これまでトランターを見たことはない。つまり、現実のトランターをということだ。ハイパー・ヴィデオでは何度も見ているし、皇帝戴冠《たいかん》式や銀河系議会の開会式を記録したすばらしい立体ニュースを見たことだってある。生まれてこのかた青の漂礫域《ブルー・ドリフト》末端の恒星をめぐる惑星シンナックスを一度も出たことがなくとも、文明から切り離されているわけではない、もちろんだ。この時代、銀河系でそんな場所など存在し得ないだろう。

当時、銀河系には二千五百万近い人類居住惑星があり、トランターに玉座《ぎょくざ》を据える帝国に忠誠を誓わぬものはひとつとしてなかった。そしてそれは、その言《げん》が通用する最後の半世紀でもあった。

ガアルにとってこの旅は、疑いもなく若い学者人生における頂点となるものだった。これまでも宇宙に出たことはあるのだから、単なる移動手段にすぎない航行そのものにはたいして興味はわかない。とはいえ、宇宙旅行といっても、博士論文に必要な隕石漂積《いんせきひょうせき》構造に関するデータを得るため、シンナックス唯一の衛星まで出かけたことがあるだけなのだが。それでも、航行距離が五十万マイルであろうと五十万光年であろうと、宇宙旅行は宇宙旅行だ。

単なる惑星間旅行では体験できないハイパースペース・ジャンプを前にして、少しばかり緊張がこみあげてきた。ジャンプはいま現在、唯一の実用的な恒星間旅行手段であるが、おそらくは未来においても永久にそうでありつづけるだろう。通常空間の旅は光の速度を超えることができないため（これは忘れられた人類史の黎明《れいめい》期より知られている科学的知識のひとつだ）、もっとも近い居住星系間を移動するにも数年がかりとなる。だが空間でも時間でもなく、物質でもエネルギーでもなく、有でもなく無でもない想像を絶する領域である超空間を抜けることによって、人はつぎの一瞬を迎えるあいだに銀河系を横断することができるのである。

ガアルは腹の中に小さな不安をそっと丸めて最初のジャンプを待ったが、それはかすかな震動をもたらしただけで終了し、体内のわずかな衝撃も感じたと思うまもなく消えてしまった。それだけだった。

そのあとには、一万二千年にわたる帝国の発展がもたらしたすばらしい産物、輝く巨大宇宙船と、ガアル自身が残されているばかりだ。数学における博士号をつい最近取得し、謎めいた大規模な〈セルダン・プロジェクト〉に参加するべくトランターにくるよう、かの偉大なるハリ・セルダンより招聘《しょうへい》を受けた青年である。

ジャンプが失望に終わったあと、ガアルはひたすらトランターの最初の眺望を得ることを期待して展望室に入り浸《びた》った。告知された時間になるとスティール製のシャッターがあがる。彼は必ずその場にいて、硬質な星々の輝きをながめたり、とつぜん凍《こお》りついて永久に静止した巨大な蛍《ほたる》の群れのような、信じがたいほどぼんやりと霞《かす》んだ星団の集まりを楽しんだりした。一度などはガス星雲に五光年ほどの距離まで接近したため、窓の外に冷たく青白い煙が薄いミルクのようにひろがって、室内を氷のように染めあげたこともある。だがそれも、二時間後、つぎのジャンプをおこなったあとには見えなくなった。

はじめて目にしたトランターの太陽は、同じような無数の星の中に埋もれた冷やかな白い光点にすぎず、船のガイドの指摘がなければ見わけることもできなかった。銀河系の中心に近いこのあたりでは星々が密集しているのだ。だがその光点はジャンプのたびに明るさを増し、ほかの星々はしだいに圧倒されて色を失い、薄れていった。

ひとりの士官がやってきて告げた。

「これより展望室は閉鎖されます。下船の用意をしてください」

ガアルはあとを追って、帝国の〈宇宙船と太陽〉記章をつけた白い制服の袖《そで》をつかんだ。

「ここにとどまってはいけませんか。トランターを見たいんです」

士官が微笑したので、ガアルは少しばかり赤くなった。田舎の訛《なま》りが出てしまったのかもしれない。

「朝にはトランターに着陸するよ」

「いえ、ぼくは宇宙からのトランターが見たいんです」

「ああ。宇宙ヨットならそれもできるんだけれどね。残念ながらわれわれは太陽の側を旋回降下するんだ。いっぺんに目がつぶれ、火傷《やけど》を負い、放射線を浴びることになる。きみだってそれはいやだろう」

ガアルは展望室を去ろうとした。士官が背後から声をかけた。

「どっちにしても、トランターはぼんやりとした灰色の染みだよ。着陸してからスペース・

ツアーを申しこんだらどうかな。料金もそんなに高くないから」

ガアルはふり返った。

「ありがとうございます」

がっかりするのは子供じみているが、子供っぽさというものは子供と同様、大人にも自然に訪れるものだ。咽喉《のど》に何かが詰まったような気分だった。ガアルは信じがたいほど広大にひろがる実物大のトランターを一度も見たことがなく、そして、さらに待たされることになるとは考えてもいなかったのだ。

2

雑多な騒音の中で船が着陸した。金属の船殻《せんかく》を切り裂くようにこすっていく大気の音が遠く聞こえる。摩擦熱と戦う調整器の安定したうなりと、減速するエンジンのしだいに鈍《にぶ》くなる重低音。下船室に集まった人々の話し声。手荷物や郵便物や貨物を船の機軸に運びこむウインチのきしみ。それらはその後、荷卸《におろ》し用デッキに移されることになる。

ガアルが感じているかすかな震動は、船がもはや自立的な動きをしていないことを示している。船内重力は何時間も前から惑星重力にとってかわられている。何千人もの乗客が辛抱強く待機していた下船室は、重力の方向が変わるたび発生する力場に応じて回転し、位置を調整していたのだが、その乗客たちもいまや、大きく口をあけたエアロックにむかってカーヴする斜路をゆっくりとくだっている。

ガアルの荷物はわずかだった。デスクの前に立って、それらが手際よくすみやかにひらかれ、またまとめられるのを待つ。査証《ビザ》が調べられ、スタンプが押される。だがそうした手続きも、彼の目にはまるではいっていなかった。

これがトランターなのだ！　故郷の惑星シンナックスよりも、空気がわずかに濃く、重力も少しだけ大きいが、すぐに慣れるだろう。だが、このものすごいスケールに慣れることはできるだろうか。

到着用ビルは途方もなく巨大だった。天井はほとんど目にはいらないくらい高く、雲ですらその下で生成されるのではないかと思えるほどだ。むこう端の壁は見えず、人とデスクのならんだ床がどこまでもつづき、靄《もや》の中に消えている。

デスクの男がふたたび口をひらいた。声にいらだちがまじっている。

「さきに進みたまえ、ドーニック」

男はもう一度査証《ビザ》をひらかなくては彼の名前も思いだせないようだった。

「どこへ――行けば――」

デスクの男がぐいと親指をひねった。

「タクシーは、右に行って三番めを左」

そのとおりに進むと、何もない空中高くで空気がよじれ、輝く文字を綴《つづ》っているのが目にはいった。〈全方面行きタクシー〉と読める。

ガアルが去ったあとのデスクに、人混みの中からひとつの影が抜けだして近づいていった。デスクの男が顔をあげ、短くうなずく。人影は会釈《えしゃく》を返し、若き入国者のあとを追った。そして、まんまとガアルの目的地を盗み聞いたのだった。


気がつくとガアルは手すりにきつく押しつけられていた。小さな標示には〈管理人〉と書かれている。その言葉が示す男は顔もあげずにたずねた。

「目的地は?」

どう答えればいいのだろう。だがほんの数秒ためらっただけで、ガアルの背後には長い行列ができている。

管理人が顔をあげた。

「目的地は?」

所持金は少ないものの、今夜ひと晩をのりきれば、明日からは仕事につける。できるだけ平然と答えた。

「どこかよいホテルをお願いします」

管理人は感銘を受けたようすもない。

「すべてよいホテルです。ひとつ選んでください」

ガアルは自棄《やけ》になって答えた。

「ではいちばん近いのをお願いします」

管理人がスイッチに触れると、フロアに細い光の筋があらわれた。さまざまな色や光度で明滅する幾本ものラインとからまりあいながら、ずっとさきまでのびている。ガアルの手に、かすかな光を放つチケットが押しこまれた。

「一・一二クレジット」管理人が言った。

ガアルはごそごそと硬貨をとりだした。

「どこへ行けばいいんですか」

「その光をたどっていきなさい。正しい方向に進んでいれば、チケットが光る」

ガアルは顔をあげて歩きはじめた。広大なフロアでは何百人もが自分の光をたどり、交差地点にくるたび緊張しながらむきを変えて、それぞれの目的地にむかっている。

光が終わった。汚れることのないプラスト繊維を使ったぎらぎら光る青と黄色の真新しい制服を着た男が、ガアルのふたつの鞄《かばん》に手をのばして告げた。

「ルクソールに直行します」

ガアルを追っていた男もそれを聞いた。男はまた、「ああ、よろしく」というガアルの返事も耳にし、彼が鼻の丸い乗り物に乗りこむさまをじっと監視していた。

タクシーは垂直に浮上した。ガアルは透明な曲面ウィンドウから外をながめ、閉鎖された建造物の中でエアカーを飛ばすことに驚嘆しながら、思わず運転席の背にしがみついた。広大な空間が一気に縮小し、人は散らばる蟻の群れとなった。景色がさらに縮まり、後方に流れていく。

壁があらわれた。前方のスペース上半分をさえぎるようにひろがり、上端は視野のはるか彼方《かなた》までそびえたっている。蜂の巣のように無数のトンネルが口をあけている。ガアルのタクシーはそのひとつにむかい、とびこんだ。ガアルは一瞬、運転手はいったいどうやってあんなにも多くの穴の中からこのトンネルを選びだしたのだろうとぼんやりいぶかしんだ。

外は真《しん》の闇で、ときおり色のついた信号灯が通りすぎて闇をやわらげるばかりだ。空気を切り裂く音がとっぷりと車全体を包んでいる。

減速したため、身体《からだ》が前のめりになる。そのときタクシーがぽんとトンネルを抜けだし、ふたたび地上レベルにまで降下した。

「ルクソール・ホテルです」運転手が言わずもがなの事実を告げる。

そしてガアルを手伝って荷物をおろし、きわめて事務的に十分の一クレジットのチップを受けとると、待っていた客を乗せてふたたび浮上した。

下船の瞬間からいまにいたるまで、ガアルは一片の空も見てはいなかった。

3

トランター……十三千年紀《ミレニアム》初頭においてこの傾向は最高潮に達した。数百世代にわたってかわることなく帝国政府の中心でありつづけ、もっとも人口密度が高く産業的にも発展した諸惑星を有する銀河系中心部の星系内に位置するため、人類にとってかつてないほどの人と物資と富がこの惑星に集中したのは必然であった。

都市化現象は着実に進展し、ついに極限に達した。広さにして七千五百万平方マイルにおよぶトランターの陸地面積全域が、ひとつの都市となったのである。人口は最大時において四百億を優に超えた。この膨大な人口のほぼすべてが帝国の行政管理に携《たずさ》わっていたのであるが、業務の煩雑《はんざつ》さを考えると、その人数でさえあまりにも少なすぎた（帝国末期、皇帝たちの凡庸《ぼんよう》な指導力により帝国統治がとどこおったことが、帝国衰亡の大きな要因となったことは記憶されなくてはならない）。日々何万という船団が二十の農業惑星の産物をトランターの晩餐《ばんさん》の食卓に運び……

食料と、実質上生活必需品のすべてを外惑星に依存していることで、トランターは徐々に包囲攻撃に対して脆弱《ぜいじゃく》となっていった。帝国最後の千年紀《ミレニアム》、幾度もくり返される同じような叛乱によって歴代皇帝はこれに気づき、その結果、帝国政治はトランターの繊細な頸《けい》静脈を守ろうとするだけのものになりさがり……

銀河百科事典《エンサイクロペディア・ギャラクティカ》

ガアルには、太陽が照っているのかどうか、それをいうならば、いまが昼なのか夜なのかもわからなかった。そんなことをたずねるのは恥ずかしい。惑星全体が金属の下で生活をくりひろげているようなものなのだ。ついさっきの食事はランチとなっていたが、多くの惑星ではだいたいにおいて、いろいろと不都合を生じる昼夜の推移に関わりなく標準時間を使用している。惑星の自転速度はそれぞれであり、ガアルはトランターのそれを知らなかった。〈サンルーム〉の表示を見つけ、大喜びでその表示をたどっていったものの、結局それは人工光を浴びるための部屋にすぎなかった。ガアルは一、二分うろうろしただけで、すぐにルクソールのメイン・ロビーにもどった。

「惑星ツアーのチケットはどこで買えるでしょう」客室係にたずねた。

「こちらで承《うけたまわ》っております」

「出発はいつですか」

「たったいま出発したところでございます。つぎの便は明日になります。いまチケットをご購入になれば、席をお取りいたしますが」

「そうですか」

明日では遅すぎる。明日は大学に行かなくてはならない。

「展望タワーとか——何かそうしたものはありませんか。つまり、〝外〟に出られるところは」

「ございますとも！　よろしければチケットもお取りできます。いま雨が降っているかどうか、お調べいたしますね」

客室係は肘《ひじ》のそばのスイッチをいれ、艶《つや》消しスクリーンに流れていく文字をたどった。ガアルもいっしょに目を通した。

「好天です。そういえばいまは乾季でしたね」客室係は気さくに言葉をつづけた。「わたしは外に出たいなんて思いませんがね。最後に外に出てからもう三年になります。一度見たら充分、まあそれだけのことですね——はい、チケットです。奥に専用エレベーターがございます。〈タワー行き〉と書いてありますので、それにお乗りください」

そのエレベーターは重力反発作用で稼働する新しいタイプのものだった。ガアルが乗りこんだあとからも、つぎつぎ人がはいってくる。オペレーターがスイッチをいれた。重力がゼロになり、一瞬、宙に浮いたように感じたものの、エレベーターが上にむかって加速するにつれて少しずつ体重がもどってきた。減速がはじまると、足が床から離れた。思わず悲鳴が漏れた。

「足をバーにひっかけてください。掲示が読めないんですか」オペレーターが声をあげた。

ほかの人たちはみなそうしている。そして、懸命に壁をつたいおりようとしながら果たせずにいる彼を見て、にやにや笑っている。浮きあがった彼らの靴は、二フィート間隔で床に平行に設置されたクロム製のバーにひっかかっている。ガアルもエレベーターに乗ったときにバーがあることには気づいていたのだが、わけがわからないまま無視してしまったのだ。

そのとき一本の手がのびてきて、彼をひきおろしてくれた。

あえぎながら礼を言っているあいだに、エレベーターが停《と》まった。

足を踏みだすと、目が痛くなるような白くまばゆい光があふれるオープンテラスだった。ついさっき助けてくれた手の持ち主が、すぐうしろにつづく。

「席ならたくさんありますよ」男が親切に声をかけてくれた。

ガアルは口を閉じた。驚きのあまりぽっかりとあいていたのだ。

「そうみたいですね」

機械的にベンチにむかって歩きだし、それからぴたりと足をとめた。

「その、ぼくは手すりのところで——少しながめていたいんですけれど」

男が気さくに手をふったので、ガアルは肩の高さの手すりから身をのりだし、ひろがる眺望を全身でとっぷりと味わった。

地面は見えない。絶えず増殖している複雑な人工建造物の下に埋もれている。地平線もなく、ほとんど均一な灰色の金属だけが空の下でどこまでもひろがっている。この惑星の陸地はすべてこうなのだ。動くものもほとんどなく、レジャー用の乗り物が何台か、のんびりと浮かんでいるばかりだ。だが、何百億という人々の忙しい往来のすべてが、この世界を包む金属被膜《ひまく》の下でおこなわれていることを、ガアルは知っていた。

緑は見えない。緑も土もなく、人間よりほかの生物もいない。この惑星のどこか、緑の木木と虹のような花々のあふれる百平方マイルの自然土の真ん中に皇帝の宮殿があることは、漠然《ばくぜん》と理解している。鋼鉄の海に浮かぶ小島のようなものだが、彼がいま立っているところからは見えない。彼にはわからないが、一万マイルも遠いところなのかも知れない。

いずれそのうちに行ってみよう！

音をたてて大きなため息をついた。改めて実感する。ほんとうにトランターにきたのだ。銀河系すべての中心にして人類の核たる惑星。弱点があるかもしれないなどとは考えもしない。食料を運んでくる船の離着陸も見えない。四百億のトランター住民を銀河系のその他の部分とつないでいるもろい頸静脈にも気づいていない。彼の目に映っているのはただ、ひとつの惑星を傲慢《ごうまん》にも徹底的に征服してのけた、人類による最大の偉業だった。

ぼんやりしたまま手すりのそばを離れた。エレベーターで知りあった男が隣の席を勧《すす》めてくれたので、そこに腰をおろした。

男がにっこりと笑った。

「わたしはジェリルという。トランターははじめてなのかい」

「そうです、ミスタ・ジェリル」

「だろうと思った。ジェリルはわたしのファースト・ネームだよ。詩人の魂《たましい》をもっていたらトランターはぐっとくるだろうね。もっとも、トランター人はけっしてここにはあがってこないが。嫌いなんだよ。神経に障《さわ》るって」

「神経に！――ああ、ぼくはガアルといいます。どうして神経に障るんですか。こんなにすばらしいのに」

「主観的な意見の相違だね、ガアル。狭いブースで生まれ、廊下で育ち、独房で働き、こみあったサンルームで休暇をすごしていた人間が、頭上に空しかないような〝外〟に出たら神経障害を起こすじゃないか。子供は五歳になったら年に一度ここにあがることになっているんだけれどね。それが役に立っているかどうかはわからない。事実、それじゃまったく足りていないからね。最初の何回かは悲鳴をあげてヒステリーを起こしているよ。乳離れしてすぐからはじめて、週に一度は連れてくるようにするべきじゃないかな」

男はさらに話しつづけた。

「もちろん、現実にはなんの問題もない。まったく外に出ないんだからね。みな内側で幸せに暮らし、帝国を運営していくのさ。ここの高度がどれくらいだか、知っているかい？」

「半マイルくらいですか？」答えてから、無邪気《むじゃき》すぎたかと心配になった。

きっとそうだったのだろう、ジェリルが小さく笑った。

「いいや。たったの五百フィートさ」

「ほんとですか。でもさっきのエレベーターは――」

「そうだね。だが、あの上昇時間の大半は地表レベルにあがるためのものなんだよ。トランターは一マイル以上も地下にもぐっているんだ。氷山みたいなものさ。十分の九は見えないところにある。沿岸地帯では数マイルにわたって海の下にまで侵出《しんしゅつ》しているよ。実際問題として、これだけ深くもぐっているおかげで、地表レベルと地下数マイルの温度差を利用して、必要なエネルギーすべてをまかなってもいる。知っていたかい」

「いいえ、核エネルギー発電を使っているんだと思っていました」

「以前はそうだったよ。だがこのほうが費用がかからないのでね」

「ああ、そうでしょうね」

「きみはそうしたことすべてをどう思う？」

一瞬、男の気さくさが消えて小賢《こざか》しさがあらわれた。狡猾《こうかつ》とすらいえそうだ。

「すばらしいと思います」ガアルは口ごもりながらさっきの言葉をくり返した。

「ここへは休暇できたのかな。旅行？　観光？」

「いえ、そういうわけでは――少なくとも、以前からずっとトランターを訪れたいと思っていました。でも、今回ここにきたのは仕事のためです」

「仕事って？」

ガアルはしかたなくさらに説明した。

「トランター大学でセルダン博士のプロジェクトに参加します」

「レイヴン・セルダンか」

「いえ、ちがいます。ぼくが言っているのはハリ・セルダン博士です――心理歴史学者の。レイヴン・セルダンという人は知りません」

「わたしが言っているのもハリだよ。大鴉《レイヴン》と呼ばれているのさ。一種の綽名《あだな》だな。いつも災害を予言しているからね」

「そうなんですか?」ガアルは心底びっくりした。

「ちゃんと知っておきたまえ」ジェリルの顔に笑みはない。「きみは彼と働くためにきたんだろう?」

「ええ、そうです。ぼくは数学者なんです。なぜ災害を予言したりするんでしょう。どんな災害なんですか」

「どんな災害だと思う?」

「まったく見当もつきません。セルダン博士とそのグループが発表した論文は読んでいます。数学的理論に関するものでした」

「そうだね、連中はそういうものを発表しているね」

ガアルはだんだん腹が立ってきた。

「ぼく、もう部屋にもどります。お会いできて楽しかったです」

ジェリルは無造作に手をふって別れを告げた。

部屋にもどると、ひとりの男が彼を待っていた。その一瞬、ガアルは驚きのあまり、口もとまできていた「ここで何をしているんですか」という当然の問いを言葉にすることができなかった。

男が立ちあがった。老人で、ほとんど髪はなく、足をひきずっているものの、その目は青く炯々《けいけい》と輝いている。ガアルの混乱した脳がその顔を、幾度となく写真で見てきた記憶とならべるよりも一瞬はやく、男が告げた。

「わたしはハリ・セルダンだ」

4

心理歴史学《サイコヒストリー》……ガアル・ドーニックは非数学的概念を用いて心理歴史学を定義した。すなわち、一定の社会的・経済的刺激に対する人間集団の反応を扱う数学の一分野で……

……これらすべての定義において、扱われる人間集団が統計処理を適切におこなえるだけの大きさを有していることが、絶対的仮定条件とされる。必要な人間集団の大きさは、〈セルダンの第一定理〉によって定められ……さらに必要な仮定条件として、人間集団の反応が真《しん》に無作為であるために、その集団自体が心理歴史学的分析を認識していないことがあげられ……

心理歴史学がすべて正当であるためには、セルダン関数の展開がその基礎としておかれなくてはならない。セルダン関数の表示する特性はそれらの社会的・経済的力と合致し……

銀河百科事典《エンサイクロペディア・ギャラクティカ》

「はじめまして、博士。ぼくは——ぼくは——」

「顔をあわせるのは明日だと思っていたのかな。通常ならばそうなっていた。だが、きみのプロジェクト参加を確実にするには、いそいで行動せねばならなくなったのだ。新人獲得がどんどん困難になるよ」

「お話がよくわからないのですが」

「展望タワーで、ある男と話をしただろう」

「はい。ファースト・ネームはジェリルだと言っていました。それ以上のことは知りません」

「名前はどうでもいい。あの男は公安委員会のエージェントだ。宙港からきみを尾行してきた」

「でもどうしてですか。すみません、まったくわけがわかりません」

「タワーの男はわたしのことを何も話さなかったのかな」

ガアルはためらった。

「博士のことをレイヴン・セルダンと言っていました」

「その理由も話したかな」

「博士が災害を予言するからと」

「確かにわたしは災害を予言している――きみはトランターをどう思うね」

誰もかれもがトランターの感想を求めてくる。ガアルはほかにどうしようもなく、率直な言葉で答えた。

「すばらしいです」

「何も考えずに答えているね。心理歴史学はどうしたのだ」

「この問題に適用することは考えていませんでした」

「わたしのもとにいるあいだに、あらゆる物事に心理歴史学を適用することを学ぶのだね
——見たまえ」

セルダンはベルトのポーチから計算パッドをとりだした。目が覚めたときに使えるよう、いつも枕の下に一台いれていると噂《うわさ》だ。使いこまれ、灰色の表面がわずかに光沢を失っている。老齢による染みの浮いたセルダンの指が、パッドを縁取る硬質プラスティックにそって敏捷《びんしょう》に動いた。灰色の中に赤く輝く記号が浮かびあがる。

「これは現在の帝国の状態をあらわしている」

そして彼は待った。

「もちろん、完全にあらわしているわけではありませんよね」ガアルはやっとのことで答えた。

「ああ、完全ではない」とセルダン。「わたしの言葉を盲目的に受け入れないのはよいことだ。しかしながらこれは、命題の立証に役立つ近似値だ。それは認めるね」

「あとで導関数の検証をさせていただけるなら、認めます」仕掛けられているかもしれない罠《わな》を慎重にかわす。

「よろしい。これに既知のさまざまな可能性を加えてみよう。皇帝暗殺、総督の叛乱、経済不況の再発、惑星探査率の減少……」

彼はさらにつづけた。項目をあげてパッドに触れるたびに新しい記号がともり、基本関数の中に溶けこんで拡張・変化させていく。

ガアルは一度だけそれをとめた。

「その規定変換の妥当性が理解できません」

セルダンがもう一度、いまの操作をゆっくりとくり返した。

「でもそれは禁じられた社会学的演算を使ったものです」

「よろしい。きみは頭の回転がはやいね。だがまだ充分ではない。この関連性においては禁じられていないのだよ。ではこれを展開させてみよう」

その処理にはさらに長い時間がかかった。結果が算出され、ガアルは謙虚な気持ちで認めた。

「はい、やっと理解できました」

ようやくセルダンが手をとめた。

「これは五世紀未来のトランターだ。きみはこれをどう解釈するね。どうかな」そして首をかしげて答えを待った。

ガアルは信じられない思いで答えた。

「完全な滅亡です！　でも——でも、そんなことはあり得ません。トランターはこれまで一度だって——」

セルダンは身体だけが年老いてしまった人間に特有の、強烈な興奮にとらわれているようだ。

「さてさて。どのように結果が導きだされたかはきみも見ただろう。それを言葉にしたまえ。いまは記号体系を忘れて」

「特殊化が進めば、トランターはより弱体化し、自己防衛力も失われていきます。加えて、帝国の行政中心地としての役割が増せば増すほど、戦利品としての価値はますます高くなります。帝位継承が不安定になり、豪族間の争いが激化するにつれて、国としての社会的責任が果たされなくなります」

「いいだろう。では、五世紀以内に完全に滅亡する確率は？」

「わかりません」

「もちろんフィールド微分《びぶん》計算はできるのだろう？」

プレッシャーがかかる。計算パッドは貸してもらえなかった。目の前一フィートのところにあるというのに。猛烈な勢いで暗算していると、ひたいがじっとりと汗ばんできた。

「およそ八十五パーセントです」

「悪くないな」セルダンが下唇《したくちびる》を突きだした。「だが、いいというわけでもない。実際の数値は九十二・五パーセントだ」

「だからレイヴン・セルダンと呼ばれているんですか？　でもぼくは、こういう話を学会機関誌で読んだことがないです」

「もちろんないだろう。活字にできるものではない。帝国がこのような形でみずからの不安定さを公表できると思うかね。これは心理歴史学のごく単純な論証にすぎない。だがこうした結論のいくつかが貴族連中に漏れてしまったのだ」

「それは困りましたね」

「必ずしもそんなことはないさ。すべては計算内のことだ」

「でも、だからぼくに捜査官が接触してきたんですか」

「そうだ。わたしのプロジェクトに関係するすべてが捜査対象になっている」

「博士は危険にさらされているんですか」

「ああ、そうだよ。わたしが処刑される確率は一・七パーセントだ。だがもちろん、それでプロジェクトが阻止されるわけではない。それも計算にはいっている。いや、気にしないでくれたまえ。きみは明日、わたしに会いに大学にきてくれるのだろう？」

「はい、うかがいます」ガアルは答えた。

5

公安委員会　……エンタン王朝最後の皇帝クレオン一世暗殺ののち、貴族階級が台頭《たいとう》して権力を握った。そして帝国支配権が不安定に揺らいだ数世紀のあいだに一定の秩序をつくりあげた。その秩序は、主としてチェン家とディヴァート家という二大勢力の支配下で退化の一途《いっと》をたどり、最終的には現体制維持のための盲目的な道具になりさがって……最後の強大な皇帝クレオン二世の即位まで、帝国内の一大勢力たる貴族たちが完全に排除されることはなかった。初代公安委員長は……

……ある意味において、委員会衰退の萌芽《ほうが》は、ファウンデーション紀元がはじまる二年前、ハリ・セルダンの裁判にまでさかのぼることができるといえよう。この裁判に関しては、ガアル・ドーニックによるハリ・セルダンの伝記に語られ……

銀河百科事典《エンサイクロペディア・ギャラクティカ》

ガアルは約束を守ることができなかった。翌朝、彼は低いブザー音で目を覚ました。応答すると、フロント係がいかにも申し訳なさそうな低い声で丁寧に、あなたは公安委員会の命令により拘禁《こうきん》されることになりましたと告げた。

ドアに駆けよったが、もはやあけることはできなかった。こうなればもう、着替えて待つだけだ。

公安委員会の人間がやってきてべつの場所に連れていかれた。それでも拘禁状態であることに変わりはない。質問は丁寧で、すべてが礼儀正しかった。ガアルは説明した。自分はシンナックスの出身で、これこれの学校で教育を受け、これこれの日付で数学の博士号を取得した。そしてセルダン博士のスタッフに応募し、採用されたのだ。彼はくり返しくり返しくり返し、幾度もそうした詳細を語った。そして彼らはくり返しくり返し、〈セルダン・プロジェクト〉

への参加に関する質問へともどっていった。どこで〈プロジェクト〉のことを知ったのか。どのような仕事をすることになっていたのか。どのような秘密の指示を受けとっていたのか。そもそも〈プロジェクト〉とは何なのか。

ガアルはわからないと答えた。秘密の指示など受けていない。自分は学者、数学者だ。政治に関心はない。

最後に、その穏やかな尋問者がたずねた。

「トランターはいつ滅亡するのですか」

ガアルは口ごもった。

「ぼくの知識の範囲内ではわかりません」

「では、べつの人の知識からならわかるのでしょうか」

「べつの人の知っていることがどうしてぼくにわかりますか」身体がかっと熱くなった。苦しいほど熱い。

「誰かからそうした滅亡について聞いているでしょう。時期も確定しているのではありませんか」若者がためらっていると、尋問者はさらにつづけた。「あなたはずっと尾行されていたんですよ。あなたが到着したときも、わたしたちは宙港にいました。約束の時間を待って展望タワーにあがったときもね。そしてもちろん、あなたとセルダン博士の会話も漏れ聞いています」

「だったら、この件に関するセルダン博士の見解はご存じでしょう」

「そうですね。ですがわたしたちは、あなたの口からそれを聞きたいのですよ」

「セルダン博士の見解では、トランターは五世紀のうちに滅びるだろうということでした」

「博士はそれを――その――数学的に証明したのですね」

「ええ、そうです」――喧嘩腰で答える。

「あなたはその――ああ――計算が正しいと考えているわけですね」

「セルダン博士がそう主張なさっているのだから、正しいはずです」

「ではもう一度はじめから」

「待ってください。ぼくには弁護士を呼ぶ権利があります。帝国市民としてその権利を主張します」

「よろしいでしょう」

そして弁護士が呼ばれた。

やってきたのは長身の男だった。ひどく痩《や》せた顔は縦線だけで構成されているかのようで、笑みを浮かべることができるのか心配になるほどだ。

ガアルは顔をあげた。全身がよれよれで、気分は落ちこんでいる。あまりにも多くのことが起こった。トランターにやってきて、まだ三十時間もたっていないというのに。

「わたしはロース・アヴァキム。あなたの代理人を務めるよう、セルダン博士より指示を受けてきました」

「そうなんですか。じゃあ、いいですか。ぼくは即刻皇帝に訴えを送ります。なんの理由もなく監禁されているんです。ぼくはなんの罪も犯してはいません。何ひとつです」手のひらを下にむけてばんと両手を打ちおろし、「皇帝の審問を受けられるよう手続きをとってください、いますぐ」

アヴァキムは平らなフォルダの中身を注意深くとりだし、床の上にひろげている。もしガアルに余裕があれば、それが小型個人用カプセルに挿入《そうにゅう》できるセロメット——薄い金属テープの法定書類であることがわかっただろう。ポケット・レコーダーにも気づいたはずだ。

ガアルの怒りを平然と無視したまま、ようやくアヴァキムが顔をあげて言った。

「委員会はもちろんスパイビームを使ってわたしたちの会話を盗聴しようとします。違法なのですが、連中はまったく気にかけませんね」

ガアルは歯ぎしりをした。

「ですがね」アヴァキムはゆったりと腰をおろした。「わたしがいまテーブルにのせたレコーダーは、見かけはまったくあたりまえで、レコーダーとしての役割も果たすのですが、スパイビームを完全に遮断する付加機能があります。連中もすぐには気づかないでしょうね」

「それじゃもう話をしても大丈夫ということですね」

「もちろんです」

「では、ぼくは皇帝の審問を要求します」

アヴァキムが冷やかな笑みを浮かべた。つまりはこの痩せこけた顔でも笑みを浮かべることはできるわけだ。頬《ほお》に皺《しわ》がよることで、かろうじてそのスペースが確保されるのだろう。

「あなたは地方の出身ですね」

「それでも帝国市民であることにかわりはありません。あなたや、この公安委員会のメンバーに劣らず、立派な市民です」

「ああ、それはもちろんですとも。わたしはただ、あなたは地方の出身だからトランターの現状をご存じないと言いたかっただけです。皇帝の審問はおこなわれていません」

「では、この委員会の仕打ちについて誰に訴えればいいんですか」

「誰にも。事実上、訴えるさきはありません。法に則して形式的に皇帝に訴えることはできますが、審問はおこなわれません。今日《こんにち》の皇帝はエンタン王朝時代の皇帝とはちがうのです。残念ながらトランターは、公安委員会の構成メンバーである大貴族たちに支配されているんですよ。この展開もまた、心理歴史学によって正しく予言されています」

「ほんとうに？　だったら——セルダン博士がトランターの五百年未来の歴史を予言できるのなら——」

「博士は千五百年未来だって予測できますよ」

「一万五千年だっていいです。だったらなぜ博士は昨日、今朝こんなことになるって警告してくれなかったんですか——ああ、すみません」ガアルは腰をおろし、汗ばんだ手のひらに頭を預けた。「心理歴史学は統計科学であって、一個人の未来を正確に予測できないことはぼくもちゃんと理解しています。すみません、取り乱しました」

「いえ、それはちがいますよ。セルダン博士はあなたが今朝逮捕されるだろうことを知っていました」

「なんですって！」

「残念ながら事実です。博士の活動に対する委員会の敵意は激化するいっぽうです。新たに参加しようというメンバーは、ますますひどい妨害にあっています。グラフによると、わたしたちの目的のためには、いま事態を最高潮まで盛りあげるのがいちばんなのです。なのになぜか、このところ委員会の動きは緩慢《かんまん》でした。セルダン博士が昨日あなたを訪問したのは、連中に行動を起こさせるためだったのです。それ以外に理由はありません」

ガアルは息をのんだ。

「それって――」

「怒らないでください。必要だったのです。個人的な理由からあなたを選んだわけではありません。理解してほしいのですが、セルダン博士のプランは十八年以上にわたって練《ね》りあげた数学によって設定されたものであり、有意な確率で起こりうるあらゆる不測の事態を考慮にいれています。これもそのうちのひとつです。わたしがここに送りこまれたのも、恐れる必要はないと伝えるためにすぎません。何もかもうまくいきますよ。プロジェクトはほとんど心配いりませんし、あなたに関してもよい確率が出ています」

「どういう数値ですか」ガアルはたずねた。

「プロジェクトの確率は九十九・九パーセント以上です」

「それで、ぼくの確率は？」

「七十七・二パーセントと聞いています」

「つまり、ぼくが投獄されたり死刑にされたりする確率は五分の一より少ないというわけですね」

「死刑の確率は一パーセント以下です」

「そうなんですか。でも一個人に関する計算は無意味ですよね。セルダン博士に会わせてもらえませんか」

「残念ながらそれはできません。セルダン博士ご自身も逮捕されました」

ガアルが立ちあがって悲鳴をあげるよりもはやく、ドアがばたんとあいて衛兵がはいってきた。テーブルに歩み寄ってレコーダーをとりあげると、あらゆる角度からながめ、ポケットにおさめた。

「それがないと困るんですが」アヴァキムが穏やかに抗議した。

「新しいものを支給しますよ、弁護士先生。妨害フィールドを出さないやつをね」

「だったら、わたしの面会はこれで終わりですね」

出ていく彼を見送り、ガアルはひとり残された。

6

裁判は（ガアルが読んだことのある複雑な裁判と、法律的な共通点はほとんどないものの、たぶんこれは裁判なのだろう）それほど長くはかからなかった。今日はその三日めである。だがガアルはすでに、記憶をさかのぼってそのはじまりを思いだすことができなくなっていた。

ガアル自身はあまり追及されなかった。重砲をむけられたのは主としてセルダン博士だ。だがハリ・セルダンはおちつきはらってその場に座していた。ガアルにとって博士は、この世界に唯一残された不動のものだった。

傍聴人はわずかで、そのすべてが帝国貴族だ。報道関係者と一般人は閉めだされている。そもそも、セルダンの裁判がおこなわれていることを、外部のどれだけの人間が知っているだろう。場内にはひたすら、被告に対する敵意が満ちあふれていた。

一段高くなったデスクのうしろに、緋《ひ》色と金の法服をまとった五人の公安委員がすわっている。頭にぴったりと張りついた輝くプラスティックの帽子が、裁判官であることのしるしだ。真ん中に陣取っているのは委員長のリンジ・チェン。こんなに身分の高い貴族を見るのははじめてだったので、ガアルは魅せられたように彼をながめた。チェンは裁判のあいだほとんど口をひらかなかった。口数が多いと威厳が損なわれると考えているのだろう。

公安委員会の法務官が、セルダンを証言台につかせたまま、ノートを見ながら審理をつづけた。

Q　ではセルダン博士。あなたが指揮しているプロジェクトには何人の人間が関わっているのか。

A　数学者が五十人。

Q　それにはガアル・ドーニック博士もふくまれるか。

A　ドーニック博士は五十一番めである。

Q　では五十一人ということになる。よく記憶をたどりたまえ、セルダン博士。五十二人とか五十三人ということはないか。もしくはそれ以上ということは。

A　ドーニック博士はまだ正式にわたしの組織に加わってはいない。彼が加われば、そのときは五十一人となる。さっきも申しあげたように、いま現在は五十人である。

Q　十万近いということはないか。

A　数学者がか。それはない。

Q　数学者とは言っていない。構成員すべてをあわせれば、十万になるのではないか。

A　構成員すべてというならば、その数字が正しいかもしれない。

Q　かもしれない？　それは事実であろう。あなたのプロジェクトには九万八千五百七十二人が加わっている。

Ａ　女性や子供も数にいれているようだ。

Ｑ　（声を高めて）わたしは九万八千五百七十二人と正確な数字をあげている。ごまかしてはならない。

Ａ　その数字を認めよう。

Ｑ　（ノートを参照しながら）ではその問題はひとまずおいて、すでにかなりの時間にわたって討議しているもうひとつの問題に移ろう。セルダン博士、トランターの未来に関するあなたの考えを、もう一度くり返してほしい。

Ａ　以前も申しあげた。もう一度くり返そう。トランターは今後五世紀のうちに廃墟と化す。

Ｑ　その言葉が不敬《ふけい》にあたるとは思わぬのか。

Ａ　思わぬ。科学的真理は敬不敬を超えたところにある。

Ｑ　おのが発言が科学的真理をあらわしていると確信しているのか。

Ａ　確信している。

Ｑ　いかなる根拠によってか。

Ａ　心理歴史学の数学的処理によって。

Ｑ　その数学的処理が正しいことを証明できるか。

Ａ　相手が数学者であれば。

Ｑ　（微笑し）ではあなたは、あなたの真理はあまりにも難解であるため、一般人の理解を超えているのだと主張するわけだな。真理とはより明快で、謎めいておらず、受け入れやすいものであるべきではないか。

A　いともたやすく理解する者もいる。熱力学として知られるエネルギー転換物理学は、神話時代より人類の全歴史を通じて明快な真理とされているが、動力エンジンの設計ができない者もいるだろう。高い知力をもった人間であってもだ。学識豊かな委員諸氏は……

この時点で、委員のひとりが法務官のほうに身をのりだした。内容までは聞きとれないものの、声音《こわね》に棘《とげ》がこもっている。法務官は赤くなってセルダンの言葉をさえぎった。

Q　セルダン博士、われわれはあなたの演説を聞くために集まっているわけではない。では、あなたの主張が正しいと仮定しよう。ならばあなたはなんらかの意図をもって、帝国政府への民《たみ》の信頼を損なわしめんと、災害の予言をなしたのではないか！

A　それはちがう。

Q　あなたの主張によると、いわゆるトランター滅亡にさきだつ時代には、さまざまな社会的不安が満ちあふれるそうだな。

A　それは正しい。

Q　そう予言することによって現実にそれを引き起こし、そのときに十万の兵からなる軍隊を掌握《しょうあく》しようと目論《もくろ》んでいるのではないか。

A　まず第一に、それは正しくない。たとえ正しいとしても、調査をすれば、十万の構成員のうちに兵役《へいえき》年齢のものがわずかしかいないこと、その者たちも誰ひとりとして軍事訓練を受けていないことが判明するだろう。
Q　あなたは誰かの代理として働いているのか。
A　法務官殿、わたしは誰からも報酬を得てはいない。
Q　あなたは誰とも利害関係をもたず、科学に奉仕しているのか。
A　そのとおり。
Q　ではうかがおう。セルダン博士、未来を変えることはできるか。
A　もちろん。この法廷は数時間のうちに爆破されるかもしれない、されないかもしれない。もし爆破されたときは当然ながら、いくつかのささいな点において未来は変更される。
Q　セルダン博士、それは詭弁《きべん》である。人類の総括的な歴史を変えることはできるのか。
A　できる。
Q　簡単に？
A　いや。非常な困難をともなう。
Q　それはなぜか。
A　惑星全体の住人における心理歴史学的趨勢《すうせい》には、巨大な慣性が働く。それを変えるためには、同量の慣性をもつものをぶつけなくてはならない。同数の人間を投入すれば可能だが、投入する人数が比較的少ない場合は、変化のために膨大な時間をかけなくてはならない。ご理解いただけるだろうか。
Q　おそらく。非常に多くの人間がトランターを滅亡させないよう働けば、それを防ぐことができるというのだな。
A　そのとおり。
Q　必要とされるのは十万人か。
A　いや。それではあまりにも少なすぎる。
Q　まことか。
A　トランターの人口が四百億以上であることを考えてほしい。さらには、滅亡にむかう趨勢はトランターひとつではなく帝国全域に及んでいること、帝国の人口は十の十八乗に近いことを考えてほしい。
Q　なるほど。では、十万の人間とその子孫が五百年にわたって努力をつづければ、その趨勢を変えられるのか。
A　残念ながら。五百年では短すぎる。
Q　おお！　ではその場合、セルダン博士、あなたの陳述よりつぎのような結論が導きだされる。あなたは自身のプロジェクトのためと称して十万の人間を集めたが、その者たちが五百年努力してもトランターの歴史を変えるには不充分である。言い換《か》えるならば、彼らが何をしようと、トランターの滅亡をふせぐことはできない。
A　まことに遺憾《いかん》ながら、そのとおりである。

Ｑ　またいっぽうで、あなたの十万人はいかなる不法な意図も擁《よう》してはいない。
Ａ　いかにも。
Ｑ（ゆっくりと、満足げに）ではたずねる。セルダン博士、細心の注意をはらって答えていただきたい。われわれは充分に考慮された返答を求めている。あなたは十万の人々をいかなる目的のもとに集めたのか。


法務官の声が甲高くなった。罠が閉じた。セルダンは追い詰められた。このように鋭い追及を受けて答えられるわけがない。

傍聴席にいならぶ貴族のあいだにざわめきが起こり、それが委員のあいだにまでひろがっていった。緋色と金の法服が揺れ動いてたがいに顔を見合わせる中、委員長だけが毅然《きぜん》としてその姿勢を保っている。

ハリ・セルダンもまた動かなかった。ざわめきが静まるのを待って、答えた。

Ａ　滅亡の影響を最小限にとどめるためである。
Ｑ　厳密にいって、それはどういう意味か。
Ａ　説明は簡単である。きたるべきトランター滅亡は、それ自体、人類の発展段階において孤立した単独の現象ではない。数世紀前にはじまり、これまで絶えず加速度的に進展してきた複雑なドラマのクライマックスである。諸君、そのドラマとはすなわち、いま現在進行中の銀河帝国そのものの衰退と滅亡である。

ざわめきが鈍い怒号《どごう》となった。法務官が「では公然と宣言するのだな——」とさけびかけたが、誰も注意などはらってはいない。それ以上言葉をつづける必要もなく、傍聴席から「叛逆だ」という声があがって結論がくだされた。

委員長がゆっくりと小槌《こづち》をもちあげ、打ちおろした。やわらかな銅鑼《どら》のような音が響く。その余韻が消えたときには、傍聴席のざわめきも静まっていた。法務官が大きく息を吸った。

Q（芝居がかって）セルダン博士、あなたには自分が、何世代にもわたるさまざまな変遷を経ながら一万二千年のあいだ繁栄し、千兆の人間の善意と愛によって支えられてきた帝国について語っているのだという認識がおありか。

A わたしは帝国の過去の歴史にも現状にも通じている。失礼ながら、この部屋にいる誰よりも豊富な知識をもっていると主張せざるを得ない。

Q そしてなお、帝国の滅亡を予言するのか。

A これは数学によってなされた予言である。道義的意味はいっさいふくまれない。わたし個人の見解としては、このような予言を遺憾に思う。たとえ帝国が悪と判定されたとしても——わたし自身はそのような判定をくださないが——帝国衰退後に発生する政治的社会的混乱はそれ以上の悪となるだろう。わたしのプロジェクトが戦おうとしているのは、その無政府状態である。帝国の没落は、しかしながら、はなはだしく巨大な事象であり、たやすく戦えるものではない。官僚政治の台頭、指導力の衰退、身分制の硬直、知識欲の抑制――その他百もの要因によって決定づけられ、さきほども申しあげたように、何世紀にもわたって進行してきた。そしていまや、押しとどめることができぬほど膨大で強力な流れとなっている。

Q　現在の帝国がこれまでと変わらず強大であることは、誰の目にも明らかではないか。

A　見かけはなるほど強大かもしれない。永遠につづくようにも思えるだろう。しかしながら、法務官殿、腐った木の幹《みき》は嵐によって真っ二つにされ倒れるその瞬間まで、それまでと変わらぬ威容を保ちつづけるものだ。嵐はいますでに、音をたてて帝国の枝葉《えだは》のあいだを吹き抜けている。心理歴史学の耳を傾ければ、そのきしみが聞こえるだろう。

Q　（ためらいがちに）セルダン博士、われわれはあなたの演説を聞くために――

A　（きっぱりと）帝国は滅亡し、それとともにすべてのよきものも失われる。蓄積された知識は消失し、確立された秩序も崩壊する。恒星間戦争が果てしなくつづき、恒星間貿易は衰退する。人口は減少し、諸惑星は銀河系中心部との接触を失う――そうした状態がいつまでもつづく。

Q　（どこまでもひろがる静寂の中、小さな声で）永遠に？

A　心理歴史学は滅亡を予言すると同時に、それにつづく暗黒時代についても語ることができる。帝国は、さきほど法務官殿が言われたように、一万二千年のあいだ栄えてきた。きたるべき暗黒時代は、一万二千年ではなく、三万年つづくだろう。いずれ第二帝国が勃興《ぼっこう》するが、われわれの文明から新たなる文明までのあいだ、一千世代にわたる人類が苦難にあえぐことになる。われわれはそれと戦わなくてはならない。

Q（いくぶん気をとりなおして）あなたの言《げん》は矛盾している。あなたはさきほど、トランターの滅亡は阻止できないと言った。となれば当然、帝国の没落——とやら——も、阻止できないのではないか。

A　わたしは没落を阻止できるとは言っていない。だが、それにつづく空白期間を短縮することなら、いまからでも間にあう。いまわたしのグループの活動が許されれば、その無政府状態の期間を一千年に短縮することができる。われわれはいま、歴史におけるじつに微妙な瞬間にある。奔流となって押し寄せるすさまじく膨大な出来事の方向を、ほんの少しだけ——ほんの少しだけでいい、変えなくてはならない。さほど大きなことはできないが、それだけで、人類の歴史から二万九千年にわたる悲惨をとりのぞくことができるのだ。

Q　どのようにして？

A　人類の知識を保存することによって。人類の知識総量はひとりの人間に扱いきれるものではない。千人でも不可能である。社会機構の崩壊により、科学は分解して百万もの断片と化す。個々人に知り得るのは、どれだけ大量であろうと、知るべき知識のあまりにも小さな断面にすぎなくなる。そうした断片そのものは無意味で役に立たない。無意味な知識の断片は伝えられることなく、数世代のうちに忘れられてしまう。しかし、いますべての知識の集大成をはじめれば、それらが失われることはなくなる。きたるべき世代はそれを基盤として構築され、自力で知識を再発見する必要もない。三万年の努力が一千年ですむのだ。

Q　それらすべては――

A　それがわたしのプロジェクトである。わたしの集めた三万人は妻子とともに一心に『銀河百科事典《エンサイクロペディア・ギャラクティカ》』編纂《へんさん》の準備に取り組んでいる。彼らの存命中に完成することはない。わたしもまたおそらくは、そのはじまりをすら見届けることはできない。だがトランター滅亡のときまでには完成し、銀河系の主要な図書館すべてにそのコピーが備わることになるだろう。

委員長の小槌があがり、ふりおろされた。ハリ・セルダンは証言台をおり、静かにガアルの隣に腰をおろした。

「いまのショーはどうだったかな」微笑してたずねた。

「独擅場《どくせんじょう》でした」ガアルは答えた。「でもこれからどうなるんですか」

「休廷にして、わたしと個人的に折り合いをつけようとするだろうね」

「どうしてわかるんですか」

セルダンは答えた。

「正直な話、わかってはいないよ。すべては公安委員長しだいだ。わたしは何年にもわたって彼を観察してきた。彼の仕事を分析しようとしてきた。だが、一個人の予測不能な行動を心理歴史学の方程式にあてはめるのがいかに危険であるかは、きみも知っているだろう。それでもまだ希望はある」

7

アヴァキムが近づいてきてガアルに会釈をし、身をかがめてセルダンに耳打ちした。休廷が宣言される。ガアルとセルダンは引き離され、衛兵に連行されていった。

翌日の審問はまったく様相が異なっていた。ハリ・セルダンとガアル・ドーニックと委員会メンバーだけが顔をあわせたのだ。五人の判事とふたりの被告が、なんの隔たりもなくひとつのテーブルにつく。玉虫色に変化するプラスティックの箱にはいった葉巻まで勧められた。絶えず水が流れているように見えるのに、指に触れる箱の表面は固く冷たい。

セルダンが一本を受けとった。ガアルは辞退した。

「わたしの弁護士がいないようだが」セルダンが言った。

「セルダン博士、これはもう裁判ではありません」ひとりの委員が答えた。「わたしたちがここに集まったのは、国家の安全について合議するためです」

「わたしが話そう」リンジ・チェンが口をひらいた。

ほかの委員たちは傾聴《けいちょう》しようと、椅子に深くすわりなおした。チェンが発する言葉を受けとめるべく、静寂があたりを包む。

ガアルは息をのんだ。この、実際よりも老《ふ》けて見える冷徹な瘦身《そうしん》のチェンこそが、全銀河系を支配する事実上の皇帝なのだ。その称号をもつ子供は、チェンによってまつりあげられた傀儡《かいらい》にすぎない。そんな例もこれがはじめてではないが。

チェンが言葉をつづけた。

「セルダン博士、あなたは帝国の平安を乱している。銀河系すべての星々のあいだでいま現在暮らしている一千兆の人間のうち、いまから一世紀ののちにも生きている者は誰ひとりいない。ならばなぜ、五世紀も未来の出来事で心悩ませなくてはならないのだね」

「わたしは今後五年も生きることはできないでしょう」セルダンは答えた。「それでも、どうしようもないほど心悩ませておりますよ。理想主義といってもいいでしょう。〝人類〟と呼ばれる神秘的概念に自分が属していることを確認しようとしているのかもしれません」

「わたしは神秘主義を理解したいとは思わん。なぜわたしが今夜にもあなたを処刑し、あなたという人間も、また、けっして見ることのない不快で不要な五世紀さきの未来も、片づけてしまおうとしないか、おわかりかな」

「一週間前にその行動をとっていたら」セルダンは軽やかに告げた。「今年の終わりにあなたが生き残れる確率はほぼ十分の一でした。ですが、それをおこなうのが今日ならば、十分の一の確率が一万分の一以下に低下します」

一同が息を吐き、不安げに身じろぎする。ガアルはうなじの毛が逆立つのを感じた。チェンの上瞼《うわまぶた》がわずかにさがった。

「なぜだね」

「いかなる努力をはらってもトランターの崩壊をとめることはできません。しかしながら、促進することは容易にできるのです。わたしの裁判が中断されたというニュースは、銀河系全域にひろまります。災害を軽減しようとするわたしの計画が頓挫《とんざ》したことで、人々は未来に希望がもてないと信じるようになります。彼らはすでに、かつての祖父たちの暮らしを羨《うらや》んでいるのですから。政治革命が頻発《ひんぱつ》し、貿易はますます停滞するでしょう。いま現在自分の手にあるものにしか意味を見いだせないという思考が、銀河中にひろまります。野心もつ者は時機を待たず、道義もたぬ者はためらいを捨てるでしょう。そうした者たちの行動すべてが、世界の衰退を加速させるのです。わたしを処刑すれば、トランターは五百年ではなく五十年のうちに滅亡し、委員長殿ご自身も一年以内に生命を失うことになるでしょう」

「子供ならばそうした言葉に怯《おび》えもしよう。だがわれわれは、あなたの死でなければ納得できないというわけではない」

チェンが書類にのせていた細い手をもちあげた。二本の指だけが軽く紙の上部に触れている。

「聞かせてほしい。あなたの活動目的は、昨日話していた百科事典の編纂だけなのか」

「そのつもりです」

「それはトランターでなくてはおこなえない仕事なのか」

「トランターには帝国図書館がありますし、トランター大学の学術資料も参照できます」

「ほかの場所――たとえば、大都市のせわしない喧騒に学問的思索をさまたげられることのない惑星とか、博士の配下の者たちがただひたむきに仕事に打ちこめるような――そうした場所にも利点はあるのではないか」

「ささやかな利点ですね」

「そのような惑星を選択した。十万の者たちとともに思う存分働くがよい。銀河系はあなたが作業を進めていること、崩壊と戦っていることを知る。あなたが崩壊を阻止してくれるとすら考えるかもしれない」微笑して、「わたしはあまりものを信じないゆえ、その〝崩壊〟とやらを信じずにいることも難しくはない。だからわたしは、自分が真実を告げているという絶対の自信をもって、人々にそう語ることができる。そのいっぽうで、博士、あなたもまたトランターをわずらわすことなく、皇帝の平安をも悩ませずにすむというわけだ。

もしくは、あなた自身と、相応数の部下の死を選んでもよい。さきほどの脅迫は忘れよう。死か追放かを選択する時間として、いまから五分の猶予を与える」

「選ばれたのはどの惑星でしょう」セルダンがたずねた。

「確か、テルミヌスと呼ばれる惑星だ」チェンは指先で無造作に、テーブルの書類をセルダンのほうにむけた。「いまは無人だが、居住可能で、学者先生の必要に応じて改造することもできる。かなりの僻地《へきち》ではあるが――」

セルダンがそれをさえぎった。

「銀河系の端にある惑星ですね」

「いまも言ったように、かなりの僻地だ。だから仕事に打ちこむには適している。どうするね、あと二分しかないぞ」

「そのような旅の支度を整えるには時間が必要です。二万の家族が関わっているのですから」

「そのための時間は与える」

セルダンは考えた。最後の一分がすぎていく。そして彼は言った。

「追放を受け入れましょう」

その言葉を聞いて、ガアルの心臓が一瞬鼓動をとめた。死をまぬがれたことで、心は大きな歓喜に満たされている――それを喜ばない者はいないだろう。だが深い安堵にひたりながらも、彼の心のごく一部は、セルダンの敗北に小さな失望を味わっていた。

8

タクシーが悲しげな音をたてながら何百マイルにもわたる蚯蚓《みみず》のようなトンネルを抜けて大学にむかうあいだ、ふたりは無言でじっとすわっていた。やがてガアルは身じろぎをして口をひらいた。

「博士が委員会に言ったことはほんとうなんですか。博士が処刑されると、ほんとうに崩壊がはやまるんですか」

「わたしは心理歴史学の発見に関して嘘をついたことは一度もないよ。それに今回、嘘をついてもわたしに利することは何ひとつなかったからね。チェンはわたしが真実を語っていると知っていた。あの男はじつに有能な政治家だし、そもそも政治家というものは、その仕事の性質上、本能的に心理歴史学の真実性を感じとることができる」

「だから追放を受け入れなくてはならなかったんですか」

ガアルの問いに、だがセルダンは答えなかった。

タクシーが大学構内にとびだすと、ガアルの筋肉は勝手な動きをはじめた。というか、勝手に動かなくなってしまった。彼は運びだされるようにして、ようやくタクシーをおりることができた。

大学全体がまばゆい光を放っている。ガアルは太陽というものの存在をほとんど忘れかけていた。とはいえ、大学が〝外〟にあるわけではない。大学の建物群は、ガラスのようでありながらガラスではない巨大ドームでおおわれていた。偏光性があるため、頭上で燃えている恒星をまっすぐ見あげることもできる。そうでありながら、その光は鈍らされることなく、目の届くかぎりに連なる金属の建物を照り輝かせているのだ。

大学の建物はどれも、トランターにあふれている冷たい鋼《はがね》の灰色ではなく、むしろ銀色に近い。そして金属的な光沢は象牙《ぞうげ》色を帯びている。

「軍が動いているようだな」セルダンが言った。

「なんですって?」

殺風景なグラウンドに目をむけた。前方に衛兵が立っている。

ふたりが衛兵の前で足をとめると、すぐそばの戸口から隊長があらわれて穏やかに声をかけた。

「セルダン博士ですね」

「いかにも」

「お待ちしておりました。あなたとあなたの配下の方々は、以後戒厳令のもとにおかれます。テルミヌス出発の準備を整えるため、六カ月の猶予が与えられていることをお知らせするよう、命じられております」

「六カ月ですって!」

ガアルは言いかけたが、セルダンの指がそっと彼の肘《ひじ》をとらえた。

「そう命じられましたので」隊長がくり返した。

隊長が去ると、ガアルはセルダンにむきなおった。

「だって、たった六カ月で何ができるっていうんですか。これじゃ時間をかけた殺人ですよ」

「まあ、おちつきたまえ。わたしのオフィスに行こう」

さほど大きなオフィスではなかったが、ここには盗聴防止装置が、一見そうとはわからない形で設置されていた。ここにむけられたスパイビームは、怪しげな静寂でも、ましてやそれ以上に怪しげな空電音でもなく、膨大にストックされたさまざまな声や口調の中から無作為に構成されたたわいもない会話を受信することになる。

「さて」とセルダンがいかにもくつろいだ口調で言った。「六カ月で充分なのだよ」

「どうしてですか」

「このような計画においては、他者がわたしたちに都合のよい行動をとってくれるからだよ。話したことはなかったかな、チェンの気質や性格については歴史上のいかなる人物よりも詳細に調査してある。今回の裁判も、わたしたちの選んだ結果が正しく得られるよう、開始の時期が操作されていた」

「でも、はじめから計画していたわけではないのでしょう――」

「――テルミヌスへの追放を、かね。なぜそうではないと思うのかな」

そしてデスクの一点に指をあてると、背後の壁の一部がスライドした。登録した指紋パターンが、隠されたスキャナを作動させたのだろう。となれば、ほかの誰にもこれをひらくことはできない。

「マイクロフィルムがいろいろとはいっている。Tの文字が記されたものをとってくれたまえ」

ガアルはその言《げん》に従い、セルダンがフィルムをプロジェクタに挿入するのを待った。セルダンがアイピースをわたしてくれる。それを調節し、目の前にくりひろげられるフィルムをながめた。

「だけど、それなら――」

「何を驚いているんだね」セルダンがたずねる。

「それじゃ博士は、二年前から出発の準備をしていたんですか」

「二年半だね。もちろんあの男がテルミヌスを選ぶと確信していたわけではないが、そうなることを期待し、その仮定のもとに行動してきた――」

「でも、どうしてなんですか。追放が、博士がみずから選んだ処置だというのなら、なぜなんです。ここトランターにいたほうが、はるかに物事をコントロールしやすいじゃないですか」

「理由はいくつかある。テルミヌスで作業をすれば、われわれが帝国の安全を脅《おびや》かすという不安をかきたてることなく、帝国から支援を受けることができる」

「でも博士は、そうした不安をかきたてたから追放されることになったんですよね。ぼくにはやっぱりよくわかりません」

「二万の家族にみずからの意志で銀河の果てまで旅をさせることは、たぶんできなかっただろうね」

「でも、なぜその人たちを無理やりそんなところまで連れていかなくてはならないんですか」ガアルはそこで言葉をとめた。「ぼくはその理由を知らないほうがいいのでしょうか」

「いまはまだね。きみはただ、テルミヌスに科学の避難所が設置されるということだけを知っていればいい。そして、もうひとつの避難所が銀河系の向こう端、いわゆる」と微笑を浮かべ、「〝星界の果て〟につくられるということをね。わたしはもうすぐ死ぬのだから、そのあとのいろいろはきみ自身がその目で見てくれたまえ――いやいや、驚くことはない、気遣《きづか》いの言葉もいらない。わたしはあと一、二年も生きられないと医師が言っているのだよ。だがわたしはこの人生において意図したことを成し遂げた。人としてこれ以上に幸せな死に方があるだろうか」

「でも、博士が亡くなられたあとは?」

「あとを継ぐ者たちがいるさ――きみもそのひとりになるかもしれない。後継者たちがこの計画に最後の仕上げを施し、正しい時に正しい方法でアナクレオンの叛乱を引き起こしてくれる。それ以後は、すべて自然にまわっていくだろうよ」

「ぼくには理解できません」

「いまにわかる」皺深いセルダンの顔に平穏と疲労が浮かぶ。「ほとんどの者はテルミヌスにむかう。とどまる者もいる。その手配はさほど困難ではない――だが」最後の言葉は、ガアルにはほとんど聞こえないささやくような声で告げられた。「わたしはこれで終わる」

第二部　百科事典編纂者《エンサイクロペディスト》

1

テルミヌス　……その位置は（星図参照のこと）テルミヌスが銀河系の歴史において果たすべく求められた役割を考えると奇妙に思えるが、多くの著述家が飽くことなくくり返し述べてきたように、必然でもあった。銀河渦状腕《かじょうわん》の最外辺に位置する孤立した恒星の唯一の惑星で、資源にとぼしく、経済的価値もほとんどないため、発見されてから五世紀のあいだ、百科事典《エンサイクロペ》編纂者《ディスト》たちがやってくるまで一度として植民されたことがなく……
新しい世代が成長するにつれて、テルミヌスがトランターの心理歴史学者《サイコヒストリアン》の単なる付属機関以上の存在となるのは当然の経緯であった。アナクレオンの叛乱と、偉大なる系譜の最初に名を残すサルヴァー・ハーディンの台頭《たいとう》により……

銀河百科事典《エンサイクロペディア・ギャラクティカ》

ルイス・ピレンヌは明るく照明された部屋の一隅《いちぐう》で、デスクにむかって忙しく働いていた。作業を調整しなくてはならない。成果をまとめなくてはならない。さまざまな糸をひとつの模様に織《お》りあげなくてはならない。

すでに五十年がすぎた。この地に住みつき、〈百科事典《エンサイクロペディア》第一ファウンデーション〉を設立して順調に機能するものに仕立てあげるための五十年。基本となる資料を集めるための五十年。準備のための五十年。

そしてそれは終わった。五年後には、銀河系がかつて想像したこともないほど歴史的意義の深い著作の第一巻が出版される。それから十年ごとに——ぜんまい仕掛けのように——規則正しく——つぎつぎと新しい巻が刊行されていく。それらとともに、その時々に関心ある問題を扱った特別項目が補遺《ほい》として加えられ、そして——

デスクの上の弱音ブザーが気難しげな音をたて、ピレンヌは不安げに身じろぎした。約束があったのを忘れていた。乱暴にスイッチを押してロックをはずす。ドアがあき、若くたくましいサルヴァー・ハーディンがはいってくるのを、ぼんやりと目の端で確認する。だが視線はあげない。

ハーディンはひとりでにやにやしている。いそいでいるのかもしれないが、ピレンヌが仕事をさまたげる者や物を粗略《そりやく》に扱うことに腹を立ててもしかたがないと諦めているのだろう。そのままデスクのむかいにある椅子に沈みこんで、待つことにしたようだった。

紙の上を走る尖筆《スタイラス》がかすかな音をたてる。ほかには何ひとつ、動くものも聞こえる音もない。ハーディンがそこで、ヴェストのポケットから二クレジット硬貨をとりだした。宙にはじくと、ステンレスの表面がくるくるまわりながら光を受けてきらめく。それを受けとめ、またはじいて、ひらめくような反射光をぼんやりとながめている。すべての金属を輸入に頼らなくてはならないこの惑星では、ステンレスが通貨に最適の素材とされている。

ピレンヌはまばたきをして顔をあげた。

「それをやめてくれんか！」気難しい声で言った。

「ああ？」

「その極悪非道なコイントスだ。やめてくれ」

「ああ」ハーディンが金属の円盤をポケットにもどした。「いつまで待てばいいか教えてくれよ。新しい水道計画の投票がはじまるまでに市議会にもどるって約束してきたんだ」

ピレンヌはため息をつき、デスクから身を起こした。

「わかった。だができればわたしを市の問題でわずらわせんでくれ。頼むから、そっちはきみ自身で解決するがいい。わたしの時間はすべて百科事典《エンサイクロペディア》に捧げられているのだ」

「あのニュース、聞いたかい」ハーディンが物憂《ものう》げにたずねた。

「どのニュースだ」

「テルミヌス市のウルトラウェイヴ受信機が二時間前に受けとったニュース。アナクレオン星区《せいく》の総督が王として名のりをあげたってやつさ」

「ほお。で、それがどうしたのだ」

「つまりさ」ハーディンは答えた。「おれたちはこれで、帝国の内域から切り離されちまったってことだよ。予想はしてたが、やっぱり気持ちよくはないやね。アナクレオンは、サンタンニやトランターやヴェガとの、おれたちに残された最後の交易ルートのど真ん中に位置してるじゃないか。おれたちの金属はどこからくる？　この六カ月ってもの、鋼鉄とアルミニウムの入荷はない。そしてこれからだって、アナクレオン王のお情けにすがらないかぎり、いっさい手にはいらなくなるってわけだ」

ピレンヌはいらだたしげに舌打ちした。

「だったらそうすればいいだろう」

「できるかな。なあ、ピレンヌ、このファウンデーションの設立憲章によれば、すべての行政権は百科事典委員《エンサイクロペディア・コミッティ》による評議員会が所有している。テルミヌス市長であるおれには、あんたが命令書にサインして許可してくれないかぎり、自分の鼻をかんだり、そうさ、くしゃみをする権限だってないんだよ。すべてはあんたとあんたの評議員会にかかってるんだ。市の繁栄のためには銀河系との継続的交易が欠かせない。その市の名において頼む。緊急会議を招集して――」

「やめんか！　選挙演説はよそでやってくれ。いいか、ハーディン。評議員会はテルミヌスにおける市政府の設立をさまたげはせんかったろう。ファウンデーションが設立されて五十年、人口が増加し、百科事典編纂《エンサイクロペディアへんさん》に関わりのない人間が増えてきたことから、そうしたものが必要であることを理解しておるのだ。だが、だからといって、ファウンデーションの第一にして唯一の目的が、人類の知識すべてを集大成した決定的百科事典《エンサイクロペディア》の編纂でなくなったわけではない。われわれは国家の支援を受けた科学機関なのだ、ハーディン。一地方の政治に干渉することはできぬ――してはならん――するつもりもない」

「地方政治か！　皇帝の左の爪先にかけて、ピレンヌ、これは死活問題なんだ。テルミヌスという惑星は、自力じゃ機械文明を維持することができない。金属がないからな。わかってるだろう。地表の岩石には鉄だって銅だってアルミニウムだって欠片《かけら》もふくまれちゃいないし、それ以外のものもほとんど存在しない。このアナクレオン王とやらがわれわれに圧力をかけてきたら、百科事典《エンサイクロペディア》がどうなると思ってるんだ」

「われわれに圧力をかけるだと？　忘れたのかね。われわれは皇帝陛下ご自身の管理下にあるのだぞ。アナクレオン星区にせよ、どこの星区にせよ、属しているわけではない。しっかりと記憶しておきたまえ！　われわれは皇帝陛下直轄《ちょっかつ》地のひとつであり、なんぴとたりともわれわれに手を出すことはかなわぬのだ。帝国はみずからの領土を守ることができる」

「だったらなんで帝国は、アナクレオン総督が勝手をするのをとめなかったんだ。アナクレオンだけじゃない。銀河系最遠部では少なくとも二十の星区が、実際には外縁星域全体が、独自のやり方を貫《つらぬ》きはじめている。帝国そのものだって怪しいもんさ。そんな帝国に、おれたちを守る力があるかねえ」

「くだらぬ！　総督だろうと王だろうと——なんのちがいがあるのだ。帝国にはつねに、いくつもの政治問題と、あれやこれやをしたがるさまざまな連中が満ちあふれている。これまでも総督は叛乱を起こしてきたし、それをいうならば皇帝その人すら、退位させられたり暗殺されたりしてきた。だからといって帝国そのものが揺らぐわけではない。忘れたまえ、ハーディン。わたしたちの関わるべき問題ではない。わたしたちは終始一貫して——科学者なのだ。そしてわれらの関心はひたすら百科事典《エンサイクロペディア》にある。ああ、そうだ。忘れておったよ。

ハーディン！」

「なんだ」

「きみのあの新聞をなんとかしたまえ！」声に怒りがこもった。

「テルミヌス・シティ・ジャーナルのことか。あれはおれのじゃない。個人所有の新聞だ。それがどうしたんだ」

「この数週間というもの、ファウンデーション設立五十周年を休日にして、祝典だのなんだのをしようと触れまわっている」

「べつにいいじゃないか。三カ月後にははじめてラジウム時計が廟堂《びょうどう》をひらくんだ。こいつは重大事件といえるだろう」

「くだらぬ浮かれ騒ぎをする機会ではない。廟堂も、そのはじめての開扉《かいひ》も、評議員会にのみ関わることだ。何か重要な展開があれば市民にも知らせる。それが最終決定事項である旨、ジャーナルにはっきり伝えておいてくれたまえ」

「すまないな、ピレンヌ。だけど市憲章は報道の自由っていうささやかなものを保証してるんだよ」

「そうかもしれん。だが評議員会の見解はちがう。そして、ハーディン、わたしはテルミヌスにおける皇帝代理人だ。この件に関する全権はわたしにある」

ハーディンは心の中で十まで数えるような表情を浮かべ、それから険《けわ》しい声で言った。

「それじゃ最後に、皇帝代理人たるあんたの地位に関わりのあるニュースを伝えておこうか」

「ニュースとは、やはりアナクレオンに関することか」ピレンヌはいらだたしげに口もとを引き締めた。

「そうさ。アナクレオンから特使が派遣されるよ。二週間後にね」

「特使だと？　ここに？　アナクレオンから？」ピレンヌはその情報を咀嚼《そしゃく》した。「なんのためにだ」

ハーディンは立ちあがり、椅子をデスクに押しもどした。

「まあ、考えてみるんだな」

そして――そのまま飄々《ひょうひょう》と立ち去った。

2

プルーマの副総督にしてアナクレオン国王特命全権大使であり、そのほか半ダースもの称号をもつアンセルム・オウ・ロドリック――〝オウ〟は貴族の出身をあらわしている――は、国家行事につきものの仰々《ぎょうぎょう》しい儀式とともに、宙港でサルヴァー・ハーディンの出迎えを受けた。

副総督は硬い笑みを浮かべて深々と一礼し、ホルスターにおさめたブラスターを抜いて銃《じゅう》把《は》からハーディンにわたした。ハーディンも、この儀式のため特別に借りてきたブラスターを使って同じ挨拶を返し、かくして友情と親善が確立された。オウ・ロドリックの肩のあたりがわずかばかりふくらんでいることに気づいたとしても、ハーディンは賢明に沈黙を守った。

それから彼らを乗せた地上車は、ほどよい数の下級役人の集団に前後左右を守られて、ほどよく熱狂的な群衆の喝采《かっさい》を浴びながら、ゆったりとした儀礼的な速度で事典《サイクロペディア》広場にむかった。

副総督アンセルムは、いかにも軍人貴族らしい、丁重でありながら冷ややかな態度でその喝采を受けとめた。

「貴君《きくん》らの世界はこの都市ひとつだけなのか」彼がハーディンにたずねた。

ハーディンは騒音に負けじと声を高めた。

「ここは若い世界なんですよ、閣下。短い歴史の中で、この貧しい惑星に高貴な客人をお迎えできることなんてめったにありません。ですからこの熱狂ぶりなんですよ」

当の〝高貴な客人〟は明らかに、いまの言葉にこめられた皮肉に気づいていない。彼は考えこみながらさらにたずねた。

「設立されて五十年か。ふむ。つまりは未開発の土地がやまほどあるというわけだな、市長殿。私有地として分配しようと考えたことはないのか」

「いまのところその必要性がありませんからね。われわれは極端なほど中央に集中してるんです。また、百科事典《エンサイクロペディア》のためにはそうでなくてはなりません。いつか人口が増えたらそのときには――」

「なんと奇妙な世界だ！　小作人《こさくにん》はおらぬのか」

この貴人は情報を聞きだそうとして下手くそな質問を重ねているのだ。それくらいは、どれほど鈍《にぶ》い人間にも察せられる。ハーディンは無造作に答えた。

「おりませんよ――貴族もいませんがね」

オウ・ロドリックの眉が吊りあがった。

「では貴君らの統率者は――わたしが会わんとしている者は」

「ピレンヌ博士のことですか。ええ。評議員議長にして――当地における皇帝代理人です」

「博士となｰ。それ以外の称号はないのか。学者だと。そのような者が市行政よりも上位にあるというのか」

「ええ、もちろん」ハーディンは愛想よく答えた。「われわれ全員が、多かれ少なかれ学者ですからね。つまるところ、ここはひとつの惑星というよりも、むしろ科学研究機関《サイエンティフィック・ファウンデーション》なんですよ――皇帝陛下直轄のね」

わずかに強調された最後の言葉に狼狽《ろうばい》したのだろう。副総督はその後、事典《サイクロペディア》広場までの緩慢《かんまん》な行進のあいだ、ずっと思案顔で沈黙を守った。

ハーディンはそれにつづく午後と夜、退屈な時間をすごしながらも、ピレンヌとオウ・ロドリックが――敬意と好意を大声で主張しつつ――ひどく嫌いあっていることに気づいて溜《りゅう》飲《いん》をさげた。

百科事典《エンサイクロペディア》ビルを〝視察〟するあいだじゅう、オウ・ロドリックはどんよりとした目でピレンヌの講義につきあい、広大な資料フィルム保管室やおびただしい映写室を抜けながら、早口でしゃべりまくるピレンヌに礼儀正しくはあるが虚《うつ》ろな笑顔をむけて耳を傾けていた。

さらにいくつもの階をくだり、組版《くみはん》部門、編集部門、出版部門、撮影部門と通過したところで、はじめてオウ・ロドリックがまとまった言葉を口にした。

「どれもたいへん興味深くはあるが、大の大人が取り組む仕事としては奇妙に思える。このようなものがいったいなんの役に立つのだ」

ピレンヌは答えることができなかった。とはいえハーディンの見たところ、その表情が何より雄弁に彼の気持ちを伝えていた。

その日の晩餐《ばんさん》会は鏡像のように午後の出来事を逆転させ、オウ・ロドリックの独演会となった。アナクレオンと、せんだって独立宣言をした隣国スミルノ王国とのあいだにくりひろげられた最近の戦いにおいて、自分が軍司令官としていかに活躍したかを、事細かな技術的描写をまじえ信じがたいほどの熱意をこめて滔々《とうとう》と語ったのだ。

副総督の詳細にわたる武勇伝は、食事が終わり、下級役人たちがつぎつぎ退席していってもまだつづいていた。ずたぼろになった幾隻《せき》もの宇宙船を意気揚々と描写して、ようやくオウ・ロドリックが話を終えた。ピレンヌとハーディンと彼の三人は、すでにバルコニーに席を移し、夏の夜の暖かな空気にゆったりと包まれていた。

「さてそれでは」いかにも上機嫌にオウ・ロドリックが切りだした。「真面目な話に移ろうではないか」

「そうですね」ハーディンはつぶやいてヴェガの長い葉巻に火をつけ――もうあまり残っていない――椅子を大きく背後に傾け、うしろの二本脚だけで支えてのんびりと揺らした。

空高くに銀河がかかり、ぼんやりと霞《かす》んだレンズの形を地平線から地平線まで物憂《ものう》げにひろげている。宇宙の最外辺たるこのあたりでは星の数も少なく、銀河に比べ微々《びび》たるきらめきを放つばかりだ。

「もちろん」と副総督。「正式な審議――書類に署名をするといった面倒な手続きは、貴君らの、その――なんといったかな、議会？の前でおこなうことになるが」

「評議員会ですな」ピレンヌが冷やかに答えた。

「奇妙な名だ！　いずれにせよ、それは明日になる。だがいまここで腹を割って話しあい、ある程度の下準備をしておこうではないか」

「それはつまり――」ハーディンは促《うなが》した。

「つまりは、ここ外縁星域において状況に変化が生じ、貴君らの惑星の立場がいささか不確かになったということだ。現状把握に関してある程度の合意に達することができれば、まことにありがたいのだが。ところで市長殿、その葉巻はもうないのかな」

ハーディンはぎくりとしながらも、しかたなく一本をさしだした。

アンセルム・オウ・ロドリックは匂いを嗅《か》ぎ、嬉しそうに咽喉《のど》を鳴らした。

「ヴェガ煙草《たばこ》とは！　どこで手に入れられたのだ」

「この前の船でいくらか入荷したんですが、もうほとんど残ってないんですよ。つぎはいつ手にはいるやら、宇宙のみぞ知るといったところですね――そもそも手にはいるならばですが」

ピレンヌが眉をひそめた。彼は煙草を吸わず、さらには煙草匂いそのものをひどく嫌っている。

「改めてうかがうが、閣下はただ、われらの立場を説明するためにこられたのかな」

オウ・ロドリックが、盛大に吐きだしたひと息めの煙のむこうでうなずく。ピレンヌはさらにつづけた。

「ならば話は簡単ですな。百科事典《エンサイクロペディア》ファウンデーションの立場はこれまでとまったく変わらぬ」

「なるほど！　しかして〝これまで〟とはどのようなものなのかな」

「国家の支援を受けた科学機関にして、いとやんごとなき皇帝陛下の直轄領――それにつきますな」

副総督は感銘を受けたようすもなく、煙の輪を吐いている。

「なかなかにご立派な意見だ、ピレンヌ博士。きっと、帝国印章の押された勅許状《ちょっきょ》もおもちなのだろう。だが現実はどうかな。スミルノにはどう対処するおつもりだ。ご承知だろうが、スミルノの首都はここから五十パーセクと離れていない。そして、コノムとダリボウはどうなさる」

「われらはそれらの星区となんの関わりももってはおらぬ。皇帝陛下の――」とピレンヌ。

「もはや星区ではない」オウ・ロドリックが訂正する。「いまは王国だ」

「では、われらはそれらの王国となんの関わりももってはおらぬ。科学機関として――」

「科学なんぞ呪われてあれだ！」いかにも軍人らしい大声の罵声《ばせい》を受け、イオン化したかのように空気が張りつめた。「テルミヌスがいつスミルノに併呑《へいどん》されるかわからぬといういま、科学が何になるというのだ」

「では皇帝は？　皇帝陛下はただ座視《ざし》なさるというのかね」

オウ・ロドリックが冷静さをとりもどした。

「さてさて、ピレンヌ博士、貴君は皇帝の領土というものに敬意をはらっておられる。それはアナクレオンも同様だが、スミルノもそうだとはかぎらぬ。よいか、われわれは皇帝と条約を結んで調印した――明日、その写しを貴君の評議員会とやらに提出しよう――その条約には、われわれが皇帝のために旧アナクレオン星区内の治安維持に責務を負うと記されている。つまり、われらの義務は明らかであろう」

「なるほど。だがテルミヌスはアナクレオン星区に属してはおらぬよ」

「そしてスミルノは――」

「スミルノ星区でもない。われらはいかなる星区にも属してはおらぬ」

「スミノルはそれを承知しているかな」

「むこうが承知していようといまいと、われらはいっこうにかまいはせぬよ」

「だがわれわれはかまうのだ。われわれはつい最近スミルノとの戦いを終えたところだが、やつらはいまもまだ、われらのものであるべき恒星系をふたつ占領している。そしてテルミヌスは、二国のあいだで戦略的に非常に重要な位置を占めている」

ハーディンはうんざりして口をはさんだ。

「それで結局、閣下は何をおっしゃいたいんですかね」

まわりくどい言辞《げんじ》をやめて直接的な発言をするつもりになったのだろう、副総督はきっぱりと言い切った。

「テルミヌスに自衛力がない以上、アナクレオンがかわってその責務を負わねばならぬことは明らかだ。内政に干渉するつもりのないことはおわかりいただけようが――」

「ほうほう」ハーディンは皮肉っぽくうなり声をあげた。

「――この惑星上にアナクレオンの軍事基地を設置することが、関係者すべてにとって最善の策であるとわれわれは信じる」

「広大な未使用地のどこかに軍事基地をつくる――閣下のご希望はそれだけでいいんですね。あとはご自由に、と」

「いや、もちろん防衛軍維持費の問題がある」

ハーディンは椅子の脚四本をすべて床につけた。膝《ひざ》に肘《ひじ》をついて身をのりだす。

「やっと要点にはいってきたみたいですね。ちゃんと言葉にしましょうよ。つまり、テルミヌスはお宅の保護領となり、貢《みつ》ぎ物を納めなくてはならないってことですよね」

「貢ぎ物ではない。税だ。われわれは貴君らを守る。ゆえにその代価を支払ってもらう」

ピレンヌがとつぜん乱暴に椅子をたたいた。

「ハーディン、わたしに話をさせろ。わたしはアナクレオンにもスミルノにも、あなた方の政治にもけちな戦争にも、錆《さ》びた半クレジット貨一枚とて支払うつもりはないからな。われわれは国家の支援を受け、いかなる税も免《めん》ぜられた機関なのだぞ」

「国家の支援？　だがわれわれが国家なのだ、ピレンヌ博士。そしてわれわれは支援などしてはいない」

ピレンヌが憤然《ふんぜん》と立ちあがった。

「わたしはいとやんごとなき――」

「皇帝陛下直属の代理人である、と」アンセルム・オウ・ロドリックは厭味《いやみ》ったらしく言葉をひきとった。「そしてわたしはアナクレオン王直属の代理人だ。ピレンヌ博士、アナクレオンのほうがはるかに近い」

「話をもどしましょうよ」ハーディンは促した。「閣下はどうやってその税とやらを徴収するおつもりなんですか。物品でというなら、麦とか、じゃが芋《いも》とか、野菜とか、牛とか」

副総督が目を剝《む》いた。

「ふざけるな！　そのようなものをどうしろというのだ。それならば腐るほどもっておるわ。もちろん黄金だ。もしも大量にあるというなら、むろんクロニウムかヴァナジウムのほうが望ましいが」

ハーディンは笑った。

「大量に！　ここには鉄だってろくにないんですけれどね。黄金とは！　ほら、ここの通貨を見てくださいよ」

そして大使にコインを投げた。オウ・ロドリックはそれを手の上ではずませ、じろじろとながめた。

「これはなんだ。鋼鉄か」

「ご名答」

「どういうことだ」

「テルミヌスは事実上、金属のない惑星で、すべて輸入してるんですよ。したがって、黄金もありません。二、三ブッシェルのじゃが芋がおいやなら、支払いに使えそうなものなんて何ひとつありませんね」

「ならば――工業製品でよい」

「金属がないのに？　どうやってつくるっていうんですか」

しばしの沈黙につづいて、ピレンヌがふたたび口をひらいた。

「この討議は完全に論点がずれておる。テルミヌスは惑星ではない、偉大なる百科事典《エンサイクロペディア》を編纂するための科学研究機関《サイエンティフイツク・フアウンデーシヨン》だ。いやはや、あなた方は科学に対する敬意というものをもっておられんのか」

「百科事典《エンサイクロペデイア》では戦《いくさ》に勝てぬ」オウ・ロドリックが眉をよせた。「つまりは完全に非生産的世界というわけだな——そしてあまり人が住んでいない。よかろう、では土地で支払ってもらおうか」

「どういう意味かね」ピレンヌがたずねた。

「この惑星はほとんど無人で、非居住地域が広大に残っている。アナクレオンには領地をひろげたいと望む貴族が大勢いる」

「そんな馬鹿な話は——」

「驚くこともなかろう、ピレンヌ博士。ここにはわれら全員に充分なだけの土地がある。話が決まり、貴君らが協力するならば、貴君らには何ひとつ損失が生じないようはからおう。称号を授与し、領地も与える。ご理解いただけような」

「まことにありがたい話だ！」ピレンヌが冷笑する。

ハーディンはそこで、いかにも無邪気《むじゃき》そうに口をはさんだ。

「アナクレオンのほうから、われわれの核エネルギー発電所のために相当量のプルトニウムを提供してもらうことはできませんかね。あと数年分しか残ってないんですよ」

ピレンヌがひっと息をのみ、それから数分間、完全な沈黙がたれこめた。やがてオウ・ロドリックが、それまでとはまったく異なる口調でたずねた。

「貴君らは核エネルギーをもっているのか」

「もちろんですよ。どこか変ですか？　核エネルギーなんて、もう五万年も昔からあるじゃないですか。ここにあったってあたりまえでしょう。まあ、プルトニウムを手に入れるのがちっとばかり厄介なんですけれどね」

「それは……そうだな」大使は言葉をとめ、それからおちつかなげにつけ加えた。「いいだろう、この問題については明日検討することにして、今夜はこれで失礼する――」

ピレンヌは彼を見送り、歯ぎしりとともに吐きだした。

「なんという腹立たしい大たわけの馬鹿者だ！　あれは――」

ハーディンはそれをさえぎった。

「そうじゃない。あれは単なる環境の産物だな。あの男が理解しているのはせいぜい、『自分は銃をもっている、こいつらはもっていない』ってことだけさ」

ピレンヌが憤慨《ふんがい》してふり返った。

「軍事基地とか貢ぎ物とか、いったいどういうつもりでそんな話をはじめたのだ。頭でもいかれたのか」

「いいや、水をむけたらむこうが勝手に話を進めただけさ。だから、ほら、アナクレオンの真の意図を漏らしちまっただろ。つまり、テルミヌスを貴族たちの領地として分割しようっていうんだ。もちろんおれは、そんなことをさせるつもりはまったくないがね」

「きみにつもりがないだと？　きみにか。そういうきみはいったい何者だね。それに、核エネルギー発電所のことをべらべらしゃべるなど、そもそも何を考えていたのだ。格好の軍事目標になるだけではないか」

「そうさ」ハーディンはにやりと笑った。「手出しはやめておこうという目標になるんだよ。

おれがなぜこの話題をもちだしたか、わからないのか。おかげで、ずっと前から抱いていた疑惑にはっきり確証が得られたよ」

「なんのことだね」

「アナクレオンはもう核エネルギー経済を有してないってことさ。もしあるなら、かのご友人だって、大昔の伝説はともかく、現在の核エネルギー発電所ではもうプルトニウムが使われていないことくらい知っていたはずだろう。したがって、いまでは外縁星域のどの惑星にも核エネルギーはないってことになる。もちろんスミルノも同じだ。でなければ、この前の戦いでアナクレオンが勝利をおさめられたはずはないからな。面白いと思わないか」

「ふん！」

ピレンヌが苦虫《にがむし》を噛みつぶしたような顔で去り、ハーディンはひとり静かに微笑した。そして葉巻を投げ捨て、頭上にひろがる銀河をながめた。

「あいつら、石炭と石油に逆もどりしてるってことだよなあ」

つぶやきを漏らしながらも、それ以上の思考は彼の内にとどめられたままに終わった。

3

ジャーナル紙は自分のものではないと言ったハーディンの言葉は、法律的には正しいかもしれないが、事実ではなかった。ハーディンはテルミヌス市民による自治政治をうちたてようとしている運動の指導者であり、初代市長にも選ばれている。だから、ジャーナル社の株を自分の名義では一株たりとも所有していないにもかかわらず、狡猾《こうかつ》なやり方でその六十パーセントを支配下におさめていたとしても、驚くにはあたらない。

方法はいくらでもある。

すなわち、ハーディンが評議員会への出席許可を求めたちょうどそのころ、ジャーナルが同様のキャンペーンをはじめたのは、まったくの偶然ではないということだ。というわけで、ファウンデーション史上はじめて、〝国家〟政府に〝市〟の代表を送りこむことを要求する市民集会がひらかれたのだった。

最終的にはピレンヌもしぶしぶ要求をのんだ。

ハーディンはテーブルの末席について、自然科学者はなぜ行政官としてこんなにも無能なのだろうとぼんやり考えた。ただ単に、不変の事実に慣れすぎていて、柔軟性に富んだ人間を扱うことに不慣れだということなのかもしれない。

ともあれ、彼の左手にはトマズ・サットとジョード・ファラが、右手にはルンディン・クラストとイェイト・フラムが陣取っている。議長を務めるのはピレンヌその人だ。もちろんハーディンはこの全員を知っているが、この場ではみなが、ことさらもったいぶっているようだ。

開会直後の儀式のあいだ居眠りをしていたハーディンは、ふいにしゃきっと背筋をのばした。ピレンヌが、目の前においたグラスの水をひと口飲んで話しはじめたのだ。

「評議員諸君に喜ばしい知らせがある。前回の会議のあと、帝国大法官ドーウィン卿が、二週間後にテルミヌスを来訪なさるという知らせが届いたのだ。皇帝陛下がわれらの現状を耳になされば、アナクレオンとの関係も当然のごとく、すぐさまわれらの満足のいく形で決着がつくだろう」

ピレンヌは微笑を浮かべ、テーブルの反対端からハーディンにむかって言った。

「この情報はジャーナルにも伝えてある」

ハーディンはひそかに冷笑を漏らした。ピレンヌが彼にこの神聖なる会議場への入場を許可したのは、ひとつにはこの情報を突きつけたかったからであるらしい。そこで淡々とたずねた。

「曖昧なことはおいておくとして、博士はドーウィン卿に何を期待しているんですかね」

答えたのはトマズ・サットだった。もったいぶると相手に三人称代名詞を使う、妙な癖のある男だ。

「ハーディン市長が痛烈な皮肉屋であることは明らかですな。もちろん彼だとて、皇帝陛下がご自身の権利を侵害されて黙っておられるわけがないことくらい、おわかりだろうに」

「そいつはどうかなあ。権利が侵害されたとき、皇帝がどうするっていうんです？」

いらだちに満ちたざわめきが起こる。

「きみは常軌《じょうき》を逸《いっ》している」ピレンヌが答え、それから改めて気づいたようにつけ加えた。

「それに、いまの発言は叛逆に近いものだぞ」

「それがおれへの答えってことでいいんですか」

「そうだ！　ほかに言うべきことがないなら――」

「一足飛《いっそく》びに結論を出さないでくださいよ。質問があるんです。その外交訪問とやらはべつとして――これに何か意味があるかどうかは、まあおいときますよ――アナクレオンの脅威に対して何か具体的な対策はとってるんですか」

イェイト・フラムがいかつい赤い口髭《くちひげ》をこすりながらたずね返した。

「きみはあれを脅威と見なしているのかね」

「あなたにはそう見えないってことですか？」

「むろんだ」――いかにも鷹揚《おうよう》に――「皇帝陛下は――」

「まったくどいつもこいつも！」ハーディンはついに爆発した。「いったいなんだっていうんだ。あんたたちはことあるごとに、まるで魔法の呪文みたいに、〝皇帝が〟とか〝帝国が〟とか唱えてばかりだ。皇帝は五万パーセクも離れたところにいるんだし、そもそもおれたちのことなんか、これっぱかしも気にかけちゃいないだろう。たとえ気にかけてたとしたって、何ができる。かつてこの宙域にあった帝国宙軍は、いまでは四つの王国の手中にあるんだし、アナクレオンはそのひとつなんだぞ。いいか、おれたちは言葉じゃなく武器でもって戦わなきゃならないんだ。

よく聞いてくれ。いまのところは二カ月の猶予がある。こっちに核エネルギー兵器があるとアナクレオンに思わせたからな。まあ、ちょっとした罪のない嘘だ。確かにおれたちは核エネルギーを所有しちゃいるが、商業用にしか利用してないし、それもちゃちなものにすぎない。まもなくそれもばれるだろう。連中が馬鹿にされて嬉しがるなんて思ったら、そいつは大間違いだ」

「きみ、いったい――」

「待ってくれ、まだ終わっていない」調子があがってきたところだ。気持ちがいい。「帝国の高官をひっぱりだすのも結構だが、すてきな核爆弾を装塡《そうてん》できる巨大攻城砲《こうじょうほう》を何台かひっぱってくるほうがずっといい。おれたちはもうすでに二カ月を無駄にすごしちまった。これからの二カ月を無駄にするわけにはいかない。いったいどうするつもりなんだ」

ルンディン・クラストが、長い鼻に憤然と皺《しわ》を寄せながら言った。

「きみがファウンデーションの軍事化を提案しているのなら、わたしはひと言たりとも耳を貸さん。惑星間政治に巻き込まれる糸口をひらくだけではないか。よいか、われわれは科学研究機関《サイエンティフィック・ファウンデーション》であり、それ以外の何ものでもないのだぞ」

「それに市長は、軍備を整えれば人員が――貴重な人員が、百科事典《エンサイクロペディア》から引き抜かれることになるのを理解しておらん。何があろうと、そのようなことは許されん」サットがさらに言い添える。

「そのとおり」ピレンヌが賛意を表明した。「百科事典《エンサイクロペディア》が最優先事項だ――いついかなるときもな」

ハーディンは心の中でうめきをあげた。評議員会の脳髄は完全に百科事典《エンサイクロペディア》に毒されているらしい。彼は冷やかに言った。

「評議員会は、テルミヌスが百科事典《エンサイクロペディア》以外の何かに興味をもつことがあるかもしれないと、一度も考えたことがないのか」

「ハーディン、ファウンデーションが百科事典《エンサイクロペディア》以外の何かに興味をもつことなど、けっしてありはせん」ピレンヌが答える。

「ファウンデーションじゃない、テルミヌスと言ったんだ。どうやらあんたたちには状況が把握できていないようだな。ここテルミヌスには優に百万の人間が住んでいる。そのうち、百科事典《エンサイクロペディア》に直接関わっている者は十五万もいない。それ以外のおれたちにとって、ここは故国だ。ここで生まれ、ここで暮らしている。農場や家や工場に比べたら、百科事典《エンサイクロペディア》なんてたいした意味をもっちゃいない。おれたちはそれを守ろうと――」

怒号《どごう》が彼の言葉をさえぎった。

「百科事典《エンサイクロペディア》が最優先だ」クラストががなりたてた。「われわれには果たすべき使命がある」

「使命なんざくそくらえ」ハーディンも怒鳴り返した。「五十年前ならそれもありだったろうさ。だが時代は変わったんだ」

「それとこれとは関係がない」ピレンヌが答えた。「われわれは科学者なのだ」

ハーディンはそれをきっかけとして一気にまくしたてた。

「へえ、そうなんですか。そいつはすてきな妄想だ。ここに集まったあんたたちは、数千年にわたって全銀河系をむしばんできた諸悪の、みごとな標本だ。何百年もこの惑星にはりついて、千年前の科学者たちの業績を分析することが、どんな科学だっていうんだ。あんたたちは一度だってさきに進もうとしたことがあるのか——先人の知識を拡張し、改良を加えようとしたことがあるのか。ないだろう！　あんたたちは澱《よど》みにとどまって満足している。全銀河系がそうだ。いつともしれない昔からずっとそうだった。だから外縁星域は叛乱を起こしたんだ。だから交通や通信が遮断されるんだ。だからくだらない小競《こぜ》り合いがいつまでもつづくんだ。だからいくつもの星系から核エネルギーが失われ、化学動力を使った野蛮な技術に逆行しつつあるんだ。

おれに言わせるなら、銀河帝国はいまや滅びようとしているんだ！」

ハーディンはさけび、そこで言葉をとめた。どっかり腰をおろして息を整える。二、三人が同時に反論しようとしたが、そんなものは無視した。

発言権を得たのはクラストだった。

「市長、きみがそのヒステリックな発言で何を得ようとしているかは知らんがね。この議論に建設的な何かを加えることができんのは確かだな。議長、彼の発言すべてを無効とし、中断された時点から会議を再開することを提案する」

そこで、ジョード・ファラがはじめて発言した。ファラはそれまで、もっとも白熱したときですら議論に加わろうとしなかったのだが、いまその重々《おもおも》しい声が——その一語一語に三百ポンドの巨体と同じくらいの重みをともなって、朗々と響きわたった。

「諸君、われわれはあることを忘れておるのではないか」

「何をだね」ピレンヌが不機嫌そうにたずねる。

「われわれは一カ月後に、五十周年記念祭を迎えるのですぞ」ファラはいつも、ごくごくあたりまえの事実を、とんでもなく意味深に語る癖がある。

「それがどうしたのだ」

「その祝典において」ファラは得々《とくとく》とつづけた。「ハリ・セルダンの廟堂がひらかれる。諸君は、廟堂に何がはいっているのだろうと考えたことはおありか」

「わからんね。だがどうせ、ごくありきたりなものだろう。記録しておいた祝辞のようなものではないのかね。廟堂などさして重要視する必要はあるまい。——ジャーナルは」——話しながらピレンヌがにらみつけてきたので、ハーディンはにやりと笑い返してやった——「やたらと大きくとりあげようとしていたがね。わたしはそれをやめさせた」

「それはそれは」とファラ。「だがそれは間違いだったかもしれませんぞ。考えたことはありませんか」——言葉を切り、丸っこい小さな鼻に指をあてて——「廟堂がひらくにあたって、これはじつに絶妙なタイミングではないか、と」

「最悪のタイミングと言うべきではないかな」とフラム。「気にかけねばならぬことが多すぎる」

「ハリ・セルダンのメッセージより重要なものがあるだと？　わたしはそうは思わん」

ファラはいつも以上に尊大になりつつある。ハーディンは注意深くそれを見つめた。いったいこいつは何を言おうとしているのだろう。

「あなた方はみな、お忘れのようですな」ファラは嬉しそうにつづけた。「セルダンは当代最高の心理歴史学者であり、このファウンデーションの創設者なのですぞ。当然ながら、その科学を使って近未来に起こり得るであろう歴史コースを予測したにちがいありません。もしそれが正しければ、おそらくは正しいだろうと思われるが、セルダンはもちろん、われわれに危険を警告する方法を、おそらくはその解決策を示す方法を、なんとしても見つけようとしたに決まっておる。百科事典《エンサイクロペディア》は彼にとっても最重要問題であったのですからな」

当惑と疑惑のオーラが一同を包んだ。ピレンヌが曖昧な声をあげた。

「ああ、その、わたしにはわからぬが。心理歴史学は偉大な科学ではあるが、とはいえ――いま現在、われらの中に心理歴史学者はおらぬはずだ。となると、どうともいえぬのではないかな」

ファラがハーディンに顔をむけた。

「市長は確か、アルリンに師事して心理歴史学を学んだのではなかったかな」

ハーディンはもの思いにふけったまま答えた。

「ええ。まあ結局は途中でやめてしまったんですがね。理論に飽きちまったんですよ。おれは心理技術者になりたかったんだが、そういう機関がなくてね。それで第二志望として――政治の道に進んだってわけです。事実上、同じようなものですからね」

「なるほど、では市長は、廟堂についてはどうお考えになる?」

ハーディンは用心深く答えた。

「わかりませんね」

そしてハーディンは会議が終わるまで、話題が帝国大法官の来訪にもどったときも、ひと言も口をひらかなかった。

じつをいえば、話を聞いてさえいなかったのだ。彼は新しい思考の道筋をたどっていた。物事が――ほんの少しではあったけれども――おさまるべきところにおさまろうとしていた。あの角《かど》とこの角がちょうどあわさる。ひとつ、ふたつとつながっていく。

心理歴史学が鍵だ。それは間違いない。

懸命に、かつて学んだ心理歴史学理論を思いだそうとした。そしてそこから、まずひとつのことを理解した。

セルダンのように偉大な心理歴史学者は、人の感情や反応を解読し、未来における大まかな歴史の流れを予言することができる。

ということはつまり――なるほど！

4

ドーウィン卿は嗅ぎ煙草を嗜《たしな》む。長い髪を見るからに人工的で複雑な形にカールさせ、両のこめかみからつづくやわらかな金色の頬髭《ほおひげ》をいかにも愛しそうに撫《な》でさする。おまけに、しばしばRの音をすっとばしながら几帳面《きちょうめん》なほど明瞭な発音で話す。

ハーディンは即刻この大法官貴族が嫌いになった。いまは時間がないから、理由をならべあげるのはこのくらいにしておこう。ああ、そうそう。意見を述べるときに片手を優雅に動かすことも、ただイエスと答えるだけのときにすらわざとらしく慇懃《いんぎん》な態度をとることも気に入らない。

だがとにかく目下《もっか》の問題は、彼の居場所をつきとめることだ。大法官閣下は半時間前にピレンヌとともに姿を消し——影も形も見えなくなってしまったのだ。くたばりやがれ、だ。

下準備の話し合いにハーディンがいては面倒と、ピレンヌが判断したにちがいない。

だが、この棟《とう》のこの階でピレンヌを目撃した者がいる。となれば、ひとつひとつドアをあけていけばいいだけのことだ。なかばまできたところで、ハーディンは「ああ!」と声をあげ、暗い部屋に足を踏み入れた。明るいスクリーンを背にして浮かびあがっているのは、見間違えようもない、ドーウィン卿の複雑な髪形だ。

ドーウィンが顔をあげた。

「ああ、ハーディン君か。わたしたちをさがしていたのかね」

そして嗅ぎ煙草入れをさしだした。ハーディンの見たところ、ごくつたない細工で、ごてごてと装飾が多すぎるしろものだ。丁重に断ると、ドーウィン卿は自分でひとつまみとり、優雅に微笑した。

ピレンヌが顔をしかめたが、ハーディンは素知《そし》らぬふりでそれを受け流した。

短い沈黙が流れる。ドーウィン卿がぱたんと蓋《ふた》を閉じてその静寂を破り、嗅ぎ煙草入れをしまって口をひらいた。

「すばあしい偉業ではないか、ハーディン君、あの百科事典《エンサイクオペディア》というものは。全歴史《えきし》を通じてもっとも偉大とさえる業績にも比肩し得うよ」

「われわれもみなそう考えておりますよ、閣下。しかしながら、まだ完成したわけではありませんので」

「かいま見ただけだが、このファウンデーションの有能さをもってすえば、なんの不安もあうまい」

大法官閣下の会釈《えしやく》を受けて、ピレンヌが嬉しそうに頭をさげた。

愛と友情の交換会だな。

「われわれに有能さが欠けているとこぼしたわけではありませんよ。アナクレオン人のように能力があからさまに過剰すぎると言っているわけでもね——もっとも彼らの場合、それがべつの、破壊的な方向にむけられているわけですが」

「ああ、アナクエオンか」いかにも無頓着《むとんちやく》に手をふって、「そこにも立ち寄ってきたところおだ。なんとも野蛮な惑星であった。そもそも、ここ外縁星域に人が住めうということが信じられんのだがね。教養ある紳士が必要とすうもっとも基本的なものさえ手にはいあない。快適で便利《べんい》な暮あしを送うための根本的な必需品もない。何もかもが廃《すた》えて——」

ハーディンは淡々とその言葉をさえぎった。

「残念ながら、アナクレオンは戦争に必要な基本的装備と、破壊のための根本的必需品がすべてそろえているんです」

「なうほど、なうほど」途中で話をさえぎられたためか、ドーウィン卿はいらだっているようだ。「だがいまは仕事の話をすべきときではない。わたしの関心はほかにむいているのでな。ピエンヌ博士、ぜひとも第二巻を見せてほしいのだが、いかがかね」

明かりが消えた。つづく半時間、ハーディンはふたりから完全に無視され、アナクレオンにいたほうがましなのではないかという気分に陥《おちい》った。スクリーンに映しだされる本は彼にとってなんの意味ももたないし、わざわざ理解する気にもなれない。だがドーウィン卿はしばしば人なみの興奮を示した。そして、興奮したときの大法官閣下は、ちゃんとRを発音していた。

ふたたび照明がともり、ドーウィン卿が言った。

「すばあしい。じつにすばあしい。ところでハーディン君、きみは考古学に興味はないのかね」

「は?」ハーディンはふいにぼんやりとした白昼夢から目覚めた。「そうですね、興味があるとはいえません。はじめに心理歴史学を志《こころざ》しながら、結局は政治家になったような男ですから」

「おお! 間違いなく興味深い学問なのだがね。ご承知のとおり、わたし自身も」——と、嗅ぎ煙草を盛大につまみ――「道楽《どうあく》として少々かじっていうのだがね」

「はあ、そうなんですか」

「閣下は」とピレンヌが口をはさんだ。「その分野においてたいへん博識であられるのだぞ」

「まあ、そういうことだね」閣下はいかにも得意げだ。「この分野についてはずいぶん研究したのでな。事実、大量《たいおう》の書物を読んでおるよ。ジャウダン、オブイジャシ、クオムウィル……すべてをだ」

「もちろん名前は知ってます」とハーディン。「でも一度も読んだことはありませんね」

「いやいや、いつか読んでみたまえ、きみ。非常に多くのものが得られるだおう。このアメスの本を見うことができたのだから、わたしとしても、はうばう外縁星域までやってきた甲斐《かい》があったというものだ。信じられうかね、わたしの書庫には一冊もないのだよ。ところで、ピエンヌ博士、出発までに一部コピーしてくえるという約束を忘えんでくえたまえよ」

「ええ、もちろんでございますとも」

「アメスはなんと」大法官閣下はもったいぶってつづけた。「〈人類起源問題《じんうい》〉に関するじつに興味深い新しい知識《あたあ》をわたしに与えてくえたのだよ」

「何の問題ですって?」ハーディンはたずねた。

「〈人類起源問題《じんうい》〉だよ。人という種が発祥した場所のことだ。きみも人類《じんうい》という種がそもそもはただひとつの惑星系に住んでいたと考えられていうことは知っているだおう」

「ああ、そういわれていますね」

「もちおん、それがどの星系であったのか、正確に知う者はいない——太古の霧《きい》の中に失わえてしまった。仮説はいくつもあうがね。シイウスだという者もあう。アウファ・ケンタウイだ、ソウだ、白鳥座61番だという者もあう——どえもシイウス星域の星だね」

「それで、ラメスはなんと言ってるんですか」

「ふむ。彼《かえ》はまったく新しい道《あたあ》をひらいた。アークトゥウス星系第三惑星に考古学的遺跡があうのだがね、それこそ宇宙航行が可能になる以前から人類《じんうい》がその地に住んでいたことを示すものであうと主張し、それを証明しようとしたのだよ」

「つまり、そこが人類発祥の惑星だということですか」

「おそあくな。じっくいと読みこみ検討してみんことには断言できぬがね。人たるもの、意見を述べう以上は、信頼《しんあい》できうものでなくてはな」

ハーディンは短い沈黙のあとで言葉をつづけた。

「ラメスがその本を書いたのはいつなんですか」

「おお——八百年ほど前ではないかな。もちおんその多くは、さらにそれ以前のグイーンの研究を基盤としていうのだがね」

「だったら、なぜそんなにラメスの研究を重視するんですか。アークトゥウルスへ行ってご自分でその遺跡を調査なさったらいいのに」

ドーウィン卿は眉を吊りあげ、あわてて嗅ぎ煙草をつまんだ。

「いったいなんのために、そんなことをせねばなあんのだね」

「もちろん、直接的な証拠を手に入れるためですよ」

「なぜそんな必要があうのだね。目的にいたるためだとしても、なんとも迂遠《うえん》で煩《わずら》わしい方法はないか。いいかね。わたしは古《いにしえ》の大家《たいか》――過去の偉大な考古学者たちすべての研究を手にしていうのだよ。それをたがいに比較検討し――矛盾《むじゅん》点をつきあわせ――相容《あいい》えない記述を分析し――どちあが正しいかを判定し――結論《けつろん》にいたる。そえこそが科学的方法というものだおう。少なくとも」――いかにも横柄《おうへい》に――「わたしはそう考えていうよ。アークトゥウスとかソウまでわざわざ行ってうろつきまわうなんぞ、どうしようもなくまだるっこしいだけだ。かの地ではすでに古の大家が、わえわえには望み得ないほど徹底的に調査しつくしていうのだからな」

「そうですね」ハーディンは礼儀正しくつぶやいた。

科学的方法だって？　くそったれが！　銀河系が衰退していくのも無理はない。

「ところで閣下」とピレンヌ。「そろそろおもどりになったほうがよろしいかと存じますが」

「ああ、そうだな。ではもどおうか」

部屋を出ようというときになって、ハーディンはふいにたずねた。

「閣下、ひとつ質問してもよろしいでしょうか」

ドーウィン卿は鷹揚な笑みを浮かべ、強調するように優雅に手をひらめかせながら答えた。

「もちおんだとも。喜《よろこ》んでお答えしよう。わたしのつたない知識が役に立つならそえ以上の――」

「いえ、考古学に関することではないんですが」

「ちがうのかね」

「ええ。おたずねしたいのはべつのことです。昨年、アンドロメダのガンマ星系第五惑星で発電所の爆発が起こったという知らせが、ここテルミヌスにまで届きました。が、なんとも心もとない概略だけで――くわしいことはまったくわからないんです。閣下におたずねすれば、正確なことがわかるのではないかと」

ピレンヌが口もとをゆがめた。

「見当違いの質問で閣下をお悩ませするでない」

「いやいや、ピエンヌ博士、まったくかまわんよ」大法官閣下がとりなした。「だがその件に関しては、話すようなことはほとんどないがね。まさしく発電所が爆発を起こし、大惨事となったのだよ。何百万人が死亡し、少なくとも惑星の半分が廃墟と化したはずだ。事実、政府は現在、核エネウギーの濫用《あんよう》に厳しい制限を課すことを真剣に検討している。もちおん、一般に公表さえてはおらんがね」

「わかりました」とハーディン。「ですが、その発電所はなぜ爆発したんでしょうか」

「いやいや」どうでもいいと言いたげな口調だ。「じつのところ、わかあんのだよ。数年前に故障したのだが、そのときの部品の交換や修繕がずさんだったのだおうと考えられていう。近頃《ちかごお》では、発電システムの技術的な細部を真に理解《いかい》できう者がほんとうに少なくなってしまったからな」そして彼は悲しげに嗅ぎ煙草をつまんだ。

「閣下は、外縁星域の独立王国がみな核エネルギーを失っていることをご存じでしょうか」

ハーディンはたずねた。

「そうなのかね。まあ驚《おどお》くにはあたらんがね。どこも野蛮な惑星だ——ああ、だがきみ、あえを〝独立《どくいっ》〟などと言ってはいかんよ。独立《どくいっ》したわけではない。わえわえがあの者たちと結んだ条約がその証拠だ。皇帝の主権を認めている。もちおん、認めんわけにはいかんだおう。さもなければわえわえも条約など結ばんからな」

「それはそうかもしれませんが、彼らはずいぶん自由に行動しています」

「ああ、そうだおうね。そえなりに自由ではあうだろう。だがそのようなことは問題になあんよ。外縁星域《じいき》が自力でやってくえたほうが、帝国としてはありがたいというものだ——いまのようにな。あのような連中《えんちゅう》など、なんの役にも立たん。どこの惑星も野蛮きわまりない。文明の欠片《かけあ》も存在せん」

「過去においては彼らも文明をもっていました。アナクレオンは辺境部でもっとも豊かな地域のひとつでした。ヴェガにも匹敵するほどでしたね」

「おお、だがね、ハーディン君、それは何世紀も昔のことだ。そこから結論《けっおん》を導きだすことはできんよ。過去の偉大なる日々とは時代がちがうのだかあね。わえらももはやかつてのようではない。だがハーディン君、きみもなかなかに粘《ねば》い強いね。今日は仕事の話はしないと言ったはずだよ。きみは相当にしつこいだおうと、ピエンヌ博士が警告してくえていたがね。わたしは年寄いなのだから勘弁《かんべん》してくえんかね。それは明日の話にしようではないか」

つまりはそういうことだ。

5

いまはもうこの星を去ったドーウィン卿のためにひらかれた非公式の会談いくつかをのぞくと、これはハーディンが出席する二度めの評議員会になる。だが、市長である彼にはなぜか知らされていないものの、最低でも一度、おそらくは二度か三度の会議がひらかれたことは間違いがない。

さらにいえば、その最後通牒《つうちょう》がこなければ、今回の会合についての知らせも彼のもとに届くことはなかっただろう。

ヴィジグラフによる文書の字面《じづら》だけを読むと、両国主権者のあいだでかわされる友好的な挨拶のように思えるかもしれないが、どう見てもそれは最後通牒だった。

ハーディンは用心深く指先でなぞった。「勢い猛《たけ》しアナクレオン国王より、友にして同胞なる百科事典《エンサイクロペディア》第一ファウンデーション評議員議長ルイス・ピレンヌ博士に」宛てた華麗なる挨拶ではじまり、それ以上に華《はな》やかで巨大な、そしてなんとも複雑な象徴をあしらったカラフルな印章によって終わっている。

だが、それが最後通牒であることに変わりはない。

ハーディンは発言した。

「あまり時間がないことはわかってましたよね——たったの三カ月。われわれはそのわずかな時間を無為《むい》にすごしてしまった。そしてこの文書によると、われわれに残されているのは一週間の猶予だ。さて、どうすればいいでしょうね」

ピレンヌが困惑をこめて眉をひそめた。

「何かが抜け落ちておるのだ。帝国と皇帝の姿勢についてドーウィン卿があのように保証してくださった以上、アナクレオンが強硬に物事を進めてくることなど絶対にあり得ん」

ハーディンは勢いづいてつづけた。

「なるほど。それじゃあなた方は、アナクレオン王にその姿勢とやらを知らせたんですね」

「そうだ——評議員会に提議して票決を求め、全会一致を得たのでな」

「その票決とやらはいつだったんですか」

ピレンヌがなけなしの威厳をこめて反論した。

「ハーディン市長、そのような質問に答える筋合いはないと思うがね」

「いいですよ。おれだって本気で関心があるわけじゃないですからね。ただ言わせてもらえるなら」——と口の片端を吊りあげて皮肉な薄笑いを浮かべ——「この、じつに友好的なささやかな書簡が舞いこんできた直接の原因は、この状況に対するドーウィン卿の貴重なご発言をあちらさまに伝えたあなた方の外交策にあるってことです。そんなことをしていなければ、事態の進展はもう少しゆるやかだったかもしれないんですがね。もっとも、評議員会の態度を拝見するかぎり、時間の余裕があったってたいしてテルミヌスの役には立たなかったでしょうがね」

「なぜそのような驚くべき結論に到達するのだね」イェイト・フラムがたずねた。

「ごく単純な話ですよ。有用なのにめったに省《かえり》みられることのないもの——常識ってやつを働かせるだけのことです。記号論理学と呼ばれる人知の一分野があるのはご存じでしょう。あれを使えば、人類の言語にまとわりつくありとあらゆる類《たぐい》の枯《か》れ枝をはらいのけることができるんです」

「だからどうだというんだね」とフラム。

「それを応用したんですよ。何よりもまず、ここにあるこの文書に対してね。じつをいえば、おれ自身はこれがどういうものかちゃんと理解できているんで、そんなものは必要ないんですが、五人の自然科学者先生には言葉より記号論で説明するほうがわかりやすいんじゃないかと思いましてね」

そしてハーディンは小脇に抱えた紙束から数枚を剝《は》ぎとり、ひろげてみせた。

「ところで、これはおれが分析したもんじゃありませんからね。ごらんのように、論理学部のミュラー・ホルクとサインがあるでしょう」

ピレンヌがよく見ようとテーブルに身をのりだしてくる。

「アナクレオンからのメッセージは」ハーディンはつづけた。「当然ながら単純なものです。これを書いたのは言葉よりも行動を重んじる連中ですからね。そのまま簡単に率直な声明に要約されます。記号論的分析はごらんのとおりですが、言葉にするならその大意は、『一週間のうちにわれわれの要求するものをよこせ、さもなければ力づくで奪ってやるぞ』ですね」

五人の評議員が分析結果の記号列に目を通しているあいだ、室内は静寂に包まれた。ピレンヌが腰をおろし、不安げに咳払いをした。

「抜け落ちはありませんよね。どうですか。ピレンヌ博士」ハーディンはたずねた。

「ないようだな」

「いいでしょう」ハーディンはまたべつの紙をとりだした。「いまここにひろげたのは、帝国とアナクレオンが結んだ条約のコピーです——ついでながら、皇帝代理として署名しているのは、先週ここにいらしたドーウィン卿ですね。そしてこれが、その記号論的分析結果です」

条約文は美しい印字で五ページにわたって記されているが、分析結果のほうはぞんざいな殴《なぐ》り書きが半ページほどあるだけだ。

「ごらんのように、分析結果によると、この条約の九十パーセントがまったく無意味なものと判定され除外されます。そして最終的結論は、つぎのような興味深いものになるわけです。すなわち、

『帝国に対するアナクレオンの義務、皆無！』

『アナクレオンに対する帝国の支配権、皆無！』」

五人はふたたび不安そうにその論証をたどり、条約文を慎重に見なおした。検討し終えた

結果、ピレンヌが当惑の声をあげた。

「間違ってはおらぬようだ」

「では、この条約文がアナクレオン側の完全な独立宣言であり、帝国がそれを承認したものであることを認めますね」

「そういうことになるな」

「それであなた方は、アナクレオンがそれに気づいていないと――独立という自分たちの立場を誇示したがっていないとでも思うんですか。帝国の威光なんぞを楯《たて》にわれわれに威嚇《いかく》されたら憤慨《ふんがい》するに決まってるじゃないですか。なんといっても、帝国側にそうした威嚇を実現させる力のないことは明らかなんですから。でなかったら、アナクレオンの独立を許すわけがないでしょう」

「だがそれなら」サットが言葉をはさんだ。「ハーディン市長は、支援を約束したドーウィン卿のお言葉をどう考えているのだね。あれは――」と肩をすくめ、「だいたいにおいて満足のいくものだったではないか」

ハーディンはどっと椅子の背にもたれかかった。

「今回の問題において、もっとも興味深いのはそこですね。はじめてあの大法官閣下にお目にかかったとき、こいつはどうしようもない間抜けだと思ったもんですが――どうしてどうして、じつに頭の切れる老練《ろうれん》な外交官であられましたよ。勝手ながら、閣下の発言はすべて録音させてもらっています」

狼狽《ろうばい》の声があがる。ピレンヌなどは恐怖のあまりぽっかりと口をあけている。

「だからどうだっていうんですか」とハーディン。「これが賓客《ひんきゃく》に対するたいへんな非礼で、いわゆる紳士と呼ばれる人間がやっちゃならんことだってくらいは、おれにもちゃんとわかってますよ。大法官閣下に気づかれたら困った事態になっただろうってこともね。だけど閣下は気づかなかったんだし、おれの手元には録音がある、と、まあそういうわけだ。それでおれは録音のコピーをとり、それもホルクに送って分析してもらったんですがね」

「その分析結果はどこだね」ルンディン・クラストがたずねる。

「興味深い点というのはそこです」ハーディンは答えた。「この録音の分析は、今回の三件の中でもずばぬけて困難だったようです。二日間の懸命な作業の結果、ホルクは無意味な陳述、曖昧な戯言《たわごと》、無駄な修飾——ひとことでいうなら不要な弄言《ろうげん》の除去に成功しました。そしてその結果、何ひとつ残りませんでした。すべてがとりのぞかれてしまったんです。いいですか、ドーウィン卿は五日間にわたる会話と討議において、ひと言も意味ある言葉を発しておらず、しかもそれをあなた方に悟らせることがなかった。それが、偉大なる帝国からあなた方が得た保証とやらいうものなんです」

強力な悪臭爆弾をテーブルにのせたとしても、この最後の言葉が引き起こしたほどのすさまじい混乱を呼ぶことはなかっただろう。ハーディンは擦《す》り切れかけた忍耐をふりしぼって、それが静まるのを待った。

「ですから」と結論する。「帝国がアナクレオンに対して行動を起こすぞと脅迫を送ったとき――脅迫以外のなんだというんですか――あなた方は単に、あなた方より状況を理解している専制君主を怒らせただけだったんです。当然ながら誇り高き国王陛下は即座の行動に移り、その結果がこの最後通牒になった――ここでわたしの最初の発言にもどるわけですよ。われわれに残されているのは一週間です。さて、どうすればいいでしょうね」

「アナクレオンの要求をのんで、テルミヌスに軍事基地を設立させるよりほかに選択肢はないように思えるが」サットが言った。

「その点についてはわたしも同意しますね」ハーディンは答えた。「しかしながら、機会がありしだい連中をたたきだすにはどうすればいいでしょう」

イェイト・フラムの口髭がぴくりと動いた。

「市長はどうやら、暴力に訴えねばならんと決めておられるようだな」

「暴力は無能者が用いる最後の切り札ですよ」というのが彼の答えだった。「とはいっても もちろん、歓迎の絨毯《じゅうたん》を敷いたり、連中に使っていただくため最上の家具の埃《ほこり》をはらったりはしませんけれどね」

「きみの言いぐさはどうも気に入らんな」フラムがなおも主張した。「その態度は危険だ。近頃では多くの市民がきみの言動すべてをそのままうのみにしている。それだけにいっそう危険だ。ハーディン市長、言っておくが、評議員会はきみの行動に目をつぶっているわけではないのだぞ」

彼が言葉を切り、一同が同意する。ハーディンは肩をすくめた。

「もしも」とフラムはさらにつづけた。「市民をたきつけて暴力に駆り立てるつもりなら——それは遠まわしな自殺のようなものだが——われわれとしても許すつもりはない。われわれの行動はただひとつの重要な理念にのみ従う。すなわち、百科事典《エンサイクロペディア》だ。何事であれ、その行動をとるか否《いな》かは、百科事典《エンサイクロペディア》の編纂続行に必要かどうかで決定される」

「それじゃあなた方は」とハーディン。「〝何もしない〟キャンペーンを徹底的につづけていくという結論に至ったわけですね」

「帝国にはわれわれを助けることができないと証明してみせたのはきみではないか」ピレンヌが苦々《にがにが》しい声をあげた。「いったいなぜ、どのようにしてそうなるのか、わたしには理解できんがね。妥協が必要だというなら——」

ハーディンは、全力疾走しながらどこにも到達できないという、悪夢のような感覚を味わっていた。

「妥協などあり得ない！　この軍事基地とかいう戯言が最低最悪の与太話《よたばなし》だってことが、あんたたちにはわからないのか。アナクレオンが何を求めているか、オウ・ロドリックが話してくれたじゃないか。いますぐにも併呑して自分たちの封建制度を——貴族が領地を所有し小作人を働かせるという経済システムを、われわれにも押しつけようっていうんだ。核エネルギーに関してはったりをかましたおかげで少しは動きを鈍らせられるかもしれないが、いずれにせよ連中は動きだすんだ」

彼が憤然《ふんぜん》と立ちあがると、あとの者たちもそれにならった——だがジョード・ファラひとりはすわったままだ。そのファラが口をひらいた。

「諸君、腰をおろしたまえ。先走りすぎているのではないかな。さあさあ、ハーディン市長、そのように恐ろしい顔をするものではない。われわれの誰ひとりとして裏切りを働いているわけではないのだから」

「そいつを証明してくれ！」

ファラが穏やかに微笑して答えた。

「証明などと、まさか本気ではあるまい。ともかくわたしに話をさせてくれ！」ファラの小さいながらも鋭い目はなかば閉ざされ、なめらかなあごに汗が光る。「いまさら隠しても無意味だから、はっきり知らせておこう。六日後に廟堂がひらかれる。アナクレオン問題は、そこで明かされるものによって真の解決策を得るだろうというのが、評議員会のくだした結論だ」

「それが、この件に関するあんたたちの総意なのか」

「そうだ」

「つまり、何もしないで、廟堂から機械仕掛けの神《デウス・エクス・マキナ》がとびだしてくることを信じて、ただ粛々《しゅくしゅく》と待つと？」

「感情的な表現をとりのぞけば、そういうことだ」

「あからさまな逃避だ！ファラ博士、まさしく天才のみに可能な愚策中の愚策。凡人には到底《とうてい》受け入れられるもんじゃない」

ファラが鷹揚な笑みを浮かべた。

「きみの警句はなかなかに気が利《き》いているがね、ハーディン、だが場所をわきまえたまえ。それはそうと、わたしは三週間前、廟堂についてさる主張を述べたが、もちろんおぼえているだろうね」

「ああ、おぼえている。演繹《えんえき》的論理学の観点から見たかぎり、まあそれなりのものだった。そいつは否定しないよ。つまりはこうだろう——間違ってたら指摘してくれ——ハリ・セルダンは銀河系におけるもっとも偉大な心理歴史学者だった。したがって、われわれが現在直面している不快にして困難な状況を予見できたはずだ。したがって、われわれにその解決方法を伝える手段として廟堂を建設したのだ」

「要点をうまくとらえている」

「おれが数週間にわたってこの問題と真剣に取り組んできたからだって答えれば、博士は驚きますかね」

「嬉しい驚きだ。それで、どのような結論にいたったのだね」

「結論は、純粋な推論だけでは不足が生じるってことですね。くり返しますが、常識ってやつを少しばかりふりかける必要があるんです」

「たとえば？」

「たとえば、もしアナクレオン問題を予見していたのなら、なぜハリ・セルダンは銀河系の中心に近いほかの惑星を選ばなかったのか。ファウンデーションがテルミヌスに設置されたのは、セルダンがトランターの公安委員会をたくみに操作して、そういう命令を出させたからだってことは周知の事実だ。彼はなぜそんなことをしたのか。通信ラインの途絶や、銀河系中心部からの孤立や、近隣の脅威をあらかじめ知ることができたのなら、そもそもなぜこの惑星を選んだのか——そして何よりも！　テルミヌスには金属がない。だからわれわれはまったくの無力だ。これらすべてを予見できたのなら、なぜ彼は最初の移住者たちにあらかじめ警告しておかなかったのか。そうしていれば、いまみたいに崖から片足を踏みだすまでぼんやりと待つのではなく、準備の時間がとれただろうに。

　そして忘れてはならないことがある。当時の彼にこの問題を予見できたのなら、いま現在のわれわれにもはっきりそれが見えるのではないか。つまるところ、セルダンは魔術師ではない。難局をのりきるために、彼に見えてわれわれには見えない魔法のような方法があるわけではない」

「だが、ハーディン」ファラがくり返した。「われわれにはそれが見えんのだ」

「見ようとしていないからだ。一度だって見ようとしたことがない。あんたたちは最初、そもそも脅威があることすら認めようとしなかった！　それから、盲目的にして絶対的な信頼を皇帝におくことで安堵してしまった！　そしていまは、その信頼をハリ・セルダンにおきかえようとしている。最初から最後まで、あんたたちは終始一貫して、権威に、もしくは過去に、すがってきたんだ——一度も自分で行動しようとしたことがない」引き攣《つ》るようにこぶしを握りしめ、「その姿勢は病的といってもいい——権威に逆らわなくてはならないような問題が生じると、いつだって精神の独立を脇に押しやってしまう。条件反射なんだ。皇帝は自分よりも強い、ハリ・セルダンは自分よりも賢い、あんたたちはなんの疑いもなくそう信じこんでいる。だがそれは間違っている、わからないのか」

なぜか、誰も答えようとしない。

「あんたたちだけじゃない」ハーディンはつづけた。「銀河系全体がそうなんだ。ピレンヌ博士、あんたは科学的研究について語るドーウィン卿の話を聞いただろう。ドーウィン卿によれば、優秀な考古学者になるには、その問題について書かれた本すべてを読破すればいいんだそうだ——何百年も前に死んだ人間の書いた本をだ。そして、考古学の謎を解明するには、相対《あいたい》する文献を比較検討すればいいんだそうだ。ピレンヌ博士はそれを聞きながら、なんの反論もしなかった。そんなのは間違っている、それがわからないのか」

ふたたび、声に懇願《こんがん》じみた響きがまじってくる。

やはり答える者はいない。

「あんたたちもテルミヌスの半分も同じようなものだ。ただすわりこんで、百科事典《エンサイクロペディア》こそがすべてだと考えている。科学における最大の目標は、過去のデータを分類することだと考えている。確かにそれは大切だろう。だけどほかにもなすべきことがあるんじゃないか。われわれは退化し、忘れつつある。わからないのか。ここ外縁星域では核エネルギーが失われた。アンドロメダのガンマ星系ではずさんな修繕《しゅうぜん》から発電所が爆発を起こし、帝国の大法官は核エネルギー技術者が足りないと嘆いている。どうすれば解決できる。新しい技術者を養成するのか。とんでもない！　連中は逆に、核エネルギーを制限しようとしているんだ」

そして三度め。

「わからないのか。全銀河系がそうなっちまってるんだ。過去を崇《あが》め奉《たてまつ》っている。退化して――停滞している！」

そして彼はひとりずつを凝視していった。彼らのほうもじっと彼に視線を据えている。

最初にわれに返ったのはファラだった。

「そうだな、神秘的哲学はここでは役に立たん。現実的にいこうではないか。きみはハリ・セルダンが、心理歴史学の技術を用いて容易に未来の歴史的趨勢《すうせい》を推《お》し量《はか》ることができたという事実を否定するのかね」

「もちろん否定はしないさ」ハーディンはわめいた。「だが解決策を彼に頼ることはできないじゃないか。彼にできるのは、せいぜい問題を指摘することだけだ。解決策があるのなら、それはわれわれ自身が見つけださなくてはならない。セルダンがやってくれるわけじゃないんだ」

とつぜんフラムが口をひらいた。

「〝問題を指摘する〟とはどういう意味だね。われわれは問題を知っているではないか」

ハーディンはくるりと彼にむきなおった。

「知ってるってほんとうに？　あんたはきっと、ハリ・セルダンの心配はアナクレオンのことだけだと思っているんだろうな。冗談じゃない！　いいか、あんたたちは誰ひとりとして、いま現実に何が起こりつつあるのか、毛ほども理解しちゃいないんだ」

「きみは理解しているというのかね」ピレンヌが棘々《とげとげ》しくたずねる。

「そのつもりだ！」ハーディンはぐいと椅子を押しのけて立ちあがった。鋭く冷やかな視線を飛ばす。「確かなことがひとつあるとしたら、それは、この状況すべてにうさんくささが漂っているということだ。これまで話しあってきたこと以上に重要な何かがあるんだ。そう、ひとつ自分に問いかけてみてくれ。ファウンデーションの最初の移住者の中に、ボル・アルリンをのぞいて、一流の心理歴史学者がひとりもふくまれていなかったのはなぜなのか。その彼にして、学生に基礎以上を教えることを慎重に回避したのはなぜなのか」

短い沈黙につづいて、ファラが言った。

「なるほど。そしてそれはなぜなのだね」

「たぶん、心理歴史学者ならこれらすべてがどういうことなのか理解できて——でもハリ・セルダンとしては、早々に理解されてはまずかったからなんだろう。そのおかげで、おれたちは霧に包まれた真実の欠片をかいま見ることしかできず、よろめき歩くばかりというわけさ。でもそれが、ハリ・セルダンの望んだことだったんだ」

そして彼は耳障りな笑い声をあげた。

「では諸君、ごきげんよう」

そして堂々と会議室をあとにした。

6

ハーディン市長は葉巻の端を噛《か》んだ。とっくに火は消えているが、気づいていない。昨夜は一睡《いっすい》もできなかった。今夜もきっと眠れないだろう。彼の目がそれを告げている。

「それでいけるか」くたびれきった声でたずねた。

「たぶんね」ヨハン・リイが片手をあごにあててたずね返す。「どんな感じ？」

「悪くないな。いいか、こいつは傍若無人《ぼうじゃくぶじん》にいかなきゃ駄目なんだ。つまり、ためらわない。連中に状況を把握する時間を与えない。命令をくだせる立場になったら、生まれたときからそうしているみたいに堂々と命令する。そうしたら連中は従うさ、もうそれが習慣になっちまってるんだからな。クーデターってのは本質的にそういうものだ」

「もし、評議員会がそれでもまだ迷っているようだったら――」

「評議員会？　そんなものは無視しろ。テルミヌスにおけるやつらの意義なんか、明日からは錆びた半クラウン貨の価値もなくなるんだ」

リイはゆっくりとうなずいた。

「それにしても、連中がこれまで、わたしたちを阻止するためになんの手も打ってこなかったのは不思議だね。彼ら、まったく何も見えてないわけじゃないんだろう？」

「ファラは問題のすぐそばをうろついている。あいつにはときどきはらはらさせられるぞ。そしてピレンヌは、おれが当選したときからずっと疑惑を抱えている。だがいいか、連中には、何が起こっているかを真に理解する能力が完全に欠けてるんだ。徹底的に権威主義的な教育を受けているからな。皇帝は、皇帝であるというだけの理由で、万能だと信じている。そして評議員会も、皇帝の名のもとに活動している評議員会であるというだけの理由で、命令をくだせなくなる立場に追いやられることなどあり得ないと信じている。叛乱の可能性を認識できないその無能さが、おれたちにとっては最大の味方となるんだ」

彼はのそりと立ちあがり、ウォータークーラーに歩み寄った。

「連中だってべつに悪い人間じゃないさ、リイ、百科事典《エンサイクロペディア》にしがみついているかぎりはな。だからこれからも、しがみつけるようにしてやるつもりだ。だが連中、テルミヌスの政治問題となるとからっきし無能になる。さあ、そろそろ事をはじめにいってくれ。おれはひとりになりたい」

そして彼はデスクの端に腰をおろし、水のはいったコップを見つめた。

ちくしょう！　せめて見せかけくらいの自信がもてれば！　二日後にはアナクレオン人どもがやってくる。なのにおれときたら、ハリ・セルダンがこの五十年をかけて何をしようとしていたのか、漠然と推測し理解できたつもりになっているにすぎない。そもそも、ほんものの心理歴史学者ですらなく――ささやかな訓練を受けただけの身で、当代最高の偉人を出し抜こうとあがいているんだ。

もしファラが正しかったら。ハリ・セルダンの予見した問題がアナクレオンに関するものだけだったら。関心をもち保存しようとしたものが、ほんとうに百科事典《エンサイクロペディア》だけだったら――クーデターになんの意味があるだろう。

ハーディンは肩をすくめて水を飲んだ。

7

もっと大勢が集まることを予想したのか、廟堂には六脚《きゃく》よりもかなり多くの椅子が用意されていた。ハーディンはしっかりとそれを心にとどめ、あとの五人からできるだけ離れた隅の椅子にぐったりと腰をおろした。

評議員会のメンバーは異を唱えず、仲間うちだけでささやくように会話をかわしていたが、いっそう声をひそめたかと思うと、やがて完全に口を閉ざした。五人の中ではジョード・ファラだけが比較的おちついているようだ。彼は時計をとりだし、厳粛《げんしゅく》な顔でじっとそれを見つめた。

ハーディンも自分の時計に目をやり、それから、部屋の半分を占める――完全に空《から》っぽの――ガラス張りのブースに視線をむけた。この部屋で唯一、奇異なものだ。それをのぞけば、どこかでラジウムがごく微量ずつ消費されて時を刻んでいることをうかがわせるものは何ひとつない。そして正確にその瞬間が訪れれば、タンブラーがはずれて接続が――

照明が暗くなった！

照明は消えたわけではなく、光度が落ちて黄色っぽくなっただけだったが、あまりにもとつぜんだったのでハーディンは思わずとびあがった。驚いて天井を見あげ、それから視線をもどしたとき、ガラスのブースはもはや空ではなくなっていた。

誰かがいる――車椅子にすわっている！

その人物はしばらくのあいだ無言だったが、膝の上の本を閉じて所在なげにいじり、それから微笑を浮かべた。その顔はまったく生きている人間と変わらない。

「わたしはハリ・セルダンだ」やわらかな老人の声が告げた。

ハーディンは挨拶を返そうと立ちあがりかけ、思いなおした。

声はなおも穏やかな口調でつづけた。

「ごらんのように、わたしはこの椅子に縛《しば》りつけられていて、立ちあがって挨拶することができない。きみたちの祖父母はわたしの時間で数カ月前にテルミヌスにむかって出発した。そのあと、厄介なことに身体《からだ》が動かなくなってね。わたしにはきみたちが見えない。だから適切な挨拶もできない。何人が集まっているのか、知ることもできない。だから形式張らず、気楽にいこう。立っている者がいるなら、腰をおろしてくれたまえ。煙草を吸いたければ遠慮なくどうぞ」小さな笑い声をあげ、「遠慮する必要などないだろう。わたしはここにはいないのだからね」

ハーディンはほとんど機械的に葉巻をとりだそうとし、途中で手をとめた。

ハリ・セルダンが本を――かたわらにあるデスクにのせるかのように――片づけた。指が離れると同時に、本は消失した。

「ファウンデーションが設立されて五十年がたった。この五十年、ファウンデーションのメンバーはみずからの仕事の目的を知らされずにいた。知らずにいることが必要だったからだ。だがいま、その必要もなくなった。

まず第一に、百科事典《エンサイクロペディア》ファウンデーションは欺瞞《ぎまん》である。そもそものはじめからずっと欺瞞だったのだ」

混乱した音と二、三の押し殺したあえぎが背後から聞こえたが、ハーディンはふり返らなかった。

当然ながら、ハリ・セルダンはなんの影響もなく話しつづけている。

「欺瞞というのはすなわち、わたしやわたしの同僚たちにしてみれば、百科事典《エンサイクロペディア》が一冊も刊行されなくともまったくかまわないということだ。だが目的にはかなうものだった。それによって皇帝の勅許状を手に入れ、それによってわれわれの計画に必要な十万の人々を呼び集めることができた。そしてまたそれにより、物事が定まり引き返すことができなくなるそのときまで、その人々を仕事に没頭させることができた。

きみたちがこの欺瞞に満ちた――言葉を飾っても無意味だからね――プロジェクトに邁進《まいしん》してきた五十年のあいだに、退路は断たれた。きみたちにはいまや、われらの真の〈プラン〉であった、そしていまも真の〈プラン〉である、かぎりなく重要なプロジェクトに突き進むよりほか、道は残されていない。

わたしたちはそのために、このような惑星に、このような期間、きみたちをとどめおいた。五十年後に行動の自由がまったくなくなるよう、誘導してきた。いまより数世紀にわたり、きみたちの進むべき道は定められている。いま最初の危機に直面しているように、今後もさまざまな危機が襲ってくるだろう。そしてそのいずれの場合にも、きみたちの行動の自由はつねに制限され、たどる道はひとつ、ただひとつに集約されていく。

それは、ある理由により、われわれの心理歴史学が設定した道だ。

銀河系の文明は数世紀にわたって停滞し、退化している。だがそれに気づいている者はわずかしかいない。いまやっと、外縁星域が独立し、帝国の政治的統一は崩壊した。未来の歴史家はこの五十年のどこかに任意のラインをひいて、『ここにおいて銀河帝国の滅亡ははじまったのである』と主張するだろう。

確かにそれは間違っていないが、これからも数世紀のあいだ、その〝滅亡〟を認める者はほとんどいないだろう。

滅亡のあとには必然的に野蛮な時代がやってくる。その期間は、われわれの心理歴史学によると、通常の条件下では三万年つづく計算になる。滅亡を阻止することはできない。また阻止するつもりもない。帝国文明はかつての活力と価値を失ってしまったからだ。だが、あとにつづく野蛮な時代を短縮することならできる——そう、ほんの一千年にまで。

その短縮過程に関するくわしい説明はできない。それは、五十年前にファウンデーションの真実について語ることができなかったのと同じだ。きみたちがその詳細を知れば、〈プラン〉が失敗するかもしれない。この五十年のあいだに百科事典《エンサイクロペディア》の欺瞞が見抜かれていたらそうなっていたかもしれないようにね。その場合、それを知ることによってきみたちの行動の自由は拡大し、導入される付加変数がおびただしく増加して、われわれの心理歴史学では扱いきれなくなる。

だがそのような事態は起こらない。現在も過去も通じて、テルミヌスに心理歴史学者は存在しないからだ。ただひとりアルリンだけは例外だが、彼はわれわれの同僚だった。

しかしながら、これだけは告げておこう。テルミヌスと、銀河系の向こう端に位置する対《つい》のファウンデーションは、ルネッサンスの種子となり、未来における第二銀河帝国の始祖《しそ》となる。そしてその頂点にむけてテルミヌスを始動させるのが、いま現在の危機なのだ。

ところで、今回の危機はきわめてわかりやすく、未来にひかえているあまたの危機に比べればはるかに単純なものだ。基本的事項をまとめるとこうなる。きみたちの惑星は、いまだ文明が残っている銀河系の中心部からふいに遮断され、より強力な近隣惑星の脅威にさらされている。きみたちは、広大にして急速に拡大しつつある野蛮な勢力に囲まれた、ささやかな科学者の惑星だ。ひろがりゆく原始エネルギーの海にぽつんとただひとつ浮かぶ、核エネルギーの島だ。にもかかわらず無力なのは、きみたちの惑星には金属がないからだ。

きみたちは切迫した必要性にせまられていて、否応《いやおう》なしに行動に出なくてはならない。その行動――すなわち、現在のジレンマの解決策がどのようなものであるかは、おのずと明らかだろう！」

ハリ・セルダンの映像が何もない宙に手をのばすと、ふたたび手の中に本があらわれた。彼はそれをひらいて言葉をつづけた。

「きみたちの未来の歴史がどれほど迂遠《うえん》な道をたどろうとも、これだけはつねに子孫代々の心に刻みつけておいてほしい。道はすでに計画されている。そしてその果てには、より偉大なる新帝国が待っているのだ！」

そして本に視線を落とした。彼の姿は一瞬にして消え去り、ふたたび照明が明るくなった。ハーディンは顔をあげた。ピレンヌが悲愴《ひそう》な目をしてくちびるをふるわせながら、こちらを見ている。

評議員議長はきっぱりとしながらも抑揚に欠けた声で言った。

「きみが正しかったようだな。今夜六時にきてくれぬか、評議員会は今後の行動についてきみと協議したい」

評議員はひとりひとり彼と握手をかわし、去っていった。ハーディンはほくそえんだ。彼らは基本的に筋の通った人間なのだ。科学者として、自分たちの間違いを認めることを厭《いと》わない――だがもう遅い。

時計に目をやった。いまごろはもうすっかり片がついている。リイの部下がすべてを掌握《しょうあく》し、もはや評議員会は命令をくだす権限を失っているはずだ。

最初のアナクレオン宇宙船団は明日到着する。だがそれも心配はいらない。六カ月後には彼らもまた、命令をくだす権限を失っている。

ハリ・セルダンは正しい。アナクレオンに核エネルギーがないことをアンセルム・オウ・ロドリックがはじめて暴露したあの日からサルヴァー・ハーディンが推測してきたように——この最初の危機に対する解決策は明らかだった。

馬鹿ばかしいほどに、明らかだったのだ！

第三部　市長《メイアー》

1

四王国　……ファウンデーション紀元《エラ》の初期に第一帝国より分離し、短命な独立王国を築いたアナクレオン星郡《せいぐん》の一部に与えられた名称。最大にして最強であったのはアナクレオンそのものであり、その領域は……

……四王国の歴史においてもっとも興味深い局面は間違いなく、サルヴァー・ハーディンの統治期間に一時的に課せられた奇妙な社会制度で………

銀河百科事典《エンサイクロペディア・ギャラクティカ》

代表団か！

その来訪がわかっているからといって、サルヴァー・ハーディンはまったく嬉しくなどなかった。それどころか、あからさまにいやな予感しかしない。

ヨハン・リイが過激なことを勧《すす》めてきた。

「わからないな、ハーディン、なんだって時間を無駄にしなくてはならないんだ。彼らにはどうせつぎの選挙まで――とにかく法的には――何もできないのだし、つまりは一年あるということだろう。追い返してしまえばいい」

ハーディンはくちびるをすぼめた。

「リイ、おまえはほんとうに学ぶってことをしないな。おまえとは四十年のつきあいになるが、背後から忍び寄る洗練されたやり方をけっして学ぼうとしない」

「それはわたしの戦い方ではないからね」リイは不満たらしくつぶやいた。

「ああ、わかってるさ。だからおれも、おまえだけは信頼してるんだ」言葉をとめて葉巻に手をのばし、「百科事典編纂者《エンサイクロペディスト》連中に対するクーデターを企《くわだ》てたあのころから、ずいぶん遠くまできちまったなあ。おれも歳をとった。六十二だぞ。この三十年がどれほどはやく飛び去ったか、考えたことはあるか」

リイはふんと鼻を鳴らした。

「わたしはべつに歳をとったなんて思っていないよ。六十六だけれどね」

「ああ、おまえは胃腸が丈夫だもんな」

そしてハーディンは物憂《ものう》げに葉巻を吸った。若いころに好んだまろやかなヴェガ煙草《たばこ》を望むことは、もうとうの昔に諦《あきら》めた。惑星テルミヌスが銀河帝国のあらゆる星々と交易をしていた日々は、すべての〈古き良き時代〉と同じく、いまでは忘却《リンボ》の彼方に埋もれてしまった。そして銀河帝国もまた、そこにむかいつつある。それにしても、新しい皇帝は誰なのだろう——そもそも新しい皇帝など、それをいうならば帝国そのものだって、いまも存在しているのだろうか。なんてことだ！　ここ銀河系の辺境で通信が途絶えて三十年、テルミヌスにとっては、自惑星とそれをとりまく四王国だけが宇宙のすべてなのだ。猛《たけ》きものもついには滅びる、だ！　ふん、四王国か！あれらもみなかつては星区《せいく》にすぎず、星区はひとつの星郡に属していた。その星郡は星域の一部であり、星域は象限《しょうげん》の一部であり、象限が集まって銀河帝国を構成する。いま帝国は銀河系辺境域への支配力を失った。おかげで欠片《かけら》のような小さな惑星集団が、コミックオペラのような王や貴族を抱いた王国となり、無意味でちっぽけな戦争をくりひろげたり、廃墟の中でみじめな暮らしを送ったりしている。

文明は崩壊し、核エネルギーは忘れられ、科学は神話と成り果てた——だがそこにファウンデーションが介入したのだ。ハリ・セルダンが、ひとえにそのためだけにテルミヌスに設立したファウンデーションが。

窓際にいたリイの声がハーディンの白昼夢を破った。

「きたよ。新型の地上車で。坊やたちがさ」

彼はふわりと二、三歩ドアのほうに進み、そこでハーディンに目をむけた。

ハーディンは微笑し、手をふって呼びもどした。

「ここまで連れてくるよう指示してある」

「ここまで！　いったいなんのためにさ。もちあげすぎじゃないか」

「市長公式謁見《えっけん》のための手続きをちゃんと踏ませろってのか。形式的なお役所仕事をこなすにはおれは歳をとりすぎたんだ。それに、若い連中を扱うときはおだてても役に立つ——とりわけ、こっちに何ひとつ責任が生じない場合はな」とウィンクをして、「すわれよ、リイ。そしておれの精神的支柱になってくれ。若いサーマクを相手にするにはそいつが必要だ」

「あの若者、サーマクは危険だよ」リイが厳しい声で言った。「支持者も集まっている。ハーディン、過小評価してはいけない」

「おれが誰かを過小評価したことがあったか」

「そうだね。だったら逮捕すればいい。罪状ならあとからなんとでもでっちあげられる」

ハーディンは助言の最後の部分を聞き流した。

「さあ、やってきたぞ、リイ」

シグナルに応《こた》えてデスクの下のペダルを踏むと、ドアがひらいた。

代表団の四人が一列になってはいってきた。ハーディンは穏やかに手をふって、デスクにむかって半円形にならんだ肘《ひじ》かけ椅子を勧めた。四人は会釈《えしやく》をして腰をおろし、市長が口をひらくのを待った。

ハーディンは奇妙な彫刻のはいった銀細工の葉巻入れをぽんとひらいた。遠い昔、百科事典編纂者《エンサイクロペディスト》の時代に、旧評議員ジョード・ファラが所持していたものだ。サンタンニでつくられた正真正銘の帝国製品だが、いま中にはいっているのは国産の葉巻だ。代表団の四人は順番にうやうやしく葉巻を受けとり、儀式のように堅苦しいしぐさで火をつけた。

右から二番めに腰かけたセフ・サーマクは、若者たちの中でもいちばん年少で――かつ、もっとも興味深い男だ。きっちりと刈《か》りこんだこわい黄色の口髭《くちひげ》と、何色とも判別できない奥まった目をもっている。ハーディンはあとの三人を即座に切り捨てた。見るからにただの雑魚《ざこ》だ。意識を集中するのはサーマクひとり。市議最初の任期期間にして、すでに一度ならずあの穏やかな市議会をとんでもない大混乱に陥《おとしい》れたやつだ。ハーディンはサーマクひとりにむかって話しかけた。

「きみには是非とも会いたいと思っていたんだよ、サーマク議員。先月のあのすばらしい演説を聞いて以来ね。現政府の外交政策に対するきみの批判は、じつに切れ味がよかった」

サーマクの目は炎を宿してくすぶっている。

「関心をもっていただけて光栄です。切れ味がいいか悪いかはべつとして、あの批判は間違いなく正当なものでした」

「そうだろうね。もちろん意見をもつのは自由だ。それにきみはまだ若い」

「たいていの人間は人生において、その欠点をともなう時期を必ず経るものでしょう」サーマクが淡々と答える。「ここの市長になったとき、あなたはいまのわたしより二歳も若かったと思いますが」

ハーディンはひとりにやりと笑った。なかなかにクールな若造だ。

「わたしに会いにきたのは、議場でもきみをはなはだしく悩ませていたその外交政策に関してだと理解しているのだが。きみが代表して発言するのかい。それともひとりずつ話を聞かなくてはならないのかな」

四人の若者のあいだで、目蓋《まぶた》をわずかに動かすだけのすばやい目配《めくば》せがかわされた。その結果、サーマクがおごそかに話しはじめた。

「わたしはテルミヌス市民を——何も考えず慣例に従ってばかりいる市議会と呼ばれる集団では、真《しん》にその意を代弁し得ない人々を代表して、発言しています」

「なるほど、つづけたまえ！」

「つまりはこういうことです、市長。われわれが不満に——」

「〝われわれ〟というのは〝テルミヌス市民〟のことだね？」

罠《わな》を感じたのだろう、サーマクは敵意をこめてにらみつけながらも、冷静に答えた。

「わたしの見解は、テルミヌスにおいて投票権をもつ大多数の意見を反映していると考えます。それでいいでしょうか」

「ふむ。そういう申し立てには証拠があったほうがいいのだがね。だがまあいい、つづけたまえ。きみたちは不満なんだね」

「そうです。必ずや不可避であろう外部からの攻撃に対し、この三十年間、テルミヌスを無防備状態に放置してきた政策が、不満なんです」

「なるほど。それで？　どんどんつづけたまえ」

「ありがとうございます。そこでわたしたちは新しい政党を結成します。未来の帝国とかいう不可解な〈天命〉ではなく、テルミヌスがいま現在必要とする問題に対処するための政党です。あなたも、あなたに追従《ついじゅう》している軟弱者の一団も、市庁舎から追いだすつもりです——それもいますぐ」

「例外条件は？　物事には必ず〝ただしこの条件を満たせば例外とする〟がついてくるものだろう」

「この場合、その選択肢はあまりありません。あなたがいますぐ辞任してくださることくらいですね。政策を変えてほしいという要求もしません――そこまで信用していませんから。あなたの約束なんて反故《ほご》同然です。わたしたちとしては、即刻の辞任以外のものを受け入れるつもりはありません」

「なるほど」ハーディンは脚を組んで椅子を大きく背後に傾け、うしろの二本脚だけでバランスをとりながら揺らした。「それがきみたちの最後通牒《つうちょう》というわけか。警告を与えてくれたことには感謝しよう。だがまあ、わたしとしては無視したいね」

「警告だなんて思わないでください、市長。われわれの信念と行動を説明したのです。新政党はすでに結成され、明日から公的な活動を開始します。妥協するつもりもその余地もありません。率直にいって、われわれが強硬手段をとらず穏やかな引退を促しているのも、ひとえにこの市に対するあなたの貢献を認めているからです。もちろんあなたが断るだろうことも想定の内ですが、これで良心の咎《とが》めを感じずにすみます。つぎの選挙ではあなたも、辞任が必要であることをより明確に、圧倒的な形で思い知ることになるでしょう」

　そして彼は立ちあがり、仲間たちを促した。

　ハーディンは腕をあげた。

「待ちなさい！　まあ、すわりたまえ！」

セフ・サーマクは〝いそいそと〟といいたくなるほどすぐさま、席にもどった。ハーディンは真面目な顔の裏でにやりと笑った。ああは言いながら、こちらから何か申し出があることを期待しているのだ――なんらかの申し出を。

「正確にいって、きみたちは外交政策をどのように変えたいと考えているのかな。いますぐに四王国を、しかも四つ同時に攻撃したいとか？」

「そんな提案はしませんよ、市長。われわれの要求は、すべての宥和《ゆうわ》政策をすぐさまやめてほしいという単純なものです。あなたは在任期間中ずっと、諸王国に科学的援助をおこなう政策をとってきました。彼らに核エネルギーを与え、彼らの領土における発電所の再建を援助し、病院や化学研究所や工場を建ててやった」

「それのどこが不満なのかな」

「あなたがこれらの政策をとってきたのは、彼らからの攻撃を避けるためです。とてつもなく大規模な恐喝《きょうかつ》ゲームの中で道化役を演じながら、賄賂《わいろ》としてそうしたものを提供してきた。おかげでテルミヌスはからからに吸いつくされ――その結果、われわれはいまや、あの野蛮人どものなすがままになってしまっています」

「どういうふうに？」

「あなたが動力と武器を与え、事実上宙軍の船を援助してやったため、彼らは三十年前より計り知れないほど強大になり、要求は増すいっぽうです。いずれは新しい武器を使って無理やりにもテルミヌスを併呑《へいどん》し、すべての要求を即座にかなえようとするでしょう。恐喝はふつう、最後にはそこまでいくものじゃありませんか」

「そしてきみは、それにどう対処するというのかな」

「賄賂の提供を、即刻、まだ可能なあいだにやめることです。そしてテルミヌスそのものの強化に力を尽くし——先制攻撃をしかけるんです！」

ハーディンは憂鬱《ゆううつ》な気分で若者のささやかな金色の口髭を見つめた。サーマクは絶対的な自信をもっている。さもなければこれほど多弁にはなれない。彼の発言は間違いなく、市民の大多数の意見を反映している。そう、大多数をだ。

だがハーディンは、思考の流れに生じたわずかな乱れを微塵《みじん》も漏らさず、むしろ無頓着《むとんちゃく》にすら聞こえる声で言った。

「それで終わりかな」

「いまのところは」

「そうか。では、わたしのうしろに額装した文章がかかっているだろう。読んでくれないか」

サーマクのくちびるがゆがんだ。

「『暴力は無能者の最後の切り札なり』ですか。こんなもの、老人の言いぐさです」

「わたしは若いころ、これに基づいた行動をとってね——そして成功した。きみが生まれようと頑張っていたころのことだ。たぶん学校で習っているだろう」

そしてサーマクにしっかりと視線を据えたまま、おちついた口調でつづけた。

「ハリ・セルダンがこの地にファウンデーションを設立したとき、表向きの目的は偉大なる百科事典《エンサイクロペディア》の編纂《へんさん》で、わたしたちは五十年のあいだ、その幻を追いつづけた。そして、彼の真の目的を知ったときにはすべてが遅すぎたのだ。旧帝国中心部との連絡は途絶え、テルミヌスは、科学者がただひとつの都市に集中しているだけの、なんの産業ももたない惑星になってしまっていた。敵意あふれる恐ろしく野蛮な新興王国に囲まれていた。わたしたちはこの野蛮な大洋に浮かぶ、核エネルギーをもったちっぽけな島にすぎず、しかしながら戦利品としては計り知れない価値を秘めてもいた。

アナクレオンは当時もいまと同じく四王国最強の世界で、テルミヌスに軍事基地を設置することを要求し、やがて実現させた。当時の統治者であった百科事典編纂者《エンサイクロペディスト》たちは、それが全惑星奪取《だつしゅ》のための第一歩にすぎないことを重々承知《じゅうじゅう》していた。わたしが事実上の統治権を……ああ、その……引き継いだのは、そうした状況のもとにおいてだった。さて、きみならばどういう行動に出たかな」

サーマクは肩をすくめた。

「机上《きじょう》の空論ですね。もちろん、あなたが何をしたかは知っていますよ」

「それでもくり返して語ろう。きみは大切なことを理解していないようだからね。あのときも、あらんかぎりの力をかき集めて戦いを挑みたい誘惑は大きかった。それがもっとも容易、かつもっとも自負心を満足させる解決策だった——だが当然ながら、それはもっとも愚かな策でもあった。きみだったらその策をとっていただろうね。その性格からも、さっきの〝先制攻撃〟という言葉からも、それがわかる。だがわたしはそうはしなかった。かわりに残りの三王国を順に訪問し、核エネルギーの秘密がアナクレオンの手に落ちるのを看過《かんか》すれば、あなた方もすぐさま自分の咽喉《のど》を掻《か》き切ることになりますよ、やらなくてはならないことははっきりしていますよねと、丁寧に教えてやったのだ。それだけだよ。アナクレオン軍がテルミヌスにやってきた一カ月後、彼らの王はご近所三国から連名の最後通牒を受けとり、七日後には最後のアナクレオン兵がテルミヌスから去っていったのさ。

さて、どこに暴力の必要性があったかな」

若い議員は考えこむように短くなった葉巻を見つめ、焼却シュートに投げこんだ。

「いまのお話が現状とどう結びつくのか理解できませんね。糖尿病患者ならメスをまったく使うことなくインシュリンで治癒《ちゆ》しますけれど、虫垂炎《ちゅうすいえん》には手術が必要です。それはどうしようもないでしょう。ほかの策がすべて失敗したら、あなたのいう最後の切り札しか残されていないじゃありませんか。この状況に追いこまれたのは、そもそもあなたの責任です」

「わたしの責任？　ああ、またまたわたしの宥和政策というわけか。きみはまだ、わたしたちが基本的にそういう姿勢をとらなくてはならない必要性を理解していないようだね。われわれの問題は、アナクレオン軍の撤退で終わったわけではない。そのときにはじまったのだよ。四王国はそれまで以上の敵となった。それぞれが核エネルギーを欲しがり――それでもほかの三国を恐れるあまり、われわれの咽喉を掻き切らずに我慢している。わたしたちはとても鋭い剣の切っ先でバランスをとっている。どちらかにわずかでも傾けば――たとえば、ひとつの王国が強くなりすぎるとか、ふたつの国が手を結ぶとかしたら――どうなるかはきみにもわかるだろう」

「もちろんです。それこそ総力をあげて戦いの準備をすべきときです」

「逆だ。それこそ総力をあげて戦争阻止の準備をすべきときなのだよ。わたしはうまく立ちまわって連中をたがいに争わせた。それから、それぞれを援助してやった。科学を、商業を、教育を、医療を、与えてやった。テルミヌスは、戦利品として奪うのではなく、繁栄する惑星としてそっとしておくほうがずっと役に立つと思わせたのだ。三十年間、そのやり方でうまくいっている」

「そうですね。でもあなたは、そうした科学的な贈り物をじつに馬鹿げた子供だましでくるみこんだ。宗教まがいの道化芝居にしてしまった。神官の位階制と、複雑で無意味な儀式をつくりあげた」

ハーディンは眉をひそめた。

「それがどうしたというのかな。いまの議論とはまったく関係がないじゃないか。わたしが最初にその方法をとりいれたのは、野蛮人どもがわれわれの科学を呪術的な魔法と見なしていたからだ。そうした形で受け入れさせるのがもっとも簡単だった。神官制度は自然発生的なものだし、われわれが助長したといっても、もっとも抵抗の少ないやり方を選んだだけのことだ。ささいな問題にすぎない」

「でも、発電所の管理をしているのはその神官たちです。ささいな問題ではありませんよね」

「そうだね。だが、神官を訓練しているのはわれわれだ。機械を扱うための知識は純粋に経験的なものにすぎず、おまけに彼らは機械に関する子供だましを固く信じている」

「もし、子供だましに気づいて経験主義を捨てるだけの才をもった神官がいたら。そして、真の技術を学び、もっとも高値で買ってくれるところに寝返ったら。どうやってそれをふせぐのですか。諸王国に対するわれわれの価値はどうなるのですか」

「その可能性は低いよ、サーマク。きみは物事の表面しか見ていない。毎年、各王国でもっとも優秀な者たちが、ここファウンデーションに送りこまれて神官教育を受ける。その中でも最優秀な者たちが、研究員としてここにとどまる。その選に漏れ、実質的には科学の基礎知識もなく、さらには神官としてゆがんだ知識を与えられた者が、一足飛《いっそく》びに核エネルギーや電子工学やハイパーワープ理論を理解できると思っているのか。だとしたら、科学というものに対するきみの見解は、あまりにもロマンティックであまりにも愚かだということになる。そこに至るには、一生をかけた研究とすこぶる優秀な頭脳が必要なんだよ」

しばらく前にとつぜん出ていったヨハン・リイが、いまは部屋にもどってきている。ハーディンの話が終わると、彼は上官の耳もとに口を近づけた。小声で短い会話がかわされ、鉛《なまり》のシリンダが手わたされる。リイは代表団に冷やかな視線を投げて、自席にもどった。

ハーディンは手の中でシリンダをひっくり返し、伏目《ふしめ》がちに代表団を見つめた。それから、ふいに強くひねってシリンダをひらいた。こぼれでたロール状の紙に視線を走らすことなくぐっとこらえたのは、サーマクひとりだった。

「手短《てみじか》にいえばだね、諸君、政府はおのれの行動をよくよく承知しているということだ」

話しながらそれに目を通した。ページを埋めているのはわけのわからない複雑なコードだが、鉛筆で隅に殴《なぐ》り書きされた三つの単語がその内容を伝えている。ハーディンはひと目でそれを読みとり、無造作に焼却シュートに投げこんだ。

「残念ながら、これで会見はおしまいだ。訪ねてきてくれてありがとう、きみたちに会えて楽しかったよ」

そして、ひとりひとりとおざなりな握手をかわした。一行はぞろぞろと退室した。

声をあげて笑うという習慣を忘れて久しいハーディンだったが、サーマクと口数少ない三人の友人が声の届かないところまで去ってしまうと、くっくっと小さく乾いた音をたてて、愉快そうにリイをふり返った。

「リイ、いまのはったり合戦は面白かったか」

リイは不機嫌に鼻を鳴らした。

「彼の言い分がはったりだったのかどうかはわからないな。彼の言いぐさじゃないけれど、油断しているとつぎの選挙で負けてしまうよ」

「ああ、そうかもしれない――だが何か事が起こったらどうかな」

「それ、こんどは間違った方向に起こさないよう気をつけておくれよ。ハーディン、あのサーマクには支持者がいると言っただろう。もし彼がつぎの選挙まで待たなかったらどうする。きみは暴力否定のモットーを掲げているけれど、わたしときみとで暴力的に事態を解決したことだってあるんだからね」

ハーディンは片眉を吊りあげた。

「今日のおまえはやけに悲観的だな、リイ。おまけにすばらしくひねくれている。でなきゃ暴力がどうのなんて言いだすはずがないものな。おれたちのささやかな叛乱は、ひとつの生命も奪うことなく達成されたじゃないか。必要な処置を適切な時機におこなったからこそ、平穏に、すみやかに、なんの困難もなくことが運んだんだ。サーマクの場合は相手がちがう。おれもおまえも百科事典編纂者《エンサイクロペディスト》じゃない。おれたちはちゃんと備えている。おまえのところの連中を、うまくあの坊やたちに張りつかせておいてくれ。監視されてることを気づかせないよう――それでも目はしっかりあけておく。わかるな」

リイが辛辣《しんらつ》な笑い声をあげた。

「わたしがおとなしくきみの命令を待っているとでも思っているのかい、ハーディン。サーマクとその仲間は、もう一カ月も前から監視対象になっているよ」

市長はくっくっと笑った。

「先手を打って、というわけか。いいだろう。ところで」と穏やかに、「ヴェリソフ大使がテルミヌスにもどってくるぞ。一時帰国ならいいんだが」

わずかに不安を帯びた短い沈黙があり、やがてリイが言った。

「さっきの通信だね。事態はもう動きはじめているというわけか」

「わからん。ヴェリソフの話を聞くまではなんとも言えん。だが、たぶんそういうことなんだろう。いずれにせよ、選挙前に片をつけなくてはならんな。何をそんなに心配しているんだ」

「結果がどうころぶかわからないからね。きみってやつはほんとうに奥が読めないな、ハーディン。それに、秘密主義がすぎる」

「ブルータス、おまえもか」ハーディンはつぶやき、それから声をあげて、「ということはつまり、おまえもサーマクの新党に加わるのか」

リイは、思わずといったふうに、にやりと笑った。

「わかったよ。きみの勝ちだ。それじゃ、昼飯にしようか」

2

警句家として有名なハーディンのものとされる言葉は数多く存在するが、その多くは偽物《にせもの》だろうと考えられている。とはいえ、彼はあるとき、つぎのように語ったと伝えられる。

「わかりやすさは利益を生じる、とりわけ狡猾《こうかつ》さで評判をとっているときは」

ポーリ・ヴェリソフは一度ならずこの格言に従って行動してきた。なにせ彼は、アナクレオンで十四年にわたって二重生活を送ってきたのだ。その立場を維持していく暮らしは、しばしば不快にも、熱した鉄板の上での裸足《はだし》の踊りを想起させる。

アナクレオンの民《たみ》にとって、彼はファウンデーションの代表たる大神官である。そしてファウンデーションは、彼ら〝野蛮人〟にとって、ハーディンの手を借りつつこの三十年にわたって築きあげてきた宗教の、現世における中心地であり、神秘の極致でもある。彼はそうした存在としておおいなる尊敬を受けながら、ほとほとそれがいやになってもいた。自分が中心となってとりおこなう儀式を、心の底から嫌悪していたからである。

しかしながらアナクレオン国王——このあいだまで玉座《ぎょくざ》にすわっていた老人と、いまその座を占めている若い孫の双方にとっては、恐れると同時に手に入れたいと切望する強国の大使にすぎない。

彼の仕事は総じて不愉快なものであったから、三年ぶりのファウンデーションへの旅は、不穏な事情によって必要になったというきっかけはともかく、休暇のような喜びをもたらしてもくれる。

完全なお忍びで旅をしなくてはならなくなったのも、これがはじめてではない。彼はふたたび『わかりやすくあれ』というハーディンの警句に従うことにした。

平服に着替え——それだけで休暇気分になれる——ファウンデーション行き定期客船の二等室に乗りこんだ。テルミヌスに到着すると、宙港の人混みを縫《ぬ》うように進み、公衆ヴィジフォンから市庁舎に連絡をいれる。

「ジャン・スマイトと申します。今日の午後、市長と約束があるのですが」

ヴィジフォンに出た若い女は、愛想がないながらもてきぱきとした声でべつの回線とすばやく短い会話をかわし、それから機械的な声で冷やかに告げた。

「ハーディン市長は三十分後にお会いになります」

そしてスクリーンが暗くなった。

アナクレオン駐在大使は最新のテルミヌス・シティ・ジャーナル紙を購入した。ぶらぶらと市庁舎公園まで歩いて最初に見つけた空《あ》きベンチに腰をおろし、社説を、スポーツ欄を、コミックまで読みながら、時間をつぶした。そして三十分後、新聞を小脇に抱え、市庁舎に行って待合室にはいった。

そうしているあいだも、誰にもまったく気づかれることはなかった。あまりにも〝わかりやすい〟あたりまえの行動をとっていたので、誰も注目しようとしなかったのである。

ハーディンが視線をあげ、にやりと笑った。

「葉巻をとりたまえ。旅はどうだった」

ヴェリソフは葉巻を受けとって答えた。

「面白かったですよ。隣のキャビンに神官が乗っていたんです。放射性合成物質調合の特別講義を受けるため、テルミヌスにくるところだそうで――癌《がん》の治療に使うあれですね――」

「まさかその男が〝放射性合成物質〟と言ったわけではないだろうね」

「もちろんですよ！　彼にとっては〝聖なる糧《かて》〟です」

市長は微笑した。

「それで？」

「わたしを神学的論争に誘いこんで、卑《いや》しい唯物論から脱却させるべく最善を尽くしてくれました」

「結局、きみが上司の大神官だとは気がつかなかったのだね」

「緋《ひ》の衣《ころも》を着ていませんからね。それに、彼はスミルノ人でした。それにしても興味深い体験でしたね。科学宗教がどれほど人心をつかんでいるか、まさに驚くほどですよ、ハーディン。この題材でエッセイを書いたことがあるのですが――もちろん、自分の楽しみのためですよ、公表できるものではありませんからね。社会学的にこの問題を語るなら、旧帝国が周辺から崩《くず》れはじめたとき、科学としての科学は外辺惑星からすでに失われていたと考えられます。それをふたたび受け入れさせるには、べつの形で提示しなくてはならない――そして、すべてはまさしくそのとおりになったんです。記号論理学を補助的に用いると、それがみごとに証明されます」

「面白い！」市長は首のうしろで手を組み、ふいに切りだした。「アナクレオンの状況について報告したまえ！」

大使は眉をひそめて口から葉巻を抜きとり、嫌悪をこめてそれをながめ、おろした。

「そうですね、あまりよくはありません」

「さもなければ、きみがここにいるはずもないからな」

「ええ。では現状を報告します。アナクレオンの実権を握っているのは摂政《せっしょう》のウィーニス公です。レポルド王の叔父《おじ》にあたります」

「知っている。だがレポルドは、確か来年に成人するんじゃなかったかな。二月で十六だろう」

「そうです」一瞬の間をおいて皮肉っぽく、「それまで生きていられれば、ですね。父上である前王の死には疑惑がつきまとっていますから。狩猟のさいにニードルガンで胸を撃ち抜かれたんです。事故だということになっています」

「ふむ。やつらをテルミヌスから蹴りだしたとき、確かアナクレオンでウィーニスに会ったんじゃなかったかな。きみがその任につく前のことだ。そうだな。色が浅黒くて、髪も黒、右目が斜視の若者だった。妙な形の鉤鼻《かぎばな》をしていた」

「その男です。鉤鼻と斜視はいまもそのままですが、髪は灰色になっています。薄汚い計略を使うやつですけれど、運のいいことに、あの惑星でいちばんの愚か者なんです。自分で自分のことを抜け目のない悪党だと思いこんでいるもんで、愚かさ加減がなおいっそうあからさまになるってわけです」

「世の中ってのはそういうものさ」

「卵を割るのに核ブラスターを撃ちこもうとするようなやつですよ。神殿領税なんか、そのいい例ですね。二年前に前王が崩御《ほうぎょ》したあとで課税しようとしたこと、おぼえてらっしゃるでしょう」

ハーディンは考え深げにうなずき、それから微笑した。

「神官たちが猛抗議したんだったな」

「あの騒ぎはルクレザにいたあなたの耳にまで届いたのでしたね。あれ以来、やつも神官の扱いには慎重になりましたが、あいかわらず強引なやり方を変えようとはしていません。やつは無限の自惚《うぬぼ》れを抱えこんでいるんである意味、わたしたちにとっては不運なことです。やつは無限の自惚れを抱えこんでいるんですから」

「たぶん、劣等感の過剰補償だろうよ。次男以下の王子によくあることさ」

「いずれにしても結果は同じです。やつは口角《こうかく》泡を飛ばしてファウンデーションを攻撃しろとわめいています。隠そうともしていません。しかもやつは、軍においてそれを実行できる立場にあるんです。前王は強大な宙軍をつくりあげました。そしてウィーニスも、この二年間、居眠りをしていたわけではありません。じつのところ、神殿領税だって、そもそもは軍備増強を目的としたものだったんです。それが失敗したので、こんどは所得税を二倍にひきあげましたよ」

「不満の声はあがらなかったのか」

「深刻なものは何も。定められた権威に従順であれというのが、この数週間、王国内のあらゆる説教で語られていますからね。ウィーニスはべつに感謝してもいないようですけれど」

「なるほど、状況はわかった。それで、何があったんだ」

「二週間前、アナクレオン商船が旧帝国宙軍の遺棄《いき》された巡航戦艦に遭遇しました。少なくとも三世紀は宇宙を漂流していたと思われます」

ハーディンが好奇心に目をきらめかせ、姿勢を正してすわりなおした。

「ああ、その話なら聞いている。研究のためぜひ入手してほしいと、航宙局から陳情書がきたよ。よい状態が維持されているようだな」

「よすぎるほどですよ」ヴェリソフは淡々と答えた。「先週、戦艦をファウンデーションにひきわたせというあなたからの指示を受けとったとき、ウィーニスはもう少しで引き攣《つ》けを起こすところでした」

「返答はまだ届いていないな」

「返答なんてまずこないでしょうね――武器をもってならばべつですけれど。というか、やつはそのつもりでいますよ。わたしがアナクレオンを出発した日のことですが、やつがやってきて、ファウンデーションでこの巡航戦艦の戦闘装備を整え、アナクレオン宙軍に返還するようにと要求してきたんです。先週のあなたの通達は、ファウンデーションによるアナクレオン襲撃計画を示しているのだと、とんでもない言いがかりをつけてきました。巡航戦艦の修理を断れば、その疑惑が実証されたことになる、アナクレオンのほうでも自衛手段をとらざるを得ないと。これはやつの言葉そのままです。〝とらざるを得ない〟ですよ！　ですからわたしは帰国したんです」

　ハーディンが穏やかな笑い声をあげる。ヴェリソフも微笑して言葉をつづけた。

「もちろんやつは受諾されるとは考えていないでしょう。そしてそれが――やつにとっては――ただちに攻撃をしかける絶好の口実となるわけです」

「なるほど。ということは、われわれには少なく見ても六カ月の猶予があるわけだ。それじゃ、あの船を整備し、謹《つつし》んで進呈してやろうじゃないか。われわれの愛と敬意をこめて、ウィーニス号と命名してね」

そしてまた笑い声をあげた。ヴェリソフもごくごくかすかな微笑でもってそれに応えた。

「論理的にはそうなるのでしょうが、ですがハーディン――わたしは心配なんです」

「何がだね」

「あの船ですよ！　昔はあんなものが建造できたんですね。容積は、アナクレオン宙軍の全艦をあわせてさらにその一倍半。おまけに惑星ひとつをふっとばせるほどの核兵器と、放射線を発生させずにQビームを吸収するシールドを備えているんです。あまりにもあんまりじゃないですか、ハーディン――」

「くだらないよ、ヴェリソフ、くだらない。きみもわたしも承知しているじゃないか。その気になれば、やつはいまある軍備だけでも軽々《かるがる》とテルミヌスをたたきつぶせる。われわれが巡航戦艦を修理して使えるようになる前にね。だったら、あの船をわたしてやったところでどうということはない。現実の戦争がはじまることはけっしてないんだから」

「ええ、たぶんそうなのでしょう」大使は視線をあげた。「ですが、ハーディン――」

「うん？　なぜ言いやめるんだ。つづけたまえ」

「これです。わたしが関わるべき問題ではないんでしょう。ですが、新聞を読んだので」そしてジャーナルをデスクにのせ、第一面を示した。「これはいったいどういうことなんですか」

ハーディンは無造作に視線を走らせて読みあげた。

「『市会議員の一集団が新政党を結成』」

「そう書いてありますね」ヴェリソフはいらだってつづけた。「国内のことはわたしなどよりあなたのほうがずっとよく承知しておられるでしょう。でもこの連中は、実質的な暴力をべつにして、ありとあらゆる方法であなたを攻撃しているじゃありませんか。どれほどの勢力なんですか」

「くそいまいましいほど強力だよ。つぎの選挙のあとは、たぶん彼らが議会を席捲《せっけん》するだろうね」

「選挙の前ではないんですね？」ヴェリソフは斜《はす》に市長を見つめた。「選挙以外にも支配権を確立する方法はありますが」

「わたしのことをウィーニスだとでも思っているのかい」

「とんでもない。ですが船の修理には何カ月かかかります。そのあとでやつらが攻めてくるだろうことはまず間違いありません。こちらの譲歩は明らかな無力のしるしと受けとめられるでしょうし、帝国巡航戦艦をひきわたせばウィーニスの宙軍は戦力が倍増します。やつによる攻撃があることは、わたしがいま大神官であるのと同じくらい確かなことです。なぜ危険を冒すのですか。とるべき道はふたつにひとつです。市議会に戦闘計画を伝えるか、もしくはアナクレオンに対していますぐ強硬政策をとるかです！」

ハーディンは眉をひそめた。

「いますぐ強硬政策をとるだって？　危機がくる前にか。それは絶対にやってはならんことだな。わかっているだろう、ハリ・セルダンと彼の〈プラン〉がある」

ヴェリソフはためらい、そしてつぶやいた。

「それじゃあなたは、ほんとうに〈プラン〉なるものがあると考えておられるんですね」

「疑問の余地なくね」頑《がん》とした答えだった。「時間廟堂《びょうどう》の開扉《かいひ》のとき、わたしはその場にいたんだ。セルダンの記録映像がそう語った」

「そのことを言ってるんじゃありません。ただわたしには、千年も未来の歴史をどうやって読みとることができるのか、わからないんです。もしかしたら、セルダンは自分の力を過大評価していたんじゃありませんか」ハーディンの皮肉っぽい笑みにいくぶんひるみながら、「そりゃ、わたしは心理歴史学者ではないですけれど」

「そのとおり。われわれの中に心理歴史学者はいない。それでもわたしは若いころに基礎教育を受けた――だから心理歴史学に何ができるかくらいは知っている。もちろん、自分で可能性を展開することはできないがね。彼の言葉どおり、セルダンは間違いなく、自分がやったと主張した通りのことをやってのけたのだ。ファウンデーションは科学の避難所として設立された――滅びゆく帝国の科学と文化を、すでにはじまり何世紀もつづく野蛮な時代のあいだ保護し、最後にふたたび炎をあげて第二帝国を築きあげるためにね」

ヴェリソフはわずかな疑惑をこめてうなずいた。

「物事がそのように進むだろうことは、誰もが知っています。ですが、だからといって危険を冒してもいいのでしょうか。漠然《ばくぜん》とした未来のために、現在を危機にさらすのですか」

「そうしなくてはならないんだよ――それに、未来は漠然としているわけではない。未来はセルダンによって計算され、進路を定められている。歴史の流れの中で危機はつぎつぎと訪れるが、それらはすべて予測されているし、ある意味において、その前の危機を無事に切り抜けた結果として発生する。これはまだ二度めの危機にすぎない。わずかでも道をはずれたら、結果にどのような影響が生じるか、誰にもわからない」

「なんだか空理空論のように聞こえます」

「そうではない！　時間廟堂でハリ・セルダンが言ったんだ。いずれの危機においても、われわれの行動の自由は制限され、たどる道はひとつ、ただひとつに集約されていくと」

「わたしたちを狭い一本道にとどめおくということですか」

「そうだ、われわれが道をはずれないように。だが逆にいえば、複数の道があるあいだは、まだ危機が本格的に訪れてはいないということだ。可能なかぎり流れにまかせておかなくてはならない。とにもかくにも、わたしがいましようとしているのはそれなんだ」

ヴェリソフは答えなかった。むっつりと黙りこんで下唇《したくちびる》を噛《か》む。ハーディンがはじめてこの問題について話してくれたのは、わずか一年前のことだった。アナクレオンの敵対的な準備行為にどう対処すればいいかという、現実的な問題――それもひとえに、彼、ヴェリソフが、これ以上の宥和政策に耐えられなくなっていたからだ。

ハーディンは大使の思考をたどっているようだった。

「きみにはこういう話をせずにいればよかったと思うよ」

「なぜそんなことをおっしゃるんですか！」ヴェリソフは驚いてさけんだ。

「未来に関する知識をもっている人間が、いまや六人もいるからだよ。きみとわたし、残り三人の大使、そしてヨハン・リイ。セルダンは誰にも知らせたくないと考えていたようだ」

「なぜですか」

「セルダンの高等心理歴史学をもってしても限界があるからだ。あまりにも多くの独立変数を扱うことはできない。長期であれ短期であれ、個人を対象とすることはできないのだ。気体分子運動論を個々の分子に適用できないのと同じだね。彼が扱ったのは群衆たる全惑星の住人——それも、自分たちの行動の結果に関する予備知識をもたない群衆だけだ」

「よくわかりません」

「しかたがないな。わたしは科学的にこれを説明できるような心理歴史学者ではないからね。だがこれはきみも知っているだろう。テルミヌスに心理歴史学の教育を受けた学者はひとりもおらず、この学問に関して正確に記述された書物も一冊として存在しない。セルダンは明らかに、前もって未来を算出できる人間がひとりたりともテルミヌスに存在しないことを望んだのだ。われわれが群集心理の法則に従って盲目的に——それゆえ正確に、行動することを望んだ。前にも話したと思うが、最初にアナクレオン人を追いだしたとき、わたしは自分たちがどこにむかっているのか、まったくわかっていなかった。ただパワー・バランスを維持したいと考えていただけで、それ以上の意図はなかった。事態の中に一定のパターンが見えるのではないかと気づいたのは、あとになってからのことだよ。だがわたしは、その知識に基づいて行動しないよう、懸命に自分を律してきた。予測による干渉《かんしょう》が加われば、〈プラン〉が狂ってしまうからね」

ヴェリソフは考えこみながらうなずいた。

「アナクレオンの神殿でも、それと同じくらい複雑な議論を聞いたことがあります。ですが、行動を起こす正しい瞬間をどうやって見つけるおつもりなんですか」

「もう見つけているよ。巡航戦艦の修理が終わったら、何ものもウィーニスの攻撃を阻止することはできない。それはきみも認めるね。そこに至れば、もはやいかなる選択肢もない」

「はい」

「よろしい。それで外的条件が決定する。いっぽうできみは、つぎの選挙で新しく攻撃的な市議会が誕生し、アナクレオンに対する攻撃を強行するだろうとも考えている。そこにもほかの選択肢はない」

「はい」

「ほかの選択肢がすべて消滅すると同時に危機が訪れる。それでも——いまひとつ、気にかかることがあるんだ」

彼が言葉をとめたので、ヴェリソフは待った。ゆっくりと、むしろ不本意そうに、ハーディンがつづけた。

「思うのだが——なんとなくそう考えるだけなのだが——外的圧力と内的圧力は同時に頂点に達するよう計画されているのではないのか。なのに現状では、数カ月の差異が生じてしまう。ウィーニスはたぶん春までに攻撃をしかけてくるだろう。そして、選挙まではまだ一年もある」

「さして重要なことには思えませんが」

「わからないんだよ。単に避けがたい計算上の誤差かもしれないし、もしかするとわたしが知りすぎているせいなのかもしれない。予測がけっして行動に影響を及ぼすことのないよう極力気をつけてはきたのだけれど、それはなんともいえないからね。その齟齬《そご》がどのような影響をもたらすのか。いずれにしても」と彼は顔をあげた。「ひとつだけ心に決めていることがある」

「なんですか」

「危機がはじまったら、わたしはアナクレオンに行く。その現場にいたいのだ……。ああ、ヴェリソフ、今日はこれで終わろう。もう遅い。どこかで飲み明かそうじゃないか。わたしも息抜きがしたい」

「だったらここで飲みませんか」ヴェリソフは提案した。「わたしはあまり人に見られたくないですし、あなたお気に入りの議員たちが結成しようとしている新党が何を言いだすかわかりませんからね。ブランデーがいいですね」

ハーディンも同じものを飲んだが——量をすごすことはなかった。

3

その昔、銀河帝国が全銀河系を支配し、アナクレオンが外縁星域においてもっとも豊かな星区であったころ、少なからぬ皇帝がその総督宮に公式訪問をおこなった。その中で、高速エアカーとニードルガンの腕前を披露《ひろう》しつつ、ニャク鳥と呼ばれる羽毛《うもう》に包まれた空飛ぶ要塞に挑まず帰還した皇帝は、ひとりとしていなかった。

アナクレオンの名声は時代の衰退とともに露《つゆ》と消え失せた。総督宮もいまでは、ファウンデーションの作業員が修復した棟《とう》をのぞけば、風の吹き抜ける廃墟と成り果てている。この二百年、アナクレオンを訪れた皇帝はいない。

それでも、ニャク狩りはいまも王家のスポーツであり、ニードルガンの優れた射撃手であることはアナクレオン王にとって第一の必須条件となっている。

アナクレオン王にして辺境領主——つねにつけ加えられるものの真実ではない称号——であるレポルド一世は、まだ十六歳になっていないにもかかわらず、すでに幾度となくその腕前を披露してきた。十三になるかならぬうちに最初のニャク鳥をしとめ、即位して一週間後には十羽めを射落とした。そしていま、四十六羽めを落としてもどってきたところだ。

「成人までに五十羽だ」彼は意気揚々と宣言した。「誰か賭ける者はいないか」

廷臣《ていしん》たるもの、王の技量に対して賭けなどするものではない。勝ってしまったら生命《いのち》取りとなる。だから賭けに応じる者はひとりもおらず、王は上機嫌で着替えにいこうとした。

「レポルド！」

王は途中で足をとめた。そんなことをさせられる声の主はただひとりしかない。不機嫌にふり返った。

ウィーニスが自室の入口に立って、若い甥《おい》をにらみつけていた。

「人払いをしてくれ」いらだたしげに侍従《じじゅう》を示し、「その者たちをさがらせなさい」

王が軽くうなずくと、ふたりの侍従は一礼して階段をおりていった。レポルドは叔父の部屋にはいった。

ウィーニスは気難しげな顔で王の狩猟服を見つめた。

「まもなくニャク狩りなどより重要な仕事をしなくてはならなくなるのだぞ」

そして背をむけ、重い足どりでデスクにむかった。歳をとり、すさまじい勢いでぶつかってくる風や、ニャク鳥のはばたきが起こす気流の中での危険な急降下や、片足で操作する高速エアカーの回転上昇に耐えられなくなって以来、彼はこのスポーツそのものを嫌っているのだ。

手の届かないものを苦々《にがにが》しく思う叔父の気持ちを知りながら、レポルドは多少の悪意をこめて熱く語りはじめた。

「叔父上もご一緒すればよかったのに。今日はサミア荒原で怪物のようなやつを追い立てたのだ。すばらしい狩りだったぞ。少なくとも七十平方マイルにわたって、二時間も追いまわした。それからサンワードにはいったので」——ふたたび高速エアカーに乗っているかのように大きな身ぶりをまじえて——「わたしは回転しながら急降下した。そして舞いあがろうとするそいつの左翼の下に至近距離から撃ちこんでやった。そいつは狂ったように斜めに飛びあがった。わたしもそれに応えて左にむきを変え、やつがおりてくるのを待った。はたせるかな、やつが襲いかかってきた。移動する間もなく翼が届きそうになったが——」

「レポルド！」

「みごと！——わたしはそいつをしとめたのだ」

「それはわかっている。いまはわたしの話を聞きなさい」

王は肩をすくめ、ふらふらとサイドテーブルに近づき、国王らしからぬふくれっ面《つら》でレラの実をかじった。叔父と視線をあわせることはしない。

ウィーニスはまず、前置きのように告げた。

「今日、船を見てきた」

「どの船のことだ」

「船といえばひとつしかあるまい。あの船だ。ファウンデーションがわが宙軍のために修理しているあの船。旧帝国巡航戦艦だ。まだ説明が足りんかね」

「ああ、あれか。修理を要請すればファウンデーションは必ず受けてくれると、わたしが言ったとおりだったではないか。叔父上は彼らがわが国を攻撃しようとしていると言うが、そんなものは妄想にすぎない。もしそれがほんとうなら、あの船を修理してくれるわけがないだろう。まるで筋が通らないではないか」

「レポルド、あなたは大馬鹿者だ！」

レラの殻《から》を捨ててつぎの実を口もとに運ぼうとしていた王は、ぱっと赤面した。

「わかっているのか」怒りをこめて口をひらいたものの、我が儘《まま》な癇癪《かんしゃく》のようなものがとびだしただけだった。「叔父上といえど、わたしにむかってそのような口をきいてはならない。自分の立場をわきまえろ。あと二カ月でわたしは成年に達するのだぞ」

「そうだ、あなたは王として責務を継ぐべき立派な地位にある。そのあなたが、ニャク狩りに使っている時間の半分でも公務にむけてくれたら、わたしは心晴れやかにいますぐにも摂政職を辞任できるのだがね」

「辞《や》めたいなら辞めればいい。それとこれとは何ひとつ関係がない。確かにあなたは摂政でわたしの叔父だが、それでもわたしが王であり、あなたがその臣下だというのは厳然たる事実だ。わたしを愚か者呼ばわりするべきではないし、そもそもわたしの前で椅子に腰かけることも許されてはいない。わたしの許可を乞《こ》わなかったのだからな。言動には気をつけろ。わたしにも考えはある――いずれ行動に出るぞ」

ウィーニスの視線が冷やかになった。

「〝陛下〟とお呼びすればよろしいのでしょうか」

「そうだ」

「いいでしょう。では陛下、あなたは大馬鹿者だ！」

灰色の眉の下で黒い目が炎をあげている。若き王はゆっくりと腰をおろした。一瞬、摂政の顔に皮肉っぽい満足の色がひらめき、すぐさま消えた。厚いくちびるが微笑を形づくり、片手が王の肩におかれる。

「気にせんでよろしい、レポルド。わたしも厳しい物言いをすべきではなかった。情勢があまりにも切迫してくると、ときとして礼儀作法はないがしろになってしまう。いまのような――わかるだろう」なだめるような口調ではあるものの、その目にひそむものはまだやわらいでいない。

レポルドはためらいがちに答えた。

「ああ、国事がどうしようもない困難に直面しているのだな」

スミルノとの今年の交易とか、ほとんど住民のいないレッド・コリドー諸世界に関して長年にわたって戦わされている議論とか、無意味でつまらない話を延々聞かされることになるのだろうか。

ウィーニスがふたたび口をひらいた。

「レポルドや、わたしとしてはもっとはやくこの話をしようと思っていたのだよ。確かにそうすべきだったのだろう。だが若い心はこまごまとした退屈な国政の話に辛抱できまいとわかっていたのでな」

レポルドはうなずいた。

「ああ、それはべつにかまわないが——」

叔父はきっぱりとした口調でそれをさえぎり、話しつづけた。

「だがあなたもあと二カ月で成年に達する。それだけではない。これからやってくる困難な時代に、あなた自身が責任をもって積極的に立ちむかっていくことになる。レポルド、あなたは〝真の王〟とならねばならんのだ」

レポルドはふたたびうなずいたが、その表情はやはり虚《うつ》ろなままだった。

「戦争になるぞ、レポルド」

「戦争だって！　だけどスミルノとは休戦協定を結んでいるはずだ——」

「スミルノではない。ファウンデーションとだ」

「でも、叔父上、ファウンデーションは船の修理を引き受けてくれたではないか。あなただって——」

叔父のくちびるがゆがむのを見て、声がつまった。

「レポルド」——声から親しみやすさが消えた——「率直に話そう。船が修理されようとされまいと、ファウンデーションとは戦争になる。じつのところ、修理が進めばそれだけ開戦が近くなる。ファウンデーションは権力と武力の源《みなもと》だ。偉大なるアナクレオンのすべては——船も、町も、民も、商業も、ファウンデーションの力に依存している。やつらが不承不承与えてくれる、ごくわずかな残り滓《かす》にな。わたしは——このわたし自身——アナクレオンの町が石炭と石油を燃して暖《だん》をとっていた時代を知っておる。だがそれは気にせんでいい。

あなたにはわからないことだ」

「ならば、むしろわたしたちは感謝しなくてはならないのではないか――」恐る恐る言ってみた。

「感謝だと？」ウィーニスはうなった。「わずかな残り滓を出し惜しみしながら恵んでくれていることにかね。そのあいだ、自分たちはどれだけのものをためこんでいるのか、どんな目的のためにためこんでいるのか、わかったものではあるまい。もちろん、いつの日か銀河系を支配するために決まっておろう」

手が甥の膝《ひざ》におかれ、目がすっと細くなった。

「レポルド、あなたはアナクレオンの王だ。そしてあなたの子や孫は、いつか宇宙の王となれる――ファウンデーションが秘匿《ひとく》している力を手に入れさえすればな！」

「そうだな」レポルドの目がきらめき、背筋がのびた。「つまるところ、やつらはどんな権利があってそれを独《ひと》り占めにしているのだ。フェアではない。アナクレオンにもいくらかの権利はあるはずだな」

「わかってきたようだな。ではいいかね。もしスミルノが独断でファウンデーション攻撃を決意し、その力のすべてを獲得したらどうなるかな。われわれは、いったいいつまでスミルノの属国となる運命をまぬがれていられるだろう。あなたにしても、いつまでその玉座《ぎょくざ》についていられるかね」

レポルドの内に興奮がこみあげてくる。

「なんということだ。まさしく叔父上の言われるとおりだ。わが国が先制攻撃をしかけなくてはならない。それこそが正しい自己防衛手段だ」

ウィーニスの微笑がわずかにひろがった。

「それだけではないぞ。その昔、あなたの祖父が玉座についてまもないころ、アナクレオンはファウンデーションの惑星テルミヌスに軍事基地を築いたことがある。国防のためには絶対的に必要な基地だった。だがそれを、ファウンデーションの指導者である学者、その身に高貴な血の一滴ももたぬ狡猾な野良犬の策謀によって、放棄せざるを得なくなったのだ。わかるかね、レポルド。あなたの祖父はあの下賤《げせん》の輩《やから》に辱《はずかし》められたのだ。はっきりおぼえているとも！ 悪魔の笑みと悪魔の頭脳をもってアナクレオンにやってきたとき、あの男はわたしとほとんど変わらぬ若造だった——そして、偉大なるアナクレオンに叛《はん》して同盟を結んだ卑劣《ひれつ》なる三国の力を背後に従えていた」

レポルドはぱっと顔を紅潮《こうちょう》させた。目の中に火花が燃えあがる。

「わたしがお祖父《じい》さまだったら、セルダンにかけて、そのような状況であろうと戦ったぞ」

「いやいや、レポルド。われわれは待つことにしたのだよ。より適切な時機の訪れを待ってその屈辱を晴らすとね。思いがけない最期《さいご》を迎える前、あなたの父上は望んでおられた。自分こそがその——ああ、そうだとも！」ウィーニスは一瞬顔をそむけ、それからわきあがる思いをこらえようとするかのようにつづけた。「あなたの父上はわたしの兄でもあった。もしその息子が——」

「そうだ、叔父上。わたしは父上の遺志を継ぐぞ。いま心に決めた。アナクレオンはこの厄介者どもの巣窟《そうくつ》を掃討《そうとう》する、それもいますぐに。それこそが正義であろう」

「いやいや、いますぐというわけにはいかん。まずは巡航戦艦の修理が終わるのを待たねばな。あの船の修理を喜んで引き受けたということは、やつらはわれわれを恐れておるのだ。愚か者めらが、われらを懐柔《かいじゅう》しようというのだろう。だがわれらは道をたがえたりはせぬさ、そうだろう?」

レポルドはこぶしを手のひらに打ちつけた。

「わたしがアナクレオン王であるかぎり!」

ウィーニスのくちびるが皮肉をこめてゆがむ。

「さらにもうひとつ、サルヴァー・ハーディンの訪問を待たなくてはならん」

「サルヴァー・ハーディンか!」

王の目がふいに丸くなった。髭《ひげ》のない若い顔に刻まれていた険《けわ》しい色が消える。

「そうだ、レポルド。ファウンデーションの指導者本人が、あなたの生誕を祝いにアナクレオンにやってくる——おそらく美辞麗句をならべてへつらおうというのだろう。だがそんなことをしても無駄だ」

「サルヴァー・ハーディンか!」

ごくごくかすかなつぶやきに、ウィーニスが顔をしかめた。

「その名が恐ろしいか。前回の訪問で、われわれの鼻を地面にこすりつけたあのサルヴァー・ハーディンだ。王家に対するあのあるまじき侮辱《ぶじょく》を、よもや忘れようというのではあるまいな。たかが平民のくせに。どぶ泥のような分際《ぶんざい》で、われらを侮辱したのだぞ」

「それは、忘れたりしないと思う。もちろん忘れはしない。けっして忘れたりするものか！　報復してやる――でも……でも――わたしは怖いのだ――少しだけれど」

摂政が立ちあがった。

「怖い？　何が怖いのだ。いったい何が。この――」言葉が途切れた。

「だって……それは……ファウンデーションを攻撃するなんて、冒瀆《ぼうとく》のようなものではないか。つまり――」彼はそこで黙りこんだ。

「つづけなさい」

レポルドはうろたえながらつづけた。

「つまり、もしほんとうに銀河霊が存在するなら、彼は……ええと、銀河霊は、そのようなことを嘉《よみ》したまわぬかもしれない。そうは思わないか」

「思わんな」厳しい答えが返った。ウィーニスはふたたび腰をおろし、くちびるをゆがめて奇妙な笑みを浮かべている。「ではあなたは本気で、銀河霊とやらに頭を悩ませているのか。あなたを好き勝手にさせておいたのは間違いだった。どうやらヴェリソフの話を真《ま》に受けすぎているようだな」

「ヴェリソフはいろいろなことを教えてくれた――」

「銀河霊についてかね」

「そうだ」

「やれやれ、乳離れのできない赤ん坊でもあるまいに。やつの語るくだらぬ痴《し》れ言《ごと》なんぞ、ヴェリソフ自身、わたし以上に信じてはおらんぞ。そしてこのわたしは、ひと言たりとも信じていない。あのような話はすべてでたらめだと、何度も話して聞かせたではないか」

「わかっている。だがヴェリソフが――」

「やつの話になど耳を貸すな。くだらぬ」

レポルドは反抗的にしばし口をつぐみ、それから言葉をつづけた。

「だが、みなが信じているではないか。つまり、予言者ハリ・セルダンにまつわるすべての物語をだ。ファウンデーションはセルダンに命じられて、いつの日か〝地上の楽園〟を再建するため人々に戒律を守らせているのだということも、その戒律を破った者がどのようにして永遠の滅びに見舞われるかということも。みなが信じている。わたしは祝祭の祭司を務めたことがあるが、間違いなく、みな信じていたぞ」

「そう、民はみな信じている。だがわれわれは信じていない。あなたはそれを感謝すべきなのだぞ。この茶番のおかげで、あなたは王権を神より賜《たまわ》り――なかば神格化されているのだからな。じつに都合がよいではないか。おかげで叛乱の可能性はすべて排除され、あらゆる面において絶対的な服従が保証される。だからこそ、レポルド、ファウンデーションへの宣戦布告においてはあなたが積極的な役割を果たさねばならん。わたしは摂政であり、ふつうの人間にすぎん。だがあなたは王であり、神に近い存在なのだ――民にとってはな」

「だが、それは事実ではないだろう」王は反射的に言い返した。

「そうだ、事実ではない」返答には嘲笑《ちょうしょう》がこもっていた。「だがあなたは、ファウンデーションをのぞくすべての人間にとって、神だ。いいかね。〝ファウンデーションをのぞくすべての人間にとって〟だぞ。やつらを排除してしまえば、あなたが至高の存在であることを否定する者はひとりとしていなくなる。わかるか！」

「でもそのあとで、神殿の動力箱や、人を乗せずに飛ぶ船や、癌を治す聖なる糧《かて》や、そのほかのいろいろなものを、わたしたちだけで扱えるだろうか。ヴェリソフが言っていたのだ、銀河霊に祝福された者だけが――」

「ヴェリソフが言った、か！　ヴェリソフはサルヴァー・ハーディンにつづくあなたの最大の敵だ。レポルド、わたしの言葉に耳を傾け、あの者たちのことなど考えるのはやめなさい。わたしとあなたとで帝国を再建しようではないか。アナクレオン王国ひとつではなく――数十億の太陽すべてを従える帝国だ。そのほうが、ただの言葉にすぎない〝地上の楽園〟などよりずっとよいとは思わぬか」

「そ、そうだな」

「ヴェリソフにそれ以上の約束ができるか」

「できない」

「よろしい」彼の声が威圧的になった。「これでこの件は片づいたと考えてよいな」答えを待たず、「では行きなさい。わたしもあとから行く。ああ、もうひとつだけ、レポルド」

若き王は戸口でふり返った。

微笑を浮かべているものの、ウィーニスの目は笑っていない。

「ニャク狩りに行くときは気をつけなさい。お父上が思いがけない最期《さいご》を迎えられてからというもの、わたしはときどき、あなたのことでなんともいやな胸騒ぎをおぼえるのだ。ニードルガンの矢が飛び交う混乱の中では、何が起こるかわからぬからな。よくよく気をつけるのだぞ。そして、ファウンデーションについてはわたしが話したとおりにする、それでよいな」

レポルドは目を見開き、それから叔父の視線を避けてうつむいた。

「ああ──もちろんだ」

「それでよい！」彼は無表情に甥を見送り、デスクにもどった。

退室したレポルドは、不安をおぼえながらも陰鬱《いんうつ》な思考にとらわれていた。確かにウィーニスが言ったように、ファウンデーションを倒して力を手に入れるのが最善なのかもしれない。でもそのあとは？　戦争が終わり、玉座を脅《おびや》かすものがなくなったら──。現在自分につづく王位継承権をもっているのは、ウィーニスとその傲慢《ごうまん》なふたりの息子だ。その事実が改めてはっきりと意識にのぼった。

だが自分は王だ。王は銃殺刑を命じることができる。

そう。叔父であろうと、従兄弟《いとこ》であろうと。

4

ルイス・ボートは、反体制派を集めていまや声高々《たかだか》と騒がしい行動党を結成するにあたって、サーマクについで積極的な役割を果たしてきた。にもかかわらず、半年ほど前、サルヴァー・ハーディンを訪問する代表団には加わっていなかった。だがそれは彼の働きが認められていないからではなく、むしろその逆だった。彼が代表団の一員でなかったのには、当時アナクレオンの首都惑星を訪問していたという、立派な理由があったのだ。

彼は一市民としてアナクレオンを訪れた。役人に会うことも、重要な仕事を果たすこともなく、活気ある惑星の人目《ひとめ》につかない隅々をながめ、埃《ほこり》っぽい隙間《すきま》にそのずんぐりとした鼻をつっこんだだけだった。

テルミヌスにもどったのは、朝は曇っていたのに雪になってしまった冬の短い一日が暮れようという時刻で、それから一時間とたたないうちに、サーマクの家の八角形のテーブルの前にすわっていた。

すでにテーブルについていた人々は、雪がふりしきり一段と深まりゆく戸外の黄昏《たそがれ》のせいか、重苦しく沈んでいる。べつにそれを晴らそうという意図もなく、彼は最初の言葉を発した。

「残念ながら、われわれの立場は、メロドラマ的にいえば〝勝ち目のない戦い〟と呼ばれるものだ」

「きみはそう思うのか」サーマクが陰気な声をあげた。

「〝思う〟なんてものじゃないぞ、サーマク。ほかの言葉のはいる余地なんてない」

「軍備は――」

ドコー・ウォルトがいくぶん押しつけがましく言いかけたが、ボートはすぐさまそれをさえぎった。

「それはもう忘れろ。昔の話だ」そして一同をぐるりと見まわし、「おれが言っているのはアナクレオンの民のことだ。宮廷革命のようなものを起こしてファウンデーションに都合のいい王を据えようというアイデアは、確かにおれが言いだしたことだ。いい考えだった。それはいまも変わらない。だがひとつだけささいな問題がある。つまり、それは不可能なんだ。偉大なるサルヴァー・ハーディンのおかげでな」

「ボート、くわしい話を聞かせてくれれば――」サーマクが不機嫌な声をあげる。

「くわしい話だって！　そんなもの、ひとつだってあるもんか！　そんな単純なことじゃない。アナクレオン全体をとりまくあのくそいまいましい状況すべてが問題なんだ。ファウンデーションがつくりだしたあの宗教のせいだ。あれがみごとな効果をあげているんだ」

「ああ！」

「自分の目で見ないかぎり、納得はできないだろう。ここテルミヌスでおれたちに見えているものといえば、神官を養成する大きな学校があることと、市の片隅でときどき巡礼のための特別ショーが催《もよお》されること――それくらいなんだからな。すべてひっくるめても、おれたちにはなんの影響もない。だがアナクレオンでは――」

レム・ターキが、短く整えたヴァンダイク髭を一本の指で撫《な》でつけ、咳払いをした。

「いったいどういう宗教なのだ。ハーディンはいつも、われわれの科学を素直に受け入れさせるためのくだらない茶番だと言っているが。サーマク、あの日もあいつは――」

「ハーディンの説明を額面どおりに受けとるのは危険だ」サーマクが忠告した。「それで、ボート、それはどういう宗教なのだ」

ボートはしばし考えた。

「道徳的にはなんの問題もない。旧帝国のさまざまな哲学とほとんど変わりのない、高度な倫理規範といったところだ。その点においては文句をつけるところなどひとつもない。宗教はそもそも歴史の中で文明化に大きな影響力をもっているが、それに関してはこの宗教も充分に――」

「それはわかっている」サーマクがいらだたしげにさえぎった。「要点を話せ」

「つまりはこういうことだ」ボートはわずかに狼狽《ろうばい》しながらも、なんとかそれを隠した。

「その宗教は――ファウンデーションが育成し助長しているものだということを忘れないでくれ――厳密な権威主義に立脚している。われわれがアナクレオンに与えた科学施設に接触できるのは、神官階級だけだ。その神官も、経験的にそれらの扱いを習得しているにすぎない。彼らは心底からこの宗教を信じている。それと、自分たちが扱う力の……その……霊的価値をな。たとえば二カ月前、ある馬鹿者がセッサレキア神殿――大神殿のひとつだ――の発電所を勝手にいじりまわした。おかげでその市の五つのブロックが吹っ飛んだ。そして神官をふくめすべての人間が、その事故は天からくだされた罰だと考えているんだ」

「ああ、おぼえている。いろいろと脚色された記事が新聞をにぎわせていたな。それで結局、何を言いたいのだ」

「聞いてくれ」ボートは堅い声でつづけた。「神官は王を頂点とする位階制を敷いていて、トップたる王はある種の半神と見なされている。王は天より授かった権利により絶対君主であり、民はなんの疑いもなくそれを信じている。神官も例外ではない。そんな王を廃することはできない。さあ、これでわかっただろう」

「ちょっと待ってくれ」こんどはウォルトが口をはさんだ。「それがすべてハーディンのせいというのはどういう意味だ。あいつがこれにどう関わっているんだ」

ボートは質問者に苦い視線を投げた。

「根気よくこの妄想を推《お》し進めてきたのはファウンデーションなんだぜ。われわれはありとあらゆる科学を駆使して、このいかさまを裏から支えている。祝祭となればいつだって、祭司を務める王は輝く放射性オーラを全身から放ち、頭上には宝冠のような光をいただく。王に触れる者はみなひどい火傷《やけど》を負う。王はここぞという瞬間、聖霊の意を受けて、あそこへここへと宙を移動する。身ぶりひとつで真珠色の光が神殿内に満ちあふれる。王のためにわれわれが実行してやるあれやこれやの単純なトリックは、枚挙にいとまがない。そして神官たちまでもが、みずからの手で操作しながら、それを信じているんだ」

「それはまずいな！」サーマクがくちびるを噛んだ。

「逃してしまったチャンスを思うと泣きたくなるぜ――市庁舎公園の噴水みたいにな」ボートは熱をこめて語った。「ハーディンがファウンデーションをアナクレオンから救った三十年前に事態を掌握《しょうあく》していたら――。あの当時、アナクレオン人は帝国が衰退しつつあるという事実を真《しん》には理解していなかった。ゼオンの叛乱以後、多少なりとも自力でやっていけるようになってはいたが、中央との連絡が途絶し、宙賊だったレポルドの祖父が王を僭称《せんしょう》したときも、帝国がすでに崩壊していることにまったく気づいてはいなかった。

もし皇帝がその気になって巡航戦艦を二隻ばかりくりだし、当然起こるだろう内乱に乗じていれば、ふたたびアナクレオンを支配することができたはずだ。そしてわれわれだって、われわれにだって、同じことができたはずなんだ。だがハーディンはそうはせず、専制君主をいただく宗教を樹立してしまった。おれには理解できない。なぜだ、なぜだ、なぜなんだ」

「ヴェリソフは何をしているんだ」ふいにジェイム・オーシがたずねた。「以前は急進的な行動党員だったじゃないか。あいつはあそこで何をしているんだ。やはり真実が見えていないのか」

「わからない」ボートは短く答えた。「連中にとっては大神官さまだ。おれの知るかぎり、技術的な細かい問題に関して神官たちの指導教官みたいなことをしているだけだ。単なる飾り物だ。くたばりやがれ。お飾り野郎が！」

静寂が訪れ、すべての視線がサーマクにむけられた。若き党首は神経質に爪を嚙んでいたが、やがて声高《こわだか》に告げた。

「よくない事態だ、じつに怪しい！」周囲を見まわし、さらに力強い声で、「では、ハーディンはそこまで愚かなのか」

「そうみたいだな」ボートは肩をすくめた。

「そんなことはない！　何かが間違っているんだ。かくも徹底的に絶望的におのが咽喉《のど》を掻《か》き切るには、途方もない愚かさが必要だ。たとえハーディンが愚かだったとしても――おれはそうは思わないが――そこまでのことができるわけはない。一方で内紛の可能性をすべて排除する宗教を樹立しながら、もう一方で戦争のためのあらゆる武器を提供する。いったいどういうことなんだ」

「確かにいささか理解しがたくはあるが」とボート。「事実は事実だ。ほかにどう考えればいいというんだ」

「あからさまな裏切りだ。やつらに金をもらっているんだろう」ウォルトがとつぜん口をはさんだ。

サーマクはいらだたしげに首をふった。

「そいつはどうかな。だがすべてが無意味で常軌《じょうき》を逸《いっ》している――ボート、アナクレオン宙軍のためにファウンデーションが修理している巡航戦艦については何か聞いたか」

「巡航戦艦だって？」

「旧帝国の巡航戦艦だ――」

「いや、知らないな。だがそれもたいした意味はないかもしれない。宙軍工廠《こうしょう》は宗教的聖域で、一般人は完全に閉めだされている。艦隊に関しては、何ひとつ誰の耳にもはいることがないんだ」

「だが噂《うわさ》が漏れている。党のメンバーが何度か議会でその問題をとりあげたが、ハーディンも否定はしなかった。彼のスポークスマンが噂をひろめる者を糾弾《きゅうだん》し、それだけで終わった。何か重大な意味があるのかもしれない」

「ほかの状況と一致するな」とボート。「もしそれが事実なら、正気の沙汰《さた》じゃない。だが、ほかより悪いというわけでもないだろう」

「ハーディンが何か秘密兵器をもっているわけではないと思うが」とオーシ。「だがもしかすると――」

「そうだ」サーマクの声には悪意がこもっている。「これぞといった瞬間にとびだして、ウィーニスの爺さんを卒倒《そっとう》させる巨大なびっくり箱か。このファウンデーションが秘密兵器に頼らざるを得なくなるようなら、自爆してどっちつかずの苦悩から解放されたほうがましってもんだ」

「なるほど」オーシがあわてて話題を変えた。「では問題はここに行きつくわけだな――すなわち、時間はどれだけ残されているか。どうだ、ボート」

「いいだろう。それが問題だ。おれを見るなよ。おれにだってわからない。いまはもっぱら、アナクレオンのジャーナリズムは、ファウンデーションのことはまったく報道しない。知っているだろう、来週レポルドが成年に達するんだ。近づきつつある祝祭のことばかりだ」

「では何カ月かの猶予があるな」ウォルトがその夜はじめての笑みを浮かべた。「それだけあれば――」

「時間があるだと、馬鹿な！」ボートはいらだちをこめて吐きだした。「王は神なんだ。言ったろう。その王が、民の闘志をかきたてるためにわざわざ宣伝活動をしなきゃならないとでも思っているのか。われわれの侵略を非難して、安っぽい感情に訴えるべく、最大限の努力をはらわなけりゃならないとでも思っているのか。攻め入るべきときになれば、レポルドはただ命じるだけだ。そうすれば民が戦う。そうなっているんだ。それがくそいまいましいあのシステムなんだ。神に質問なんかするもんじゃない。命令は明日にもくだされるかもしれない。そうしたら、あとはもう流れにまかせるしかないんだぞ」

全員がいっせいに意見を述べようとしはじめたため、サーマクがばんとテーブルをたたいて静粛《せいしゅく》を命じた。そのとき、玄関のドアがあいてレヴィ・ノラストがはいってきた。コートを着たまま、雪をたなびかせて、階段を駆けあがってくる。

「これを見ろ！」彼はさけんで、点々と雪がついた冷たい新聞をテーブルに投げだした。「ヴィジ放送はもうこの話でもちきりだ」

ひろげた新聞の上に五つの頭が集まった。

サーマクがかすれた声をあげた。

「なんてことだ。やつがアナクレオンに行くだと！　アナクレオンに行くだと！」

「裏切りだ」ターキがとつぜん興奮にかられて金切り声をあげた。「どう考えたってウォルトが正しかったとしか思えん。やつはおれたちを売りわたしたんだ。そしてその代金を受けとりにいこうとしているんだ」

サーマクはすでに立ちあがっていた。

「もはやほかに道はない。おれは明日、市議会でハーディンの弾劾《だんがい》を要求する。もしそれが、不発に終わったら――」

5

雪はやんだが、分厚く地面をおおって固まっている。流線形の地上車が人通りのない街路をのろのろと進んでいく。夜明けの到来を告げるどんよりとした灰色の光は、修辞的にだけではなく、まさしく字義どおりに冷たい――したがって、ファウンデーションの政情がこのように不穏なときではあっても、この時間から街宣活動をはじめようというほど熱心な活動家は、行動党にも親ハーディン派にもひとりもいないようだ。

ヨハン・リイは事態が気に入らない。ついに不満が声になってこぼれた。

「やっぱりまずいよ、ハーディン。連中、きみがこそこそ逃げだしたと言うだろう」

「言いたいように言わせておけ。おれはとにかくアナクレオンに行かなくてはならないんだ。できればトラブルなしにな。リイ、いまはそれだけでいい」

ハーディンがクッションのきいたシートにゆったりと背中を預け、わずかに身ぶるいした。車内はヒーターがきいているため寒くないが、ガラス越しとはいえ、雪におおわれた世界はどこか冷え冷えとしている。それが彼を悩ませるのだろう。

「いつか余裕ができたら」ハーディンが考えこみながら言った。「テルミヌスの気象調節をやらなくてはならんな。できるはずだ」

「わたしとしては」リイは答えた。「それよりさきに片づけたいことがいくつかあるよ。たとえば、サーマク調節なんかどうかな。一年中二十五度が維持されている乾燥したすてきな独房なんか、ぴったりだと思うけれど」

「そうなったら、真剣にボディガードが必要だな。このふたりみたいなんじゃなくて」ハーディンは、運転手とならんでフロントシートに陣取り、核ブラスターに手をかけたままひとけのない街路に鋭い目を走らせているリイの用心棒ふたりを示した。「おまえ、本気で内戦を起こしたがっているみたいだぞ」

「わたしが？　火の中にはほかにも薪《たきぎ》があるんだから、かきまわす必要なんてないよ」そして太い指を折って数えあげた。「第一に。サーマクは昨日《きのう》、市議会において大声できみの弾劾を要求した」

「やつにはそうするだけの完全な権利がある」ハーディンが淡々と答える。「そして、やつの動議は二百六対百八十四で否決された」

「当然だよ。だけど最低でも六十はあると思っていた票差は二十二しかなかった。それは否定できないよ。きみは否定しようとしていたけれどね」

「確かに僅差《きんさ》だったな」ハーディンは認めた。

「そのとおり。第二に。票決のあと、行動党のメンバー五十九人が立ちあがって議事堂を退出した」

ハーディンが黙っていたので、リイはさらにつづけた。

「第三に。サーマクは立ち去る前にわめき散らしていった。いわく、きみは裏切り者だ。裏切りの報酬、銀三十枚を受けとるため、アナクレオンに行こうとしている。弾劾を否決した多数派の議員はその裏切りに加担したことになるんだぞ。〝行動党〟という名は伊達《だて》じゃないんだからな――。さて、きみはこれをどう思う？」

「まあ、トラブルといえるだろうな」

「そのあげくに、きみは夜明けの逃亡を試みている。犯罪者みたいにね。ハーディン、きみは正面から連中に立ち向かうべきだよ――必要なら、それこそ戒厳令を発令してでも！」

「暴力は無能者の――」

「最後の切り札なり、か。くだらない！」

「いいだろう。いまにわかるさ。いいか、よく聞けよ、リイ。三十年前、ファウンデーション設立五十周年記念祭に時間廟堂がひらいた。ハリ・セルダンの記録映像があらわれ、真実をはじめて明かしてくれた」

「おぼえているよ」リイはうっすらと笑みを浮かべ、思い出にふけりながらうなずいた。

「わたしたちはあの日、政権を掌握したんだ」

「そうだ。あれがおれたちが出くわした最初の大きな危機だった。これはふたつめだ——そして、三週間後にファウンデーション設立八十周年記念日がくる。こいつは何か重大な意味があると思えないか」

「彼がまたあらわれるというのかい」

「まだ話は終わってないぞ。確かにセルダンはもどってくるとは言わなかったが、彼の〈プラン〉は総じてそういうものじゃないか。おれたちに予備知識を与えないよう、いつだって手を尽くしている。あのラジウム錠《じょう》がもう一度ひらくよう設定されているかどうか、廟堂を分解せずに知る方法はない——おそらく、無理やりあけようとしたら自爆するんだろう。最初にセルダンがあらわれたとき以来、おれはもしかしたらと思って、毎年記念日には必ずあそこを訪れているんだが、セルダンは一度もあらわれたことがない。だが今回は、あのとき以来はじめての真の危機だ」

「だったらあらわれるだろう」

「かもしれない。おれにはわからん。だがいいか、問題はここだ。おまえは今日の議会で、おれのアナクレオンへの出発を報告したあと、公式に宣言するんだ。きたる三月十四日、ふたたびハリ・セルダンの記録映像が出現し、このたび無事に終結した危機に関して非常に重要なメッセージを伝えるだろう、とな。とにかく大事なことだからな、リイ。どれだけ質問がとんできても、それ以外はひと言もつけ加えるんじゃないぞ」

「連中、信じるかな」リイは目を瞠《みは》ってたずねた。

「信じようと信じまいと、それはどうでもいい。やつらを混乱させるのが目的なんだ。ほんとうだろうかと悩み、もしそうでないならおれがどういうつもりなのかと迷い——その結果、三月十四日まで行動を起こすのはやめておこうと決断する。おれはそれよりずっとはやくもどってくるつもりだ」

不安が顔に出てしまった。

「だけど、〝無事に終結した危機〟って。はったりじゃないか！」

「事態をひっかきまわすためのはったりさ。さあ、宙港についたぞ！」

待機する巨大な宇宙船が薄闇の中に黒々《くろぐろ》と浮かびあがる。ハーディンは雪を踏んで近づいていくと、ひらいたエアロックの前でふり返り、手をさしのべた。

「じゃあな、リイ。こんなフライパンの中におまえを残していくのは気が進まないが、ほかに信頼できる人間がいないんだ。頼むから、火に近づくんじゃないぞ」

「心配はいらないよ。フライパンはもう熱くなっているんだから。ちゃんと指示には従うよ」

そして彼はあとずさり、エアロックが閉まった。

6

サルヴァー・ハーディンは惑星アナクレオン――王国の名称はこの惑星からとったものだ――に直行したわけではなかった。王国内でも大きい八つの星系をつぎつぎと訪れ、各地のファウンデーション代理人とあわただしく会談をもって、ようやくアナクレオンに到着したのは戴冠《たいかん》式の前日だった。

旅の結果、ハーディンはアナクレオン王国の広大さをうんざりするほど実感させられていた。それも、かつてこの王国が著名な一星区であった銀河帝国の計り知れぬ版図《はんと》に比べれば、わずかな破片、蠅《はえ》の糞《ふん》の染みにすぎない。だが、ただひとつの惑星、それも人口稀薄な惑星を中心に思考することに慣れた者にとって、アナクレオンの領土と人口はめまいがするほど膨大だった。

旧アナクレオン星区の外周には二十五の星系があり、そのうちの六星系が一つ以上の居住惑星を有している。帝国最盛期よりはるかに減ったとはいえ、王国全体で百九十億の人口を誇り、それもまたファウンデーションに与えられた科学の進歩とともに急速に増加しつつある。

そしてハーディンはいまさらのように、この仕事の巨大さにうちのめされたのだった。三十年をかけたというのに、核エネルギーを得たのは首都惑星だけで、外辺にはいまだ再導入を迎えていない広大な地域がひろがっている。衰退する帝国が残していった稼働する遺物がなかったら、そこまでの進歩すら不可能だったかもしれない。

ハーディンが到着したとき、首都惑星ではすべての通常業務が停止していた。外辺地方でも祝祭はおこなわれていたし、それはいまもつづいている。だがここ惑星アナクレオンでは、神王レポルドの成人を宣言する神聖にして熱狂的な祝祭に、興奮に浮かされて参加しない者はひとりとしていないのだった。

ハーディンはまた、つぎの神殿祭事の監督に無理やり駆りだされていく憔悴《しょうすい》しきった大使ヴェリソフを、やっとのことで三十分だけつかまえることができた。その三十分はじつに有意義なものとなり、ハーディンは満足して夜の花火にむけて心の準備を整えた。

だいたいにおいて、彼は単なる観光客として行動していた。身分を知られたら間違いなくひっぱりこまれるだろう宗教的な役割など、絶対に引き受けたくはなかった。というわけで、王宮舞踏室がきらびやかに着飾った王国最高位の立派な貴族たちでいっぱいになったときも、ハーディンはほとんど人目に立つことなく、もしくは完全に無視されて、壁に張りついていた。

レポルドにも紹介されたが、それは列をなした拝謁者《はいえつしゃ》のひとりとしてで、王からは安全な距離を保っていた。王はまばゆく輝く恐ろしい放射性オーラをまとい、ただひとり、威容に包まれて超然と立っていた。その王は一時間もしないうちに、宝石をちりばめ黄金の彫刻を施《ほど》したロジウム・イリジウム合金の巨大な玉座にすわり、玉座もろとも威風《いふう》堂々と宙に浮かびあがり、すべるように大窓の前まで漂っていくことになっている。王の姿を目にした平民の大群衆は、発作を起こさんばかりに歓呼《かんこ》の声をあげるだろう。もちろん、核エネルギー・モーターがしこまれていなければ、玉座もこれほど重く巨大になることはなかったのだ。

十一時を過ぎた。ハーディンはいらいらしながら、あたりをよく見ようと爪先立ちになった。椅子の上に立ちたいところだが、それはぐっとこらえる。そのとき、彼のほうにむかって人混みを縫ってくるウィーニスの姿が見え、ほっと緊張がほぐれた。

ウィーニスの足どりはのろい。一歩進むごとにご立派な貴族たちと親しげに言葉をかわさなくてはならないからだ。彼らはみな、王国創設にさいして宙賊のごときレポルドの祖父に手を貸した功績により、爵位を授かった者たちの孫だった。

軍服姿の最後の貴族からようやく解放され、ウィーニスがハーディンのもとにやってきた。笑みがゆがんであからさまな作り笑いに変じ、灰色になった眉の下から満足げなきらめきを帯びた黒い目がのぞいている。

「ようこそ、ハーディン」ウィーニスが低い声で挨拶をよこした。「身許《みもと》を隠しておきたいとなれば、退屈するのもやむを得まいな」

「退屈はしておりませんよ、殿下。すべてが非常に興味深い。テルミヌスにはこれほど壮観なものはありませんからね」

「それは間違いなかろう。ところで、わたしの私室にきてはもらえんかな。もっとゆっくり、邪魔をいれずに話がしたい」

「喜んで」

ふたりは腕を組んで階段をあがっていった。少なからぬ貴婦人が驚いて柄つき眼鏡《ロルネット》をもちあげ、服装も質素なら容姿もきわめて平凡なくせに、摂政殿下からこのような栄誉を与えられる異国人はいったい何者なのだろうといぶかしんでいた。

ハーディンはウィーニスの部屋で心地よくくつろぎ、感謝の言葉をつぶやきながら、摂政殿下がみずから注《つ》いでくれた酒のグラスを受けとった。

「ロクリス・ワインだよ、ハーディン」ウィーニスが言った。「王室の酒蔵《さかぐら》からとってきた正真正銘の――二百年ものだ。ゼオンの叛乱の十年前にしこまれている」

「王家にふさわしいすばらしい酒ですね」ハーディンは礼儀正しく応えた。「アナクレオン王レポルド一世陛下に」

ふたりは乾杯した。ウィーニスが穏やかな声でつけ加えた。

「いずれは外縁星域の皇帝に、さらにはそれ以上のものになるかもしれんがね。銀河系そのものだとて、いつの日か再統一されるだろう」

「それは間違いないでしょうけれど。アナクレオンによって、なんですか？」

「当然だろう。ファウンデーションの援助により、外縁星域におけるわれらの科学的優位は確たるものだからな」

ハーディンは空《から》になったグラスをおろした。

「ええ、それは確かにそうですね。ただしファウンデーションは、科学的援助を請《こ》うてきたら、いかなる国にも手を貸さなくてはならないという義務に縛《しば》られています。わが政府の高《こう》邁《まい》なる理想と、創設者ハリ・セルダンの偉大なる倫理的目標に基づき、選《え》り好みをすることはできないんですよ。それはどうしようもありませんね」

ウィーニスの微笑がひろがった。

「世にいう、銀河霊はみずから助《たす》くるものを助くだな。わかっているとも。声をあげないかぎり、ファウンデーションからはけっして力を貸してくれんということもな」

「そういうわけでもないんですがね。あの帝国巡航戦艦だって修理したではありませんか。あれはうちの航宙局もほしがっていたんですよ、研究のために」

摂政は皮肉っぽく最後の言葉をくり返した。

「研究のために、か！　なるほど！　だがわたしが戦争を楯《たて》に脅《おど》しをかけなければ、その修理もせんかっただろう」

「それはわかりませんね」ハーディンは弁解がましいしぐさとともに答えた。

「わたしにはわかっておるよ。その手の脅しはつねに効力を発揮するものだ」

「いまもですかね」

「いまではもう脅しとやらには遅すぎるな」ウィーニスはデスクの上の時計にすばやく視線を投げた。「よいかな、ハーディン。きみは以前も一度、アナクレオンを訪れている。当時のきみは若かった。わたしたちふたりともが若かった。だがその当時ですら、われわれのもの見方は完全に異なっていた。きみはいわゆる平和主義者というやつだろう」

「まあ、そうもいえますね。少なくとも、暴力は目的を達成するには不経済な方法だと考えていますよ。もっとよい方法が、いつだって存在します。いささかまわりくどいこともあるでしょうけれどね」

「ああ、きみの有名な格言なら聞いたことがある。『暴力は無能者の最後の切り札なり』か。いいかね」――摂政はいかにもぼんやりとしたていで、片方の耳を掻いた――「わたしはけっして自分を無能者だとは思わんがね」

ハーディンは沈黙を守ったまま礼儀正しくうなずいた。

「にもかかわらず」ウィーニスがつづける。「わたしはつねに直接行動を信じてきた。目的にまっすぐつづく道をつくり、そこを歩むことこそが最善だと信じてきた。そうやって多くのことを成し遂げてきたし、これからも成し遂げられることを疑ってはいない」

「知っていますよ」ハーディンは彼の言葉をさえぎった。「おっしゃるとおり、殿下はご自身とご子息のために、まっすぐ玉座につづく道をつくっておられるようですね。王の父上――殿下の兄上にあたりましたか――の思いがけないご最期と、陛下ご自身の心もとない健康状態を考慮なさってのことなんでしょう。事実、王の健康はあまりよろしくないのでしょう?」

ウィーニスはあてこすりのような言葉に眉をひそめた。声がいちだんと険しくなる。

「ハーディン、口にせぬほうがよい話題もあるということをわきまえるべきではないか。テルミヌス市長として……その……分別を欠いた発言も許されると考えているのかもしれぬがな。そうした考えは改めるがよい。わたしは言葉に怯えるような人間ではないぞ。果敢《かかん》に立ちむかえば困難は消えるというのがわたしの人生哲学であり、これまで一度として困難に背をむけたことはない」

「もちろんそうでしょうとも。そしていま現在は、どのような困難に立ちむかおうとしておられるんですか」

「ファウンデーションを説得して協力をとりつけるという困難だよ。ハーディン、きみの平和主義はいくつかの非常に大きな過《あやま》ちにつながっている。それも単に、相手の大胆さを過小評価したがためにだ。誰もがきみのように直接行動を恐れるわけではない」

「たとえば?」ハーディンは促した。

「たとえば、きみはひとりでアナクレオンにやってきて、ひとりでわたしの部屋までついてきた」

ハーディンは周囲を見まわした。

「それのどこが間違っているのでしょう」

「何も間違ってはいないさ」と摂政。「ただ、この部屋の外には、いつでも発砲できる完全武装の警備兵が五人いるというだけのことだ。ハーディン、きみはこの部屋を出ることはできない」

市長は眉をあげた。

「いますぐお暇《いとま》するつもりはありませんがね。では、殿下はそんなにわたしを恐れているということでしょうか」

「恐れてなどおらん。だが、わたしの決意を印象づける役には立つだろう。ささやかな意思表示とでも言えばいいかな」

「お好きに呼んでくださってかまいませんがね」ハーディンは無頓着《むとんちゃく》に返した。「殿下がなんと呼ぼうと、わたしはべつに困りませんよ」

「そのような態度もいずれ改まることになろう。だがきみはもうひとつ、それ以上に深刻な過ちを犯している。惑星テルミヌスはほとんど無防備ではないか」

「当然でしょう。何を恐れる必要があるんです。われわれは誰の利益も損ねることなく、すべてに等しくサーヴィスを提供しているんですから」

「無防備でありながら、ご親切にもわれわれの軍備を手伝ってくれる」ウィーニスはつづけた。「とりわけ、わが国の宙軍——偉大なる宙軍の増強に手を貸してくれた。事実、帝国巡航戦艦の寄贈により、われらが宙軍は無敵となった」

「殿下は時間を無駄にしておいでだ」ハーディンは立ちあがるようなそぶりを見せた。「宣戦布告をするつもりで、わたしにそれを知らせようとしているのなら、いますぐ政府に連絡する許可をくださらなくては」

「すわりたまえ、ハーディン。わたしは宣戦布告などしておらんし、きみも政府に連絡する必要などまったくない。いざ開戦というときには——宣戦布告ではない、開戦だよ、ハーデイン――わが息子を艦長といただく旗艦、元帝国宙軍巡航戦艦ウィーニス号率いるアナクレオン宙軍の放つ原子砲攻撃により、ファウンデーションはそれを知ることになろう」

「それはいつ起こるんですか」ハーディンは眉をひそめた。

「本気で知りたいというなら教えよう。艦隊は五十分前、十一時ちょうどに、アナクレオンを発進した。テルミヌスが視野にはいりしだい、第一弾が発射される。おそらくは明日の正午にな。きみは戦争捕虜というわけだ」

「確かにそのとおりなんでしょう」ハーディンは眉をひそめたまま言った。「ですが、いささかがっかりですね」

「それだけかね」ウィーニスが馬鹿にしたように小さな笑い声をあげる。

「そうですね。わたしとしては論理的に、即位の瞬間――つまり、真夜中零時が、艦隊発進にもっともふさわしい時間だろうと考えていたんですよ。どうやらあなたは、ご自分がまだ摂政でいるあいだに戦端《せんたん》をひらきたかったようだ。そうでなければ、もっとドラマティックになったでしょうに」

「いったい何を言っているのだね」摂政がじろりとにらみつけてくる。

「おわかりになりませんか」ハーディンはものやわらかく答えた。「わたしは反撃を、真夜中零時に設定してきたんですよ」

ウィーニスはぎょっとして立ちあがった。

「はったりなど無意味だぞ。反撃などあるはずがない。ほかの王国の援助を期待しているなら、そんなものは無駄だ。やつらの宙軍など、すべてあわせても、われらの宙軍にかなうべくもない」

「知っていますよ。砲撃戦をはじめるつもりなんかありません。今夜、真夜中零時に惑星アナクレオンに聖務禁止令をくだすという宣言が、一週間前に出ているってだけのことです」

「聖務禁止令だと？」

「ええ。理解できないようなら説明しますが、わたしが撤回命令を出すまで、アナクレオンの全神官がストライキにはいるということです。もっとも、監禁されていては命令は出せないし、たとえ監禁されていなくとも出すつもりはありませんがね！」彼は身をのりだし、とつぜん生き生きとした口調でつけ加えた。「ところで、殿下、ファウンデーションへの攻撃が最大級の瀆聖《とくせい》行為にほかならないってことはおわかりですよね」

ウィーニスは懸命に自制しようとしている。

「そのような脅しはきかんぞ、ハーディン。そんなものは大衆のためにとっておくがいい」

「ウィーニス殿下、わたしがこれを誰のためにとっておいたと思ってるんですか。大衆はこの半時間、アナクレオンじゅうのあらゆる神殿で、この問題について語る神官の説教に耳を傾けていますよ。自分たちの政府が、自分たちの信仰の中心となる聖地に、いわれなく邪悪な攻撃をしかけたことを、いまではアナクレオンじゅうの民が知っているんです。真夜中零時まであと四分しかありませんねえ。舞踏室におりて成り行きを観察したほうがいいんじゃありませんか。扉の外に五人も警備兵がいるんです、わたしはここでなんの心配もありませんから」

そして椅子の背にもたれ、自分でロクリス・ワインをもう一杯注いで、悠然と天井を見あげた。

ウィーニスは押し殺した罵言を漏らし、部屋をとびだしていった。

舞踏室では、玉座までひろい道をあけて、貴顕《きけん》淑《しゅく》女が粛と静まり返っていた。いま、その玉座についたレポルドが、両手でしっかりと肘掛けをつかみ、頭を高く掲げ、表情を凍《こお》りつかせている。巨大なシャンデリアは光度を落としている。ドーム天井にちりばめられた極小のアトモ灯《とう》が撒《ま》き散らす色とりどりの光の中で、華麗にして荘厳なオーラが輝き、王の頭上高くにまばゆい宝冠をつくりあげる。

ウィーニスは階段なかばで足をとめた。誰も彼を見ていない。すべての視線が玉座にむけられている。彼はこぶしを握り、その場にとどまった。ハーディンのはったりにのせられて、愚かな行動を起こしてはならない。

そのとき玉座が揺れた。音もなく浮上し——壇上を離れ、ゆっくりと階段をくだり、床から六インチの高度を保ったまま水平に漂って、開け放たれた巨大な窓にむかって移動していく。

真夜中零時を告げる鐘《かね》の音《ね》が重々《おもおも》しく鳴り響いた。その瞬間、玉座は窓の前で停止し——王のオーラが消えた。

凍りついたような一瞬、王は驚愕に顔をゆがめ、身じろぎもできずにいた。オーラが消えたいま、彼はただの人間にすぎない。それから玉座がぐらりと揺れ、轟音《ごうおん》をたてて六インチ下の床に落ちた。同時に、王宮内のすべての明かりが消えた。

甲高い悲鳴と混乱を貫いて、ウィーニスの太い声が響きわたった。

「松明《たいまつ》をともせ！　松明だ！」

彼は右に左に人混みをかきわけながら、しゃにむに出口にむかった。そのとき、王宮衛兵が闇に包まれた舞踏室へとなだれこんできた。

ようやくのことで松明が運びこまれた。即位式のあと、都の街路を練《ね》り歩く大行列に使われるはずだったものだ。

松明をもった衛兵がつぎつぎとはいってくる。青、緑、赤の奇妙な光が、恐怖と混乱を浮かべたいくつもの顔を照らしだす。

「何も問題はない」ウィーニスはさけんだ。「その場を動かんように。明かりはすぐにもどる」

そして、身体《からだ》をこわばらせて直立不動の姿勢をとる衛兵隊長をふり返った。

「何事だ」

「殿下、市民どもが王宮を取り囲んでおります」即座に答えが返った。

「何を求めておるのだ」ウィーニスはうなった。

「先頭に立っているのは神官で、大神官ポーリ・ヴェリソフと判明いたしました。サルヴァー・ハーディン市長の即時解放と、ファウンデーションへの攻撃中止を要求しております」

いかにも士官らしく冷静に報告してはいるが、視線はおどおどとおちつかない。ウィーニスは怒鳴った。

「卑《いや》しい平民風情《ふぜい》が王宮の門をくぐろうとしたら、すぐさま吹っ飛ばせ。いまはそれだけでいい。吠えさせておけ！　朝になれば思い知らせてくれるわ」

松明がぞくぞくともちこまれ、舞踏室はふたたび明るくなった。ウィーニスはいまだ窓の脇に落ちたままの玉座に駆けより、衝撃のあまり蠟《ろう》のように青ざめたレポルドをひきずりおろした。

「くるんだ」

窓の外に視線を走らせると、町は墨《すみ》のような闇に包まれている。下方からは混沌《こんとん》とした群衆の罵声《ばせい》が聞こえてくる。右手の、アルゴリド神殿のあたりだけが明るく輝いている。彼は怒りの声をあげながら、王をひっぱっていった。

五人の衛兵を従えて自室にとびこんだ。目を見ひらき、恐怖のあまり言葉もないレポルドがそのあとにつづく。

「ハーディン」ウィーニスはかすれた声をあげた。「身の程知らずの真似をしおって」

市長はその言葉を無視した。かたわらにおいた携帯用アトモ灯の真珠色の光の中で、わずかに皮肉っぽい笑みを浮かべて静かにすわっている。

「おはようございます、陛下」彼はレポルドにむかって言った。「戴冠、お慶《よろこ》び申しあげます」

「ハーディン」ウィーニスがふたたびさけんだ。「職務にもどるよう、神官たちに命令したまえ」

ハーディンは冷やかに視線をあげた。

「ご自分で命令したらどうだ、ウィーニス殿下。そうしたら、身の程知らずの真似をしているのが誰か、わかるだろう。いま現在、アナクレオンではひとつの車輪も歯車もまわっていないし、神殿をのぞいてひとつの明かりも灯《とも》っていない。神殿をのぞいて一滴の水も流れていない。惑星の冬の側では、神殿をのぞいて一カロリーの熱も存在しない。病院は患者を受け入れない。発電所は閉鎖した。すべての宇宙船は飛びたつことができない。気に入らないというなら、ウィーニス殿下、あなたがご自分で、神官たちに仕事にもどるように命じればいい。わたしはごめんこうむるね」

「いいとも、してやろうではないか。これで決着がついたつもりなのか。きさまの神官どもがどれだけ軍に抵抗できるかな。今夜、惑星内のすべての神殿を軍の監視下におさめてやる」

「それはそれは。だがどうやって命令を伝えるつもりだ。惑星上の通信はすべて遮断されている。ラジオもテレヴァイザーもウルトラウェイヴも、すべて稼働しない。じつのところ、いまこの惑星上で唯一働いている通信装置は——もちろん、神殿以外でだが——この部屋、いまここにあるテレヴァイザーだけだ。ただし、受信専用に設定してあるけれどね」

ウィーニスはただあえぐばかりだ。ハーディンはさらにつづけた。

「ご希望とあれば、あそこにあるアルゴリド神殿に軍隊を送りこみ、ウルトラウェイヴ装置を使って惑星内のほかの地方と連絡をとってみるのもいいさ。だがそんなことをしたら、群衆が突入部隊を八つ裂きにするだろう。そうしたら誰がこの王宮を守るんだろうね、ウィーニス殿下。誰があなた方の生命を守るんだろうね」

　ウィーニスはかすれた声をあげた。

「われわれはもちこたえてみせるぞ、悪魔め。今日一日をやりすごせばいいのだ。暴徒どもが吠えようと。動力が落ちようと。もちこたえてみせるとも。ファウンデーション占領の知らせが届けば、きさまのご立派な暴徒どもも、自分たちの信仰がいかに虚《むな》しいものの上に築かれていたかを悟る。そうすればきさまの神官どもから離反し、逆に襲いかかるだろう。きさまが意気揚々としていられるのもこの正午までだ、ハーディン。アナクレオンの動力をとめることはできるかもしれんが、わたしの艦隊をとめることはできんのだからな」彼は勝ち誇ったようにしわがれ声をあげた。「艦隊はいまも進んでいるぞ、ハーディン。おまえ自身が修理を命じたあの巨大巡航戦艦を先頭にしてな」

　ハーディンは軽やかに答えた。

「そうそう、あの巨大巡航戦艦。確かにわたし自身が修理を命じたよ——わたし自身の好みにあわせてね。ところでウィーニス殿下は、ウルトラウェイヴ中継装置というものについて聞いたことがおありかな。もちろん、ないだろう。そう、あと二分で、殿下もそれがどんな働きをするか知ることになる」

　話しているあいだにテレヴァイザーに光がともり、ハーディンはおのが言葉を訂正した。

「いや、あと二秒だったか。すわりたまえ、ウィーニス殿下。そして聞くがいい」

7

テオ・アポラトはアナクレオンにおける最高位神官のひとりである。その序列を考えれば、旗艦ウィーニス号の首席従軍神官に任命されたとしてもなんの不思議もない。

だがこの任命は地位や序列だけによるものではなかった。彼はこの艦に通じている。艦の修理にあたり、ファウンデーションからやってきた聖者に直接指導を受けて働いたのだ。聖者の指示のもとにエンジンを調べ、テレヴァイザーを配線しなおし、通信システムを改良し、穴のあいた船殻《せんかく》をとりかえ、梁《はり》を補強した。さらには、あまりにも神聖なためこれまでどの艦にも搭載されたことがなく、この壮麗なる巨大戦艦のためにとっておかれた聖器——ウルトラウェイヴ中継装置の設置にあたって、ファウンデーションの賢者たちの手伝いをすることまで許されたのだ。

この栄光に満ちた戦艦が誤った目的のために使われると知ったのだ、胸の痛みをおぼえても無理はない。ヴェリソフ大神官の言葉など、絶対に信じたくはなかった。この艦は想像もできない邪悪な目的のために使われる、その砲を偉大なるファウンデーションにむけることになる——ヴェリソフはそう語った。若きアポラトが教育を受けた地、すべての恵みの源《みなもと》ともいうべきファウンデーションに、こともあろうに砲口をむけるなんて。

だが、提督の命令を聞いたいまとなっては、もう疑いの余地はない。

聖なる祝福を受けた王が、なぜこのように言語道断《ごんご》な行動を許したのだろう。いや、ほんとうに王が命じたのだろうか。もしかするとこれは、王のまったく知らないところで、あの憎むべき摂政ウィーニスが企《くわだ》てたことなのではないか。五分前、彼にそれを告げた艦隊提督は、そのウィーニスの息子だ。

「神官殿は魂《たましい》と祈りのことにだけ取り組んでおればよい。艦はわたしが動かす」

アポラトはゆがんだ笑みを浮かべた。自分が取り組むのは、魂と祈りと——そして呪詛《じゅそ》だ。レフキン殿下はいずれ泣き言を漏らすことになるだろう。

いま彼は総合通信室にはいりこんでいる。侍者《じしゃ》をさきに行かせたが、通信室を預かるふたりの士官はそれをさまたげようとはしなかった。首席従軍神官は、艦内のどこであろうと自由に出入りできるのだ。

「扉を閉めなさい」アポラトは命じて、クロノメーターに目をむけた。

十二時まであと五分。タイミングはしっかりと計っている。

彼は手慣れた動作で、すべての艦内通信機をオンにする小さなレヴァを動かした。これにより、全長二マイルにわたるこの艦のありとあらゆる場所に、彼の声と姿が届くことになる。

「王国旗艦ウィーニス号の全乗員に告ぐ！　わたしは本艦の従軍神官である！」

その声は、船尾最後部の砲座から船首の航宙テーブルまで、ありとあらゆる場所に響きわたっているはずだ。

「諸君らの艦は瀆聖《とくせい》の罪を犯している」彼はさけんだ。「諸君らの気づかぬうちに、本艦はすべての乗員の魂を永遠の寒冷宇宙地獄に陥《おとしい》れる行為に及ぼうとしているのだ！　聞きたまえ！　諸君らの司令官は、本艦でファウンデーションにむかい、すべての恵みの源たるかの地を砲撃して、おのが邪悪な意志のもとに従わせるつもりでいる。それが司令官の意図である以上、わたしは銀河霊の名において、彼の指揮権を剝奪する。銀河霊の祝福なきところに指揮権は存在し得ない。銀河霊の承認なくしては、聖なる王ご自身すらもその王権を維持することはかなわぬのだ」

彼はいちだんと声を深めた。侍者は畏敬《いけい》をこめて、ふたりの士官は高まる恐怖を抱えて、耳を傾けている。

「かくも邪悪な使命を帯びているがゆえに、銀河霊の祝福はすべて本艦より消失する」

そして重々しく両腕をあげた。一千にもおよぶ艦内テレヴァイザーの前で、おごそかに語る従軍神官の映像を見つめながら、兵士たちは身を縮めているだろう。

「銀河霊とその予言者ハリ・セルダン、およびその伝道者たるファウンデーション聖者たちの名において、わたしは本艦を呪詛する。本艦の眼たるテレヴァイザーよ、盲《めし》いるがよい。腕たる鉄鉤《てっかぎ》よ、痺《しび》れ無力となれ。こぶしたる原子砲よ、働きを失え。心臓たるエンジンよ、鼓動するな。声たる通信機よ、沈黙せよ。息吹《いぶき》たる換気装置よ、機能をとめよ。魂たる照明よ、消失せよ。銀河霊の名において、わたしはかく本艦を呪詛する」

その最後の言葉と同時に時計が真夜中を示し、数光年も彼方《かなた》のアルゴリド神殿でひとつの手がウルトラウェイヴ中継器をひらいた。それが、ウルトラウェイヴの伝達速度で、旗艦ウィーニス号の中継器につながる。

そして艦は死んだ！

現実に機能し、アポラトのような呪詛が致命的な結果を引き起こす。それが、科学に基づく宗教の特徴なのである。

船は闇に包まれ、遠くでうなっていた超核エンジンのやわらかな響きがふいに途絶える。アポラトは歓喜して、ローブのポケットから電源内蔵型アトモ灯をとりだした。室内に真珠色の光があふれる。

視線を落とすと、疑いなく勇敢であろうふたりの士官が、ひざまずいたまま、永遠の地獄の恐怖にふるえおののいていた。

「わたしたちの魂をお救いください、神官さま。哀れなわたしどもは司令官が罪を犯していることなど、まったく知らなかったのです」ひとりがふるえる声で訴えた。

「わたしについてきなさい」アポラトは厳しい声で命じた。「あなたの魂はまだ失われてはいない」

艦内には闇と混乱があふれていた。触知できそうなほど濃密な恐怖がたれこめ、瘴気《しょうき》にも似た悪臭を放っている。アポラトと光の輪が進んでいくと、いたるところで兵士たちが押し寄せ、ローブの裾《すそ》にすがりついて、ほんの欠片でもよいからと慈悲を請うた。

彼の答えはつねに決まっていた。

「わたしについてきなさい」

士官区画では、レフキン殿下が手さぐりで進みながら、明かりを求めて怒鳴っていた。提督は憎悪をこめて従軍神官をにらみつけた。

「きさまか！」青い目は母親譲《ゆず》りだが、鉤鼻と斜視はまさしくウィーニスの息子だ。「このような叛逆を起こすとは、いったいどういうつもりだ。すぐさま動力をもどせ。この艦の司令官はわたしだ」

「もはや司令官ではありません」アポラトはおごそかに宣言した。

レフキンは狂ったようにあたりを見まわした。

「この男を捕らえよ。逮捕しろ。さもなければ、声の届く範囲にいるやつら全員、素っ裸でエアロックから放りだしてやるぞ」そこで言葉をとめ、それから金切《かなき》り声でわめいた。「きさまらの提督が命令しているんだ。この男を逮捕しろ！」

そして彼は完全に我を失ってしまった。

「きさまら、このいかさま師の道化者にたばかられたままでいるつもりか。雲や月の光でしかない宗教を恐れ萎縮しているのか。この男は詐欺師にすぎん。やつの語る銀河霊も想像力の生みだしたペテンで――」

アポラトは激昂《げっこう》してその言葉をさえぎった。

「この不敬《ふけい》な男を捕らえなさい。この者の言葉に耳を傾ければ、魂が失われると心得るがよい」

高貴なる提督は即座に、大勢の兵士の手によってとりおさえられた。

「その者を連れて、わたしについてきなさい」

アポラトはむきを変えた。ひきずられるレフキンを従え、立錐《りっすい》の余地もないほど兵士で埋まった通路を抜けて、通信室にもどる。そして、稼働しているテレヴァイザーの前で、元司令官に命令した。

「全艦隊に停止を命じ、アナクレオン帰還の用意をするよう指示しなさい」

殴られ、血を流し、ぼろぼろになったレフキンは、なかば呆然《ぼうぜん》としたままその言葉に従った。

「さてそれでは」アポラトは容赦なくつづけた。「アナクレオンとウルトラウェイヴがつながっています。わたしが命じるとおりに話しなさい」

レフキンが拒否の身ぶりをすると、室内の叛乱兵と通路にひしめく暴徒たちが、いっせいに恐ろしいうなり声をあげた。

「話しなさい！」アポラトは命じた。「いいですか。アナクレオン宙軍は——」

レフキンは話しはじめた。

8

レフキン殿下の姿がテレヴァイザーにあらわれたとき、ウィーニスの部屋はまったき静寂に包まれた。息子の憔悴《しょうすい》しきった顔とぼろぼろになった軍服を見て、摂政はぎょっとしたように一度だけ息をのみ、驚愕と不安に顔をゆがめて椅子に崩《くず》れ落ちた。

ハーディンは軽く組んだ手を膝にのせて無表情に耳を傾けていたが、戴冠したばかりのレポルド王はもっとも暗い隅で身を縮こませ、発作的に金モールの袖《そで》に歯をたてている。警備兵たちまでもが、核ブラスターを構えて入口付近に整列したまま、軍人らしからぬ感情もあらわな視線で、ひそかにテレヴァイザーを盗み見ている。

レフキンがいかにも不本意そうに、疲れ切った声で話しはじめた。背後から語るべき台詞《せりふ》を――それもかなり乱暴に――教えられているかのように、ときどき言葉が途切れる。

「アナクレオン宙軍は……こたびの任務の詳細を知り……言語道断なる瀆聖行為に……加担することを拒否し……アナクレオンに帰還する。また……すべての恵みの源たるファウンデーションと……銀河霊に対して……俗界の力をふるわんとした……不敬なる罪人どもに……かくのごとき最後通牒を宣言する。真実なる信仰に対する……すべての戦いを即座に放棄し……従軍神官テオ・アポラトを……代表とする……宙軍にふさわしい形でもって……将来においてこのような戦いが……二度とふたたびおこなわれないことを保証せよ」——ここで長い間があいた——「また、かつての摂政ウィーニス公を……投獄し……神殿裁判所において……その罪を裁くことをも保証せよ。さもなければ王国宙軍は……アナクレオン帰還と同時に……王宮を爆破し……必要とあればいかなる手段を用いても……いま現在幅をきかせている……人の魂の破壊者のねぐらと……罪人《ざいにん》どもの巣窟《そうくつ》を……打ち砕くであろう」

なかばすすり泣きのようになって声が終わり、スクリーンの映像が消えた。

ハーディンの指がすばやく動いてアトモ灯の光が弱まり、元摂政と王と警備兵は、薄闇に浮かぶ輪郭もおぼろな影となった。そのときになってはじめて、ハーディンの全身がオーラに包まれていることがわかった。

王権を示すまばゆい光ではなく、華々《はなばな》しくも印象的でもないが、より有用で効果的なオーラだ。

ハーディンはやわらかな皮肉にあふれた声でウィーニスに語りかけた。ウィーニスは一時間前、ハーディンは戦争捕虜であり、テルミヌスはまもなく破壊されると宣言した。その彼が、いまはうちひしがれ、影のように縮こまって沈黙している。

「昔々の寓話《ぐうわ》がある」ハーディンは語った。「たぶん人類そのものと同じくらい古いものだよ。それを収録したもっとも古い記録もまた、それ以上に古い記録の写しにすぎないのだからね。きっとあんたも興味をもつだろう。こういう話だ。

狼《おおかみ》という強く物騒な敵がいたため、馬はつねに生命の危険に怯えながら暮らしていた。

絶望にかられた馬は、強力な味方をさがそうと思いあたった。そこで馬は人間に近づき、狼は人間にとっても同じように敵なのだから、同盟を結ばないかと申しでた。人間はすぐさま承諾し、新たなる友がそのすばらしい脚力を人間の望むがままに使わせてくれるなら、ただちに狼を殺してやろうと約束した。馬は喜んで轡《くつわ》や鞍《くら》をつけることを許した。人間は馬にまたがり、狼を狩って殺した。

馬は安堵と歓喜にあふれ、人間に感謝して言った。『わたしたちの敵は死んだ。さあ、この轡と鞍をはずし、わたしを自由にしてくれ』

すると人間は大声で笑った。『何を言っているのだ、愚かな馬め、さあ走れ！』そして思いきり拍車《はくしゃ》をあてた」

ふたたび静寂がたれこめた。影となったウィーニスは身じろぎもしない。ハーディンは静かにつづけた。

「この比喩《ひゆ》を理解してくれると嬉しいんだがな。国民への絶対的支配を永久に確立せんと、四王国の王は自分たちを神格化する科学宗教を受け入れた。そしてその同じ科学宗教が、彼らの轡と鞍となった。なぜならばその宗教によっては、核エネルギーという絶対不可欠な生命の源が神官の手にゆだねられたからだ。だがその神官は——ここが何より肝心なんだよ——あんたたちではなく、わたしたちの指示に従っていた。あんたたちは狼を殺した。だが人間の——」

ウィーニスがふいに立ちあがった。影の中で、その両眼は狂気をたたえた虚ろだ。その声はかすれ、意味をなしていなかった。

「だが、まだきさまを捕らえているぞ。逃げられはせん。きさまも朽《く》ち果てるのだ。吹き飛ばしたければ吹き飛ばすがいい。何もかも吹き飛ばしてしまえ。きさまもくたばるのだ！逃がしはせん！

警備兵！」彼はヒステリックにさけんだ。「あの悪魔を射殺せよ。撃ち殺せ！　撃ち殺せ！」

ハーディンはすわったまま警備兵にむきなおり、微笑した。ひとりが核ブラスターを構え、やがておろした。あとの者たちは身動きもしない。テルミヌス市長サルヴァー・ハーディンは、やわらかなオーラに包まれ、自信にあふれた微笑を浮かべている。その彼の前でアナクレオンのすべての力が塵《ちり》と化したことを思えば、すぐそこでわめきちらしている狂人の命令など耳を貸すまでもない。

ウィーニスは支離滅裂なことをさけびながら、よろよろといちばん近い警備兵に歩み寄った。そして乱暴にブラスターを奪いとり、平然としているハーディンにむけてレヴァを押し――押しつづけた。

青白い光線は途切れることなくテルミヌス市長を包むフォース・シールドにあたり、中和され、そのまま何事もなく吸収された。ウィーニスはさらに強くレヴァを押し、けたたましく笑った。

ハーディンはなおも微笑している。核ブラスターのエネルギーを吸収しながら、彼のフォース・シールドはほとんどその光度を変えない。片隅のレポルドが目をおおってうめいた。

やがてウィーニスは絶望のさけびをあげ、銃口のむきを変えてふたたびレヴァを押し——頭を吹き飛ばされて床に崩れ落ちた。

ハーディンはその光景にたじろいでつぶやいた。

「最後まで〝直接行動〟の男だったな。これが最後の切り札というわけか！」

9

時間廟堂には人があふれていた。椅子の数をはるかに超えて、立ち見客が部屋の後部に三列にならんでいる。

サルヴァー・ハーディンはこの混雑ぶりを、三十年前、はじめてハリ・セルダンがあらわれたときに立ち会ったわずかな人数と比べてみた。あのときはたったの六人だった。年老いた百科事典編纂者《エンサイクロペディスト》が五人と——全員すでに他界している——飾り物にすぎない若き市長だった彼自身。あの日、彼はヨハン・リイの手を借りて、自身のオフィスから〝飾り物〟という恥ずべき看板をおろした。

今回は、あのときとはまったく異なる。あるゆる点で異なっている。市議会の全員がセルダンの出現を待ちわびているし、彼自身はなお市長の地位にあるものの、いまではあらゆる権力を手にしている。そしてアナクレオンの完全敗北以後、彼の人気は絶大となった。ウィーニスの死の知らせと、レポルドがふるえながら署名した新しい条約文書をもって帰国したとき、彼は満場一致の熱狂的な信任投票で迎えられた。その後、残りの三王国それぞれと同様の条約――アナクレオンのような攻撃の試みを永久に阻止する力をファウンデーションに与える条約がたてつづけに締結されると、テルミヌスのあらゆる街路は松明行列で埋めつくされた。ハリ・セルダンの名前ですら、これほど声高に歓呼されたことはなかっただろう。

ハーディンのくちびるがゆがんだ。最初の危機を乗り越えたときも、彼の人気はこのように爆発したものだった。

部屋の向こう隅では、セフ・サーマクとルイス・ボートがさかんに議論を戦わせている。彼らはこのところの出来事にもまったくめげていないようだ。信任投票にも加わったし、自分たちが間違っていたことを公《おおやけ》に認める演説をおこない、以前の討論においてある種の言葉を使ったことを潔《いさぎよ》く謝罪し、自分たちは単におのが判断と良心に従っただけであると宣言することにより巧妙な弁明をおこなった――そしてすぐさま行動党として、新たなキャンペーンをはじめたのだ。

ヨハン・リイがハーディンの袖に触れて、意味ありげに腕時計を指さした。

ハーディンは視線をあげた。

「やあ、リイ。あいかわらず不機嫌そうだな。こんどは何に頭を悩ませているんだ」

「あと五分で彼が登場するんだよね」

「たぶんそうだろう。前回は正午ちょうどだったからな」

「あらわれなかったらどうする？」

「おまえは死ぬまで自分の気苦労でおれを悩ますつもりなのか。あらわれなけりゃ、それまでのことだ」

リイは眉をひそめ、ゆっくりと首をふった。

「ここで失敗したら、わたしたちはまた窮地《きゅうち》に陥るよ。セルダンがわたしたちの行動を支持してくれなければ、サーマクはまた喜んで活動を再開するだろう。彼はすぐにも四王国を併合し、ファウンデーションを拡張したがっているのだからね――必要とあれば武力を用いても。もうすでにそのキャンペーンをはじめている」

「知ってるさ。喧嘩屋は、自分で火をつけることになろうとも、喧嘩をせずにはいられないんだ。おまえもだぞ、リイ。自殺することになっても、気苦労の種《たね》をつくりだして気苦労せずにはいられない」

リイは答えようとして、その瞬間に息をのんだ――照明が黄ばんで暗くなったのだ。彼は腕をあげて部屋の半分を占めるガラスのブースを示し、大きく息を吐いてそのまま椅子に倒れこんだ。

ハーディンはブースにあらわれた人影を見て、背筋をのばした――車椅子にすわった姿！いま室内を埋めている者の中で、何十年もの昔、彼がはじめて登場したときのことをおぼえているのはハーディンただひとりだ。当時、ハーディンは若く、彼は老人だった。彼はあのときから一日たりとも老いていないが、ハーディンは歳をとった。

まっすぐ前を見据えて、膝にのせた本をいじっている。

「わたしはハリ・セルダンだ」年老いてやわらかな声だった。

張りつめた静寂が部屋じゅうにひろがる。ハリ・セルダンは親しげな口調で言葉をつづけた。

「わたしがここにあらわれるのは二度めだ。もちろんわたしには、最初のときこの場にいた者がいままたここにきているかどうか、知る術《すべ》はない。じつをいえば、そもそも誰かいるのかどうかすら、知覚しようがない。だがそれはどうでもよいことだ。第二の危機を無事乗り越えていれば、きみたちは必ずこの場に集《つど》っているはずで、それ以外の道はない。もし誰もいないとなれば、第二の危機がきみたちの手に余るほど大きかったということなのだろう」

彼の微笑《ほほえ》には人を惹《ひ》きつける力がある。

「だがそれはあり得ない。わたしの計算によると、最初の八十年間で〈プラン〉からの重大な逸脱が生じない確率は、九十八・四パーセントなのだ。

計算に基づけば、きみたちはファウンデーションの直近周囲をとりまく野蛮な諸王国を支配し終えたところだ。最初の危機においてパワー・バランスを用いて彼らを撃退したように、この第二の危機においては、世俗的権力に対抗する宗教的権力を用いることにより支配権を確立した。

しかしながら、わたしはいまここで、自信過剰に陥ってはならないと警告しておく。この記録映像によってきみたちに予備知識を与えるのはわたしの本意ではない。だが、きみたちが獲得したのは新たな均衡にすぎないということを伝えるくらいはかまわないだろう——とはいえ、きみたちの立ち位置はきわめて優位なものとなっているがね。宗教的権力は、世俗的権力の攻撃をかわすには充分だが、こちらから攻撃をかけるにあたっては不充分だ。地方主義とか国家主義として知られる対抗勢力は絶えず成長しつづける。そして、宗教権力ではいつまでもそれに打ち勝つことはできない。もちろんこれはべつに耳新しいことではないだろう。

このように曖昧な形でしか話せないことを許してくれたまえ。わたしが使用しているのはもっともそれに近い用語にすぎない。きみたちの中には、心理歴史学の記号論を真に理解できる者はひとりとしていないのだからね。わたしはわたしなりに最善を尽くしているのだよ。

今回の件により、ファウンデーションはようやく新帝国につづく道の起点にたどりついた。近隣諸王国はきみたちに比べ、人力においても資源においても、いまなお圧倒的に強力だ。その外には、もつれからまった野蛮という広大なジャングルが、銀河系全域にわたってひろがっている。そしてその中心部では、いまだ銀河帝国がその残映をとどめている——衰退し弱体化したとはいえ、彼らはいまなお無類といえるほど強大である」

そこでハリ・セルダンは本をもちあげ、ひらいた。その顔が厳粛《げんしゅく》さを帯びた。

「八十年前に設立されたもうひとつのファウンデーション——銀河系の向こう端、〝星界の果て〟のファウンデーションのことを、けっして忘れぬように。彼らの存在をつねに考慮にいれておくのだよ。諸君、きみたちの前には九百二十年にわたる〈プラン〉が待ち構えている。問題を解くのはきみたちだ！　さあ、はじめたまえ！」

彼が本に視線を落とすと、その姿が消滅し、照明が最大の明るさにもどった。それにつづくざわめきの中で、リイが身をのりだしてハーディンに耳打ちした。

「こんどいつもどってくるか、言わなかったね」

ハーディンは答えた。

「そうだな――だがもどってくるにしても、それは、おまえやおれが何事もなく大往生《だいおうじょう》を遂げたあとのことだろうよ」

第四部　貿易商《トレイダー》

1

貿易商《トレイダー》……そして、ファウンデーションの政治的覇権《はけん》確立の先端にはつねに、途方もなく広大な外縁星域をかぼそい指で手さぐりする貿易商《トレイダー》の姿があった。テルミヌスへの帰還は、数カ月、もしくは数年に一度だったろう。多くの場合、彼らの船は自己流の修理や間に合わせの継ぎ接《は》ぎ細工による古物《こぶつ》にすぎず、廉直《れんちょく》さにおいてもけっして褒《ほ》められたものではなく、その豪胆《ごうたん》さは……

そのようにして、彼らは四王国の疑似宗教独裁国家よりも永続性を有するひとつの帝国をつくりあげ……

サルヴァー・ハーディンの警句を借用し、「道徳観で正しい行為をさまたげてはならない！」をなかば本気、なかば冗談にモットーとして掲げるこれら強靭《きょうじん》にして孤独な人々については、数限りない物語が語られている。どれが事実でどれが虚構であるかを見分けるのは、いまとなっては困難である。多少の誇張がふくまれない物語はひとつとして……

銀河百科事典《エンサイクロペディア・ギャラクティカ》

受信機が呼び出し音を鳴らしたとき、リマー・ポニェッツは全身泡だらけになっていた

——シャワーを浴びているときにかぎって遠距離通信がはいるという昔ながらのよくある笑い話は、暗黒に包まれた過酷な銀河系外縁星域においても真実であるらしい。

運のよいことに、自由契約交易船内でもこの区画は、種々雑多な交易品に占拠されることなく、こじんまりと機能的である。というわけで、熱いシャワーを浴びることのできる狭苦しいブースは、コントロールパネルから十フィートのところにあるのだった。機械のたてる小刻みな受信音は、ポニエッツの耳にもはっきりと届く。

ポニエッツは泡と悪態《あくたい》をこぼしつつシャワー室を出て、音声を調節した。その三時間後、もう一隻《せき》の交易船が接舷し、二隻をつなぐエアチューブを通って、ひとりの若者がにやにやしながらはいってきた。

ポニエッツはいちばん上等の椅子をがたがたと押しやり、自分はパイロット用の回転椅子に腰をおろした。

「いったい何の用なんだ、ゴーム」険悪な声でたずねた。「ファウンデーションからわざわざ追いかけてきたのか」

レス・ゴームは煙草《たばこ》をとりだし、きっぱりとかぶりをふった。

「おれがですか？　冗談じゃないですよ。おれはたまたま運悪く、郵便物の翌日、グリプタル第四惑星に到着しちまっただけで。おかげで、これをもってあんたのあとを追っかけるはめになっちまった」

小さなきらめく球体をわたしながら、ゴームがつけ加えた。

「機密文書。極秘情報っすよ。サブエーテル通信なんかじゃ怖くって送れないって。つまりはそういうことなんだろうな。どっちにせよ個人用カプセルだから、あんたでなきゃあけられませんけどね」

ポニエッツはうんざりとカプセルをにらんだ。

「それはわかる。ついでにいえば、こうしたやつがいいニュースを伝えてくることは絶対にないんだ」

カプセルが手の中でひらき、薄い硬質な透明テープがほどけた。彼の目がすばやくメッセージを読みとっていく。テープの最後があらわれたとき、先端部分はすでに茶色く縮《ちぢ》れはじめていた。一分半のあいだにテープは真っ黒に変色して崩壊し、ばらばらの分子となった。

ポニエッツは虚《うつ》ろなうなり声をあげた。

「くそ、冗談だろう!」

「何かおれに手伝えることはありますか。それとも、やっぱり秘密なのかな」レス・ゴームが静かにたずねる。

「べつにかまわんさ。おまえはギルドの一員だからな。どうやらおれはアスコーンに行くことになったようだ」

「あんなとこにですか。いったいどうして」

「貿易商がひとり、投獄された。だがこいつは他言無用だぞ」

ゴームの顔が怒りに燃えあがった。

「投獄された！　そいつは協定違反じゃないですか」

「地方政治への干渉も協定違反だがな」

「うわ！　それをやっちまったのか」ゴームは考えこんだ。「その貿易商って誰なんですか。おれの知ってるやつかな」

「それはない！」

強い否定の言葉に、ゴームは言外の意を汲《く》みとってそれ以上の質問をひかえた。

ポニェッツは立ちあがり、陰鬱《いんうつ》な顔でヴィジプレートに映る外の景色をながめた。そして、銀河系本体であるぼんやりと霞《かす》んだレンズにむかって強烈な悪態をつぶやいていたが、やがて声高にさけんだ。

「ちくしょう、どうすりゃいいんだ！　まったくノルマをこなせてないってのに」

ゴームもはっと気づいたようだった。

「そうか、アスコーンは閉鎖区域だっけ」

「そうさ。アスコーンじゃペンナイフ一本だって売れやしない。核エネルギー用品はどんな、いいものも絶対に買ってくれんからな。ノルマ消化がどん底のいま、あそこへ行けだなんて、死ねと言うようなもんだぞ」

「断るわけにはいかないんですか」

ポニェッツはぼんやりと首をふった。

「おれはそいつを知ってるんだよ。友人を見殺しにはできん。まあしかたがない。すべては銀河霊の手の内だ。おれは示されるがまま、喜んでその道を行くだけさ」

「なんですか、そりゃ」ゴームが当惑をこめてたずねる。

ポニェッツは彼を見て短く笑った。

「忘れてたよ。おまえは『霊の書』を読んだことがないんだっけな」

「聞いたこともないですね」ゴームがぶっきらぼうに答える。

「まあ、宗教教育を受けた人間が読むもんだからな」

「宗教教育？　神官になるための？」ゴームはひどいショックを受けている。

「そういうことさ。こいつはおれの恥部であり秘密でもある。まあおれは教導神官たちの手に負えなかったわけだけれどな。ファウンデーションで世俗教育を受けるべしってな理由をつけられて、放校になっちまった。さて、そろそろ出発するか。おまえ、今年のノルマはどうなってるんだ」

ゴームは煙草をもみ消し、帽子をかぶりなおした。

「ちょうどいま、最後の荷を運んでるとこですよ。ノルマ達成間違いなしってね」

「運のいいやつだ」ポニェッツは憂鬱《ゆううつ》な声をあげた。

そしてレス・ゴームが去ったあと、しばらくのあいだじっともの思いにふけった。

では、エスケル・ゴロヴはアスコーンにいるのか――しかも監獄に！

なんてこった！　実際の状況は、表面に見えているものよりはるかにまずい。好奇心旺盛な若造は、簡単な事情だけを話してごまかし、さっさと追い返した。だが、真実に面とむきあうのはまったくべつの問題だ。

リマー・ポニェッツは真実を知る数少ない人間のひとりである。すなわち、上級貿易商エスケル・ゴロヴは単なる貿易商などではなく、まったくべつのもの——ファウンデーションのエージェントだったのだ！

2

二週間がすぎた！　二週間が無為《むい》に費やされてしまった。

アスコーンまでの航行に一週間。その最外辺にたどりついたとき、哨戒艇《しようかい》がわらわらと群がってきた。どのような探知システムを使っているにせよ、ちゃんと機能しているようだ——それも立派に。

彼らは信号も送らず、冷静に距離をとったまま、強引に、アスコーンの中心となる太陽のほうへと彼の船のむきを変えさせた。

いざとなればこんな連中など簡単に扱える。彼らの船はとうの昔に滅亡した銀河帝国の遺物で——しかも戦艦ではなく、行楽用クルーザーにすぎない。核兵器も搭載していない、人目《ひとめ》を惹《ひ》くだけの無能な楕円《だえん》体の船群だ。だがやつらはエスケル・ゴロヴをとらえている。人質たる彼を見捨てるような行動に出るわけにはいかない。アスコーン人もそのことは承知しているだろう。

そしてさらに一週間——大元首と外界をつなぐ緩衝装置たる小役人の群れをかきわけながら、曲がりくねった道を進むもどかしい一週間だった。ちゃちな副書記官連中を、ひとりひとり懐柔していかなくてはならなかったのだ。一段上のつぎの役人につながる通行手形に華《はな》やかなサインをもらうためには、注意深くひとりひとりに胸の悪くなるような甘い汁を吸わせてやらなくてはならない。

ポニェッツにとって、貿易商の身分証が役に立たないのははじめてのことだった。

そしていまやっと、衛兵のならぶ金ぴか扉のむこうに大元首がいるという段階までこぎつけることができた——二週間がたって。

ゴロヴはいまだ獄舎《ごくしゃ》につながれ、ポニェッツの積み荷は船倉《せんそう》の中で虚《むな》しく腐り果てているけれども。

大元首は小柄な男だった。禿頭《とくとう》に皺《しわ》だらけの顔をしていて、首を包むつやつやした巨大な毛皮の襟《えり》に押さえつけられて身動きもできないようだ。

彼の指が左右にふられ、武装した男たちがあとずさった。ポニェッツは堂々と、そのあけられた道を玉座《ぎょくざ》の足もとまで進んだ。

「何も言うな」

大元首が厳しい声で命じ、ポニェッツはひらきかけたくちびるをぴたりと閉ざした。

「それでよい」アスコーンの支配者は目に見えて緊張を解いた。「無駄口は無用。脅《おど》しも追従《ついしょう》もいらぬ。くだらん苦情も聞かぬ。おまえたち放浪者のもちこむ悪魔の機械なんぞ、アスコーンのどこであろうと求められてなどおらぬと、何度警告したかもう忘れてしもうたわ」

「そのような貿易商を擁護するつもりはありませんが」ポニェッツは静かに口をひらいた。「貿易商はそもそも、求められていない場所に押しかけていくような真似はいたしません。ですが銀河系は広大ですから、ついうっかり境界を越えてしまうこともあるでしょう。じつに遺憾《いかん》な手違いでございました」

「遺憾とな、まことに」大元首が甲高い声をあげる。「だが手違いだと？ あの瀆聖《とくせい》行為を犯しおった恥知らずを捕らえた二時間後から、グリプタル第四惑星の者どもより、交渉を求める嘆願が怒濤《どとう》のように押し寄せてきておるわ。おまえの来訪も、いやというほど知らされている。じつによく組織化された救援活動がおこなわれているようだの。すべて予定どおりというわけか——遺憾だろうと遺憾でなかろうと、手違いという枠におさまりきるものではあるまい」

アスコーン人の黒い両眼は侮蔑《ぶべつ》をたたえている。彼はさらにつづけた。

「おまえたち貿易商は、惑星から惑星へと飛びまわる狂った小さな蝶のようなものだ。当然の権利であるかのようにこの星系の中心たるアスコーン最大の惑星に着陸しておきながら、うっかり境界を越えてしまったと言い張るほど狂気に冒されているのか。もちろんそうではあるまい」

ポニエッツはたじろぎながらも、それを表《おもて》にあらわさず、根気強く言葉をつづけた。

「意図的に交易を試みようとしたのなら、それはもっとも厳格なギルドの掟《おきて》にそむく、まことに分別を欠いた行為であったといえましょう」

「分別を欠いた、とな。まさしく」アスコーン人の返答はにべもない。「それゆえに、おまえの仲間は生命をもって償《つぐな》わねばならぬのだ」

胃がぎゅっとよじれた。だがここで迷っているわけにはいかない。

「死という事象はあまりにも絶対的で、取り消すことができません。何かべつのものと差し替えることはできないのでしょうか」

しばしの間をおいて慎重な答えが返った。

「ファウンデーションは豊かだと聞いている」

「豊か、ですか。もちろんそれはそうです。ですがその富は、あなた方が受け取りを拒《こば》んでおられるものです。核エネルギーを利用した品は――」

「おまえたちの品は、父祖《ふそ》の祝福を欠いているがゆえに無価値である。おまえたちの品は、父祖の禁令のもとにあるがゆえに邪悪で呪われている」言葉に一種独特な節《ふし》がついて、祭文を朗誦《ろうしょう》しているかのようだ。

大元首は目蓋《まぶた》を伏せて、意味ありげに言った。

「おまえはほかに価値あるものをもってはおらぬのか」

貿易商にその策は通じない。

「何をおっしゃりたいのでしょう。何をお望みなのですか」

アスコーン人が両手をひろげた。

「おまえは取引を求めながら、わたしの欲《ほっ》するものを教えよという。それは断る。おまえの仲間は瀆聖行為により、アスコーンの法に則《のっと》って処刑されねばならぬ。ガスによる死刑だ。われわれは公正な民《たみ》だ。もっとも貧しい小作人《こさくにん》であろうとわたし自身であろうと、かくなる罪に対し、より重い処罰がくだされることも、より軽い処罰がくだされることもない」

ポニエッツは絶望をこめてつぶやいた。

「ではせめて、囚人と話すことをお許しいただけませんか」

「アスコーンの法は」大元首は冷たく言い放った。「死刑囚との接触をいっさい禁じている」

ポニエッツは心の中で息をのんだ。

「殿下、ひとつの肉体が滅びようとしているのです、せめてその者の魂《たましい》に慈悲を賜《たまわ》ってはいただけませんか。生命が危険にさらされてより、彼の魂はずっと安らぎから切り離されていました。そしていままた、すべてをしろしめす御霊《みたま》のもとに、なんの準備もないままむかわねばならないのです」

大元首が疑惑をこめてゆっくりと口をひらいた。

「おまえは魂の守《も》り人なのか」

ポニエッツは慎《つつ》ましく頭《こうべ》をたれた。

「その訓練を受けた者でございます。広漠《こうばく》たる果てしのない宇宙をさすらう貿易商には、商売と世俗的な楽しみのみにむけられた人生の霊的な側面を支えるために、わたしのような存在が必要とされるのです」

アスコーンの支配者は考えこむように下唇《したくちびる》を噛《か》んだ。

「父祖の霊のもとへ旅立つにあたって、人はみな魂の支度を整えねばならぬ。だがそなたら貿易商がそのように信心深いとは、露《つゆ》ほども知らなんだわ」

3

リマー・ポニェッツがどっしりとした強化扉をあけて中にはいると、エスケル・ゴロヴは寝台の上で身じろぎし、片目をあけた。扉が背後で大きな音をたてて閉じる。ゴロヴははじけるように立ちあがった。

「ポニェッツ！　きみがきたのか」

「たまたまさ」ポニェッツは苦々《にがにが》しく答えた。「もしかすると、おれにとりついている意地の悪い悪魔のしわざかもしれん。その一、あんたがアスコーンで厄介ごとに巻きこまれる。その二、条件その一が生じたちょうどそのとき、おれはこの星系から五十パーセクのところで商売をしていて、そのことは商工会議所の連中にも知られていた。その三、おれとあんたは以前いっしょに仕事をしたことがあって、会議所もそれを知っていた。結果は明白、なんともすてきなお膳立《ぜんだ》てじゃないか。答えがそのままスロットからとびだしてくる」

「気をつけろ」ゴロヴが張りつめた声をあげた。「盗聴されているかもしれない。フィールド攪乱《かくらん》装置はつけているか」

手首に巻きつけた派手なブレスレットを示すと、ゴロヴがふっと緊張を解いた。

ポニェッツは周囲を見まわした。何もない独房だが、広さだけはたっぷりとある。照明は明るく、不快なにおいもしない。

「悪くない場所じゃないか。ずいぶん丁寧に扱われてるんだな」

ゴロヴはその言葉を無視した。

「どうやってここまではいりこんだのだ。この二週間、いっさいの面会が禁じられていたのに」

「そこへおれの登場ってわけか、え？　ここを仕切ってる爺《じい》さんにはちょっとした弱点があるみたいでな。宗教話がお気に入りのようだったんで、それにのってみたらうまくいったのさ。ここにきたのは、あんたの霊的助言者としてだ。ああいう信心深い連中ってのは、ちょっと独特だな。いざとなれば嬉々《きき》としてあんたの咽喉《のど》を掻《か》っ切るだろうが、目には見えずあるかどうかもわからない魂とやらの安寧《あんねい》が脅《おびや》かされる段になると、ためらっちまう。まあこいつは経験心理学の一端《いったん》だ。貿易商たるもの、あらゆるものをかじっておかなくてはな」

ゴロヴが皮肉な笑みを浮かべた。

「きみは神学校に通っていたのだったな。ああ、わかったよ、ポニェッツ。きみがきてくれて嬉しいよ。だがあの大元首は、とりたてててわたしの魂を愛してくれているわけではない。身代金《みのしろきん》の話は出たか」

　貿易商は眉をひそめた。

「ほのめかしはあった——匂わせただけだがな。ついでにガス処刑で脅しをかけてきた。こっちも慎重にうまくかわしておいた。罠《わな》かもしれんからな。つまりは強請《ゆすり》だ。あいつ、何をほしがってるんだ」

「黄金だ」

「黄金か！」ポニェッツは顔をしかめた。「地金《じがね》でだな。何に使うんだ」

「ここではそれが流通手段になっている」

「なるほど。それで、どこで手に入れてくればいいんだ」

「どこででもいい。いいか、よく聞いてくれ。大元首の鼻が黄金の匂いを嗅《か》ぎつけているかぎり、わたしの身は安全だ。ほしいだけのものをくれてやると約束しろ。それから、必要ならファウンデーションにもどって、そいつを手に入れてきてくれ。釈放されたら、わたしたちは護送つきで星系を出される。そこできみとはお別れだ」

　ポニェッツは非難をこめて彼を見つめた。

「またここにもどって、同じことをくり返そうってのか」

「アスコーンに核エネルギー製品を売りつけるのがわたしの仕事だ」

「一パーセクももどらないうちに、またつかまるぞ。わかってるだろう」

「わかってなどいない」とゴロヴ。「わかっていたとしても、それで事態が変わるわけではない」

「こんどこそ殺されるぞ」

ゴロヴは肩をすくめただけだった。

「もう一度あの大元首と交渉しなくてはならないのなら」ポニェッツは静かに言った。「すべての事情を知っておきたい。いまのところ、闇雲《やみくも》に突き進んでいるようなものだからな。ごくあたりたまえのことをふた言三言しゃべっただけで、発作を起こしそうなほど激怒させちまったよ」

「簡単なことだ。ここ外縁星域でファウンデーションを安全に維持していくには、宗教によって支配された商業帝国を築きあげるしか方法はない。わたしたちにはまだ、政治的支配を強制できるほどの力はないからね。四王国を維持するのがせいぜいだ」

ポニェッツはうなずいた。

「それはおれにもわかる。核エネルギー製品を受け入れない星系は、けっして宗教的に支配することができないし――」

「したがって、独立心と敵意にあふれた騒乱の中心になり得る。そういうことだ」

「いいだろう」とポニェッツ。「理論的にはそういうことだ。で、正確にはなんで拒否されてるんだ。宗教か。大元首がそんなことを言っていたが」

「一種の祖先崇拝だ。その昔の邪悪な時代、単純にして高潔な英雄によって人々が救われたというような伝説がある。それがゆがんで、帝国軍を追いだして独立政府が設立された一世紀前の無政府時代と重ねられるようになったのだ。おかげで、先端科学、とりわけ核エネルギーは、連中が恐怖とともに記憶している旧帝国政治と同一視されている」

「なるほどねえ。だけど連中、すてきな小型艇をいくつももってるじゃないか。二パーセクも離れたおれをみごとに探知しやがった。核エネルギーのにおいがぷんぷんするぞ」

ゴロヴは肩をすくめた。

「あの船は間違いなく帝国の遺物だ。たぶん核駆動だろう。連中、いま手にしているものはそのまま維持するんだよ。要は、新しいものはいっさいとりいれない、かつ、国内経済は完全に核エネルギーを排除する——そういうことだ。わたしたちが変えなくてはならないのはそこだ」

「どうやって変えようとしたんだ」

「どこか一点で抵抗を打ち破ればいい。簡単に説明しようか。ひとりの貴族にフォース・フィールド刃《ば》のペンナイフを売りつけることができたとする。そうしたらそいつは、それを使えるように法律を変えたくなるだろう。はっきりいって馬鹿みたいな話だが、心理学的には筋が通っている。戦略的な場所で戦略的な商売をするには、宮廷に核エネルギー賛成派をつくりあげればいいのだ」

「そのためにあんたが送りこまれたのか。そしておれは、あんたのために身代金をはらってやったらそのままさよならで、あんたは仕事をつづけるってか？　そいつはちいとばかしひどいんじゃないか」

「どういうふうに？」ゴロヴが用心深くたずね返した。

「いいか」ふいに怒りがこみあげた。「あんたは外交官であって貿易商じゃない。貿易商を自称したからってそうなれるわけでもない。こいつはものを売ることをなりわいとしている人間の仕事だ――そしておれは、いまにも腐って役に立たなくなりそうな船倉いっぱいの積み荷と、どうあっても達成できそうにないノルマを抱えてここにいるんだ」

「自分の仕事でもないものに生命をかけようというのか」ゴロヴは薄く笑みを浮かべている。

「これは愛国心の問題であって、貿易商には愛国心なんかないと言いたいのか」

「有名な話だろう。パイオニアはつねに愛国心とは無縁だ」

「わかったよ。そいつは認めよう。おれが宇宙を飛びまわっているのは、ファウンデーションとか国とかいったものを救うためじゃない。金を儲《もう》けるためだ。そしてこいつは金儲けのチャンスなんだ。ついでにファウンデーションを助けることができるなら、万々歳ってもんじゃないか。もっと怪しげなチャンスにだって生命をかけてきたんだからな」

ポニェッツが立ちあがると、ゴロヴもそれにならった。

「いったい何をするつもりだ」

貿易商は笑った。

「おれにもわからんよ――いまはまだな。だが、ものを売りつけなきゃならんってことなら、おれこそあんたの求める人材だ。おれはだいたいにおいて大口《おおぐち》をたたいたりはしないんだが、自信をもって言えることがひとつだけある。おれは一度だってノルマを達成できずに終わったことがないんだ」

ノックとほぼ同時に独房の扉がひらき、ふたりの衛兵が両脇に立った。

4

「見世物《みせもの》ショーか！」大元首が不機嫌な声で言った。

毛皮にすっぽりとくるまり、痩《や》せた片手で杖《つえ》がわりに鉄の棒を握っている。

「そ、それと、黄金です」

「それと、黄金か」大元首が無造作にくり返す。

ポニェッツは箱をおろし、できるかぎり自信ありげなしぐさで蓋《ふた》をあけた。全世界を敵にまわし、ひとりきりになったような気分だった。宇宙に出た最初の年に感じたものと同じ、あの孤独。半円を描いて威圧するように彼を囲んだ髭面《ひげづら》の参事官たちが、いかにも不愉快そうににらみつけている。その中に、大元首の寵臣《ちょうしん》、細面《ほそおもて》のファールがいる。あるじのかたわらに張りついて、頑《かたく》なな敵意をむきだしにしている。ポニェッツはすでに一度彼と会って、すぐさま彼を第一の敵、したがって第一の獲物になる相手としてマークしていた。

広間の外では少人数の部隊が成り行きを見守っている。ポニェッツは巧みに船から引き離され、武器は何ひとつ身につけていない。手もとにはただ、餌《えさ》に使うこの機械があるだけだ。

そして、ゴロヴはなおも捕らわれたままだった。

一週間にわたる創意工夫の成果たる不格好てきてれつな機械の最終調整をおこない、鉛《なまり》を張った石英《せきえい》が圧力に耐えてくれますようにと、もう一度祈った。

「それは何か」大元首がたずねる。

ポニエッツは一歩あとずさって答えた。

「わたし自身が組み立てた、ささやかな機械です」

「見ればわかる。わたしはそのようなことを知りたいのではない。それはおまえの世界の、忌《い》まわしき黒魔術の品ではないのか」

「確かに核エネルギーを使用してはおります」ポニエッツはおごそかに答えた。「ですが、どなたもお手を触れる必要はありませんし、なんの関わりをもつ必要もありません。わたしひとりが扱えばよいこと。たとえ禁忌《きんき》の技術が使われていようと、その穢《けが》れを受けるのはわたしひとりです」

大元首は機械にむかって脅すように鉄の杖をもちあげ、くちびるをすばやく動かして、口の中で浄化の呪文を唱えた。右側にすわる細面の参事官がぐいと身をのりだし、もつれた赤い口髭を大元首の耳もとに近づけた。老齢のアスコーン元首はいらだちをこめて、それをはらいのけた。

「そして、その邪悪な機械と、おまえの同国人の生命を救う黄金に、いかなる関係があるというのだ」

「この機械を使えば」ポニェッツはそっと中央区画に片手をのせ、固く丸い側面を撫《な》でながら講釈をはじめた。「殿下が投げいれる鉄片を、最上品質の黄金へと変換することができるのです。これは鉄を——殿下がおすわりになっている椅子や、この建物の壁を支えている醜《みにく》い鉄を、どっしりとした山吹《やまぶき》色に輝く黄金に変えることのできる、人類に知られるただひとつの機械なのです」

これは失敗したかもしれない。いつもなら流れるように澱《よど》みなく、もっともらしいセールストークをくりひろげられるのに。いまは砲撃されたぼろぼろの貨物船のように、たどたどしい。だが大元首の関心を惹いたのは、語り口ではなくその内容だった。

「ほう。錬金《れんきん》術にいう変成か。その能力をもつと主張する愚か者は何人もいた。みな瀆神《とくしん》の試みの報酬を得ておるがな」

「その者たちは成功したのでしょうか」

「いや」面白がっているものの、大元首からは酷薄さが感じられる。「金の変成に成功しておったら、それはそれで罪ではあるが、その罪を帳消しにするだけの手柄ともなろう。だがそのようなことを試み、しかも失敗したとなれば、その罪は死に値《あたい》する。おまえはわたしのこの杖をみごと黄金に変えることができるか」そしてその杖でとんと床を突いた。

「恐れながら殿下、これはわたしが自分用にと作成した小型機械ゆえ、その杖では長すぎます」

大元首のきらめく小さな目があたりをうかがい、一点でとまった。

「ランデル、その留め金《とがね》だ。必要とあらば倍にして返してやる」

鉄の留め金が手から手へとわたされていった。大元首はじっくりと重さを計り、それを床に投げだした。

「とるがいい」

ポニエッツは留め金をひろった。力いっぱいひっぱって機械のシリンダをひらき、まばたきをしながら目をすがめて、陽極スクリーンの中央にくるよう慎重に留め金をとりつける。つぎからはもう少し気楽にやれるかもしれないが、初回のいま、失敗するわけにはいかない。自家製変成器は十分間ばりばりと邪悪な音をたて、かすかなオゾンの匂いをあたりに撒《ま》き散らした。アスコーン人たちはつぶやきをあげながらあとずさり、またもやファールがあわただしくあるじの耳に何かをささやいた。大元首は石のような無表情を保っている。ぴくりとも身動きをしていない。

留め金が黄金に変わった。

ポニエッツは「殿下!」と小さく声をかけて、それをさしだした。

老人はためらい、それからはらいのけるような身ぶりをした。その視線は変成器の上をさまよっている。ポニエッツはすばやくまくしたてた。

「みなさま、これは純金です。混じりけのない黄金です。確かめたいとお望みなら、ありとあらゆる物理的・化学的テストをおこなってくださってかまいません。天然の黄金といかなる相違もないことがおわかりになるでしょう。鉄ならばどのようなものでも扱えます。錆《さび》があっても影響はありませんし、ある程度ならほかの金属が混ざっていても——」

だがポニェッツの言葉はただ虚空《こくう》をすべるばかりだった。さしだした手の上に留め金がのっている。いま、その黄金が彼にかわって語っていた。

ようやく大元首がゆっくりと手をのばした。そのとき、細面のファールが立ちあがって口をひらいた。

「殿下、その黄金は穢れた機械より出てきたものでございますぞ」

ポニェッツは反論した。

「泥の中から薔薇《ばら》が生えることもありましょう。殿下も、近隣との交易において考え得るかぎり多種多様な品を購入なさいます。そのとき、慈悲深き父祖の祝福を受けた由緒《ゆいしょ》正しい機械によるものか、宇宙の生みだした不浄《ふじょう》な機械がつくりだしたものか、その出どころをおたずねになりますか。そう、わたしが提供するのはこの機械ではありません。黄金をさしあげると申しているのです」

「殿下」ファールが言った。「殿下の同意もなく、殿下の与《あずか》り知らぬところでおこなわれる異国人の罪は、殿下が責を負うべきものではございませぬ。ですが、殿下の同意のもと、殿下の面前で罰《ばち》当たりにも鉄からつくられたこの奇妙な偽《にせ》黄金を受けとることは、聖なる父祖の生ける御霊《みたま》を辱《はずかし》めることになりましょう」

「だが黄金は黄金だ」大元首はためらいがちに答えた。「しかも、重罪を宣告された異教徒の身の代《しろ》にすぎぬ。ファール、そなたは何かにつけ批判的にすぎる」

そう言いながらも、彼は手をひっこめた。ポニェッツはさらに押した。

「殿下はまこと知恵者にてあらせられます。こう考えてはいかがでしょう——異教徒をひとり解放したとて、殿下は父祖に対して何ひとつ失うものはありません。そのいっぽう、引き換えとして手にはいるこの黄金があれば、聖なる御霊を祀《まつ》る社《やしろ》を飾ることができます。そして、黄金そのものが邪悪であったとしても——そのようなことがあり得るとしても、尊《とうと》い目的のために使われれば、その穢れもすぐさま浄化されるのではありますまいか」

「さてさて、わが祖父の骨にかけて」大元首が驚くほどの熱意をこめて言った。そのくちびるがひらいて甲高い笑い声がこぼれる。「ファール、そなた、この若者をどう思う。なかなかに力ある言葉を使うではないか。わが父祖の言葉に劣らぬ力だ」

「そうかもしれません」ファールが苦い顔で答えた。「願わくは、その力がつまるところ、邪霊の手管《てくだ》であったなどと判明することがありませぬように」

「それを証明するよい方法があります」ポニェッツはすばやく言葉をはさんだ。「この黄金を形代《かたしろ》としてお預けします。これを捧げ物として父祖の祭壇にお供《そな》えし、わたしを三十日のあいだとどめおきください。三十日をすぎても父祖が不快をお示しにならなければ——なんの災厄《さいやく》も起こらなければ、供物が受納された証《あかし》となりましょう。それ以上に何が必要でしょうか」

大元首が立ちあがり、反対する者はいるかと一同を見わたした。参事官全員が賛意をあらわし、ファールさえもがぼさぼさの口髭《くちひげ》の端を嚙みながら短くうなずいた。

ポニエッツは微笑し、宗教教育の使い方について思いをめぐらした。

5

ファールとの会見が設定されるまでに、さらに一週間が飛ぶようにすぎた。緊張はおぼえるものの、いまとなっては肉体的な無力感にも慣れてしまった。ポニエッツはいま、監視つきで市の境界を出て、監視つきのまま郊外のファールの別荘にきている。ふり返ることもできず、ただ状況を受け入れるよりほかしかたがない。

長老集団から離れたファールは、思っていたよりも若く、背が高い。平服姿の彼はまったく〝長老〟には見えない。

その彼がふいに口をひらいた。

「おかしな男だな」目と目のあいだが狭い。その視線が揺れている。「この一週間、とりわけこの二時間、おまえはまったく何もしていない。にもかかわらず、黄金が必要だろうとほのめかしてくる。無意味な問いだ。黄金をほしがらぬ者などいるわけはない。なぜもう一歩踏みこんでこぬのだ」

「黄金だけの問題ではありませんので」ポニエッツは用心深く答えた。「単に黄金だけの問題ではないのです。金貨の一枚や二枚ではない。黄金の背後に横たわるすべて、と申しあげてもよろしいでしょう」

「黄金の背後に何があるというのだ」ファールが口角《こうかく》をさげて、笑いながら追及してくる。

「なるほど、このあいだの不器用な宣伝口上《こうじょう》とは別物のようだな」

「不器用でしたか」ポニエッツは軽く眉をひそめた。

「ああ、まさしく不器用だったぞ」ファールは両手を組みあわせて軽くあごをのせた。「べつに批判はしない。もちろん、故意に不器用にふるまっていたのだろう。なぜそのような真似をするのかわかっておれば、殿下に忠告申しあげたのだがな。わたしだったら、船で変成をおこない、黄金だけをお目にかけた。そうすればあのような見世物を演じて、みなの反感を買うこともなかったであろうに」

「そうですね」ポニエッツは答えた。「ですが、あれがわたしのやり方なんです。あのように反感を煽《あお》ったのも、閣下の関心を惹《ひ》くためでした」

「ほう、そうか。ほんとうにそれだけなのか」ファールはあからさまな侮蔑《ぶべつ》をこめながらも面白がっている。「おまえが三十日という浄化期間を提案したのは、おそらく、何かもう少し重要なものに関心をむけさせるための時間を稼ぎたかったからであろう。だがあの黄金が不純であると判明したら、どうするつもりなのだ」

ポニエッツはあえて不機嫌そうに答えた。

「その判定をくだすのは、黄金が純粋であることをもっとも願っている人たちではありませんか」

ファールが視線をあげ、しげしげと彼をながめた。驚くと同時に満足してもいるようだ。

「なかなか気の利《き》いたことを言う。ところで、なぜわたしの関心を惹こうとしたのだ。そのわけを聞かせてもらおうか」

「もちろんですとも。わたしはこちらにきてまもなく、閣下のことでいくつかの有用な事実に気づき、興味をもちました。たとえば、閣下はお若い――参事官としてあまりに若く、かつ、比較的新しい家門《かもん》の出でいらっしゃる」

「わたしの家門を批判しようというのか」

「とんでもない。閣下のご先祖が偉大にして尊くあられるのは、万人《ばんじん》の認めるところです。ですが、閣下は五氏族の出ではないと噂《うわさ》する者もおります」

「五氏族には心からの敬意をはらっているが」ファールは椅子の背にもたれ、悪意を隠そうともせず言い放った。「あの者たちは子をつくる力が衰え、血も薄くなった。いまではもう五十人と生きてはおらぬ」

「ですが、国民は五氏族以外の大元首を認めないだろうと主張する方々もおられます。これほどにも若く、新たになりあがった大元首の寵臣《ちょうしん》ともなれば、お偉方《えらがた》のあいだに強力な敵をつくってもしかたがない――そんな噂もあります。大元首殿下はご高齢、亡くなられれば、その庇護《ひご》は失われます。しかも、そのとき大元首殿下の御霊の言葉の解釈役を務めるのは、間違いなく閣下の敵でありましょう」

ファールは眉をひそめた。

「異国人にしてはやたらと耳聡《みみざと》いことだ。そのような耳は切り落としてくれようか」

「その決断をくだすのは、いましばしお待ちください」

「では楽しみにしていよう」ファールは椅子の上でいらだちをこめて身じろぎした。「おまえは船に積みこんだ邪悪な小さい機械で、わたしに富と力を提供しようというのだな」

「もしそうだとすれば、閣下はどのような異議を申し立てられますか。単にお国の善悪を基準としたものでしょうか」

ファールは首を振った。

「とんでもない。よいか、異国人、おまえたち異教徒たる不可知論で判断すればそうなるのかもしれぬが――だがわたしは、あのような迷信を心から信じているわけではない。たとえそう見えようともな。わたしは教育を受けた人間であり、願わくは進歩的でありたいと考えている。わが国の宗教慣習がその奥底で倫理よりも儀式に重きをおいているのは、それが大衆のためのものだからだ」

「では、閣下の異議はどうなりましょう」ポニェッツは穏やかに促《うなが》した。

「つまりはそれ、大衆だ。わたしは喜んでおまえと取引をしたいと思わぬでもない。だがおまえの〝小さな機械〟をうまく使うにはどうすればよいのだ。もしわたしがそれを――おまえは何を売ろうとしているのだったかな？――そうそう、髭剃《ひげそ》りだったな。たとえば髭剃りを、びくつきながら秘密裏に使わねばならぬとしたら、どのような富が得られるというのだ。

たとえわたしのあごが、より簡単に、より綺麗に剃れるようになったとしても、それで金持ちになれるわけではあるまい。しかも、それを使っているところを見つかれば、ガス室送りになるか、群衆に襲われて殺されることになるのだぞ」

ポニェッツは肩をすくめた。

「閣下のおっしゃるとおりです。解決策として考えられるのは、核エネルギー製品を使用するべく民《たみ》を教育することではないでしょうか。そうすれば、民の暮らしも楽になり、閣下ご自身も実質的な利益を得ることができましょう。これは途方もなくたいへんな仕事となります。それは否定しません。ですが、見返りもまたそれ以上に膨大なものとなるでしょう。もっともそれは閣下が考えるべきことであって、さしあたってわたしにはなんの関わりもありません。わたしが提供しようとしているのは、髭剃りでも、ナイフでも、ゴミ処理器でもないのですから」

「では、おまえは何を提供しようというのだ」

「黄金。まさしく黄金そのものを。先週お目にかけたあの機械をお譲りいたしましょう」

いまやファールの全身はこわばり、ひたいはぴくぴく引き攣《つ》っている。

「あの変成器をか」

「いかにも。さすれば閣下は、いまおもちの鉄と同量の黄金を手に入れることができるのです。それだけのものがあれば、すべての必要を満たすことができましょう。お若く、敵があろうとも、大元首の地位すら購《あがな》うことができます。しかも、なんの危険もなく」

「どうやって」

「あれを使うにあたって何よりも大切なのは秘密性です。核エネルギー製品に関して唯一の安全策だとさきほど閣下がおっしゃったように、秘密裏に使用しなくてはなりません。変成器は、閣下が所有される中でももっとも遠い領地にある、もっとも強力な砦《とりで》の、もっとも深い地下牢《ろう》に隠しておけばよろしいでしょう。それでもたちまちのうちに富が得られます。閣下がお求めになるのは黄金であって、機械ではないのです。その黄金は天然のものとまったく異なるところがなく、変成された痕跡をまったくとどめておりません」

「その機械は誰が操作するのだ」

「閣下ご自身が。五分もあれば必要な手順はお教えできます。お望みの場所に設置いたしましょう」

「その代価は」

「そうですね」ポニェッツの口調が慎重さを増した。「値を申しあげます。かなりの額となりますが。わたしもこれで暮らしておりますのでね。ええ――あれは貴重な機械なので――では、一立方フィートの黄金に相当する錬鉄《れんてつ》を」

ファールが声をあげて笑う。ポニェッツは赤面《せきめん》し、硬い声でつづけた。

「二時間もあれば、閣下はそれをとりもどせます」

「そうかもしれぬ。だが、一時間のうちにおまえはいなくなり、とつぜん機械が動かなくなるかもしれん。何か保証が必要だな」

「約束の言葉では足りませんか」

「それもよかろうが」ファールは皮肉をこめてあごをしゃくった。「だがおまえの身柄そのもののほうが確かな保証となる。わたしも約束するぞ。設置されて一週間後、機械がまだ作動していれば支払いをしよう」

「それはできません」

「できないと？　わたしに何かを売りつけようと申してること自体が、すでに死罪なのだぞ。できぬというなら、明日にもガス室送りにしてやるまでだ」

ポニェッツは無表情を保っている。だがその目が一瞬ひらめきを放った。

「それは不公平というものでしょう。せめてそのお約束を書面にしていただけませんか」

「そして、おまえとともに処刑される危険を冒せというわけか。とんでもない！」ファールは大きく満足の笑みを浮かべた。「話にもならぬわ！　愚か者はひとりで充分だ」

貿易商は小声で答えた。

「では、そういうことで手を打ちましょう」

6

ゴロヴは三十日めに釈放され、五百ポンドの色鮮やかな黄金が身代金として支払われた。

また、忌まわしきものとして手を触れられることなく隔離されていた彼の船も、彼とともにひきわたされた。

この星系にきたときと同じく、楕円体のなめらかな小型船の部隊に先導されて、彼らはアスコーン星系を出ていくことになった。

ポニエッツは、太陽に照らされかすかな点のように見えるゴロヴの船をながめやった。同時に、ゆがみを除去したタイトなエーテル・ビームにのって、かすかではあるが明瞭なゴロヴの声が届く。

「だがポニエッツ、求められているのはそういうことではない。変成器では駄目だ。それにしても、そんなものをどこで見つけてきたのだ」

「見つけたんじゃない」ポニエッツは辛抱強く答えた。「食品照射装置に手を加えてでっちあげたんだ。なんの役にも立たんものさ。なんせ、使うたびに莫大《ばくだい》なエネルギーを食うからな。でなきゃファウンデーションだって、重金属をさがして銀河系じゅうをとびまわったりしないで、変成器を使っているだろう。こいつは貿易商なら誰だってやってる、ごくあたりまえのトリックなんだ。もっともおれも、鉄から黄金なんてやつははじめてだけれどな。だがインパクトはある。そしてうまくいった——ほんの一時的にだけれどね」

「それはわかった。だがそのトリックは質《たち》が悪い」

「あんたはそのおかげで不愉快な場所から出てこられたんだぞ」

「論点がはなはだしくずれている。それに、この熱心な見送り部隊と別れたら、わたしはまたあそこにもどるのだからな」

「なんでだ」

「きみ自身、あの政治家に説明したではないか」ゴロヴの声にはいらだちがまじっている。「きみのセールスポイントは、変成器は目的を達成するための手段であって、機械そのものは無価値だという点にあった。彼は黄金を買ったのであって、変成器を買ったのではない。心理学的にはみごとな論理だ。うまく働いてもいる。だが――」

「だが？」ポニェッツはいかにも鈍そうに促した。

受信機から聞こえる声が甲高くなった。

「だがわたしは彼らに、価値のある機械を売りつけたいのだ。彼らが公然と使いたがるもの。自己の利益を考えて、核エネルギー技術を受け入れずにはいられなくなるようなものをだ」

「そんなことはわかってるさ」ポニェッツは穏やかに言った。「あんたが一度説明してくれたからな。おれのセールスの結果がどうなるか、まあ見てみろよ。変成器が稼働しているかぎり、ファールは黄金をつくりつづける。あの機械もつぎの選挙くらいまではもつだろうから、やつは無事に勝利を買いとれる。いまの大元首もそう長くはないだろうしな」

「感謝を期待しているのか」ゴロヴが冷やかにたずねる。

「いいや――期待してるのは、自己の利益を判断する聡明さってやつさ。変成器のおかげでやつは選挙に勝つだろう。そうしたらほかの機械だって――」

「そうではない！　駄目だ！――きみは前提条件からして間違っている。あの男が信をおいているのは変成器ではない——昔ながらのすばらしき黄金だ。わたしが言おうとしているのはそこだ」

ポニェッツはにやりと笑って、楽な姿勢にすわりなおした。このあたりにしておこう。ちょっといじめすぎたようだ。ゴロヴの声に怒りがまじりはじめている。

「まあ、おちつけよ、ゴロヴ。まだ話は終わっちゃいない。ほかにもいろんな機械があるんだよ」

短い沈黙が訪れた。それからゴロヴの声が慎重にたずねた。

「ほかの機械とはなんだ」

「あの護衛船団が見えるだろう」

ポニェッツは自然と手を動かして船団を示したが、もちろんそんなことをしても意味はない。

「ああ」ゴロヴが短く答える。「ほかの機械とはどういうことだ」

「いま話す——あんたがちゃんと聞いてくれるならね。おれたちを先導しているあれは、ファールの私有軍だ。特別に大元首から賜《たまわ》った栄誉だな。やつは手をまわして、みずからこの任を引き受けた」

「それで?」

「連中、おれたちをどこへ連れていくつもりだと思う? アスコーンの境界ぎりぎりにあるあいつの鉱山さ。そこに行こうってんだ。いいか!」ポニェッツはふいに熱く語りはじめた。

「あんたにも言ったよな。おれが今回のことに手を出したのは、世界を救うためじゃなくて、金を儲けるためだ。いいだろう。確かにおれは変成器をただ同然で譲《ゆず》っちまった。代価を手に入れるどころか、ガス室送りの危険まで冒した。こんなんでノルマが片づくわけがない」

「鉱山の話にもどれ。それがどう関係してくるのだ」

「利益ってやつが関係してくるのさ。おれたちは錫《すず》を積みこむんだ。一立方フィートもあまさず、このおんぼろ船に積みこめるだけの錫をな。それからあんたの船にも積みこんでやる。おれはファールといっしょに地表におりて、採掘を監督する。あんたは手もちの武器すべてを用意して、上から掩護《えんご》についてくれ――この件に関して、ファールのやつが見せかけほど正直じゃなかったときの用心にな。この錫がおれの利益になるってわけさ」

「それが変成器の代価なのか」

「船倉にあった核エネルギー製品すべての代価だ。倍値のうえにおまけまでついてくる」ポニェッツは言い訳がましく肩をすくめた。「不当な取引だってことは認めるがね、おれだってノルマは達成しなきゃならんからなあ」

ゴロヴは明らかに呆気《あっけ》にとられている。弱々しい声が訴えた。

「できれば説明してくれないか」

「何を説明する必要があるってんだ。はっきりしてるじゃないか、ゴロヴ。いいか、お利口なワン公はおれを絶対確実な罠にかけたつもりでいた。大元首はおれの言葉なんかよりもやつの言葉を信用するに決まっているからな。やつは変成器を受けとった。アスコーンでは死刑に相当する罪だ。だがやつはいつだって、自分は純粋に愛国的な動機でもっておれを罠に誘いこんだのだと主張できる。そして、禁制品を売ったとしておれを告発すればいいんだ」

「それは事実だろう」

「もちろんさ。だが実際にやりとりされたのは、単なる言葉だけじゃなかったってわけさ。いいか、ファールのやつはこれまで一度も、マイクロフィルム・レコーダーってもののことを聞いたことがなく、どんなものかも知らなかったんだ」

ゴロヴがふいに笑い声をあげた。

「そういうことさ」とポニェッツ。「やつは優位に立っていた。おれはそれにふさわしく、縮こまっていた。だが鞭《むち》打たれた犬のように素直に変成器を設置したとき、こっそりレコーダーをひそませておいて、翌日の点検でとりはずしたのさ。尊《たっと》き至聖所《しせいしょ》、不可侵なる奥宮《おくみや》で、哀れなるファール本人が変成器を操作しているさまがしっかり記録されていたよ。あいつ、最大パワーで稼働させて、最初の黄金の欠片《かけら》が出てきたとたん、卵を生んだ鶏《にわとり》みたいに鬨《とき》の声をあげていたぜ」

「で、その録画を見せてやったのか」

「二日後にね。かわいそうに、あのとんま、生まれてから一度も音声つきカラー立体映像ってやつを見たことがなかったんだな。おれだってガキじゃないが、あれほど怯《おび》えきったのを見たのははじめてだったよ。自分は迷信深くなんかないと言い張ってた癖にな。市の中央広場にレコーダーを据えつけて、正午ちょうどに狂信的な百万のアスコーン人の前でこの映像が流れるように設定してある、そうしたらあんたは八つ裂きにされるぞと脅してやったら、あいつ、半秒としないうちにおれの膝にすがりついて、くどくどと何やら訴えはじめたよ。望むとおりの取引に喜んで応じるとさ」

「ほんとうにそんなことをしたのか」ゴロヴは笑いを押し殺している。「つまり、ほんとうに市の中央広場にレコーダーを据えつけたのか」

「いいや。だがそれはどうだっていいんだ。やつは取引に応じたんだからな。おれの船にある機械すべてと、ついでにあんたの積み荷もみんな、おれたちが運べるだけの錫を代価として買いとってくれた。おれならなんだってやらかすにちがいないと思ったんだろうよ。契約は書面にしてある。やつといっしょに地表におりる前に、あんたにもコピーを送る。念には念をいれたほうがいいからな」

「だが、きみはやつのプライドを傷つけた」とゴロヴ。「そんな彼が機械を使うだろうか」

「使うに決まってるだろ。損失をとりもどすにはそれしかないんだし、金が儲かればプライドだって癒《いや》される。それに、あいつはつぎの大元首になるんだぜ——おれたちにとっちゃ、最高の人選じゃないか」

「そうだな」ゴロヴは答えた。「いい取引だった。だがきみの販売テクニックはどうにも不愉快だな。神学校を追いだされたのも無理はない。きみには道徳観というものがないのか」

「どうだろうねえ」ポニェッツは平然と答えた。「道徳観についてサルヴァー・ハーディンがなんと言ったか、あんただって知っているだろう」

第五部　豪商《マーチャント・プリンス》

1

貿易商《トレイダー》……心理歴史学的必然により、ファウンデーションの経済支配は増大した。貿易商は富み栄え、富とともに権力が……

ホバー・マロウが一介の貿易商《トレイダー》としてその人生をはじめたことは忘れられがちであるが、彼が最初の豪商《マーチャント・プリンス》としてその生涯を終えたことは、けっして忘れられることはない……

銀河百科事典《エンサイクロペディア・ギャラクティカ》

ジョレイン・サットは手入れの行き届いた綺麗な指先をそろえて言った。

「ちょっとした謎ではある。実際問題——極秘も極秘の話だが——これは新たなハリ・セルダン危機なのかもしれない」

むかいあった男は、スミルノ製短ジャケットのポケットから煙草《たばこ》をとりだした。

「そいつはどうだろうな、サット。だいたいにおいて、政治家は市長選のたびに〝セルダン危機〟だとさけぶことになっているじゃないか」

サットはかすかな笑みを浮かべた。

「わたしは選挙運動をしているわけではないよ、マロウ。われわれは出どころのわからない核兵器に直面しているのだ」

スミルノ人の上級貿易商ホバー・マロウは、平然と、静かに煙草をくゆらせた。

「それで？　言いたいことがあるならみんな吐いちまえよ」

マロウはファウンデーションの人間に対して必要以上に下手《したて》にでるような過《あやま》ちを犯したことがない。異国人であっても人は人だ。

サットはテーブルの上の立体星図を示した。操作によって、五、六の恒星系からなる星団が鮮やかな赤色に染まる。

「これがコレル共和国だ」静かに告げた。

貿易商がうなずく。

「行ったことがある。悪臭芬々《ふんぷん》たる鼠穴《ねずみあな》だ！　共和国と呼ばれてこそいるが、第一市民《コムドー》に選出されるのはアルゴ一族の人間に決まっている。そして、それが気に入らないやつがいたら――そいつの身に何かが起こるのさ」彼はくちびるをゆがめてくり返した。「おれはそこに行ったことがあるんだ」

「だが、きみはもどってきた。誰もがもどってこられるわけではない。昨年、協定に守られているはずの交易船三隻《せき》が、共和国の領域内で行方不明になった。いずれも通常の核兵器を搭載し、フォース・シールド防御を装備していた船だ」

「最後の通信は？」

「通常連絡だけだ。ほかには何もなかった」

「コレル側はなんと言ってるんだ」

サットは皮肉っぽく目をきらめかせた。

「照会はできない。外縁星域全域におけるファウンデーション最大の強みは、強大であると評価されていることにあるのだよ。三隻の船が行方不明になったぐらいのことで、照会などできると思うのか」

「なるほどな。それであんたは、おれにどういう用件があるんだい」

ジョレイン・サットは、いらだちのあまり時間を無駄にするような真似はしなかった。市長秘書官として、反対派議員や求職者や改革主義者、そしてハリ・セルダンのように未来史の全貌を予測解明したと主張する頭のいかれた連中を、ことごとく撃退してきた男だ。そうやって鍛《きた》えられているのだから、多少のことで困惑したりはしない。理路整然と話しはじめた。

「そうあせらないでくれたまえ。いいかね。一年のうちに、同一星系内で、三隻の船が行方不明になったのだ、偶然の事故ではあり得ない。そして、核エネルギーを制圧するにはそれ以上の核エネルギーが必要とされる。そこで自動的にひとつの疑問が生じる――もしコレルに核兵器があるのだとしたら、それはどこから手に入れたものなのか」

「で、どこから手に入れたものなんだ」

「可能性はふたつだ。コレル人が自分たちでつくりだしたか――」

「そいつは無理だろう！」

「いかにも！　ならば残された可能性として、どこかに裏切り者がいるということになる」

「あんたはそう考えているのか」マロウの声は冷やかだ。

「べつに驚くような話でもあるまい」秘書官は穏やかに答えた。「四王国がファウンデーション条約を締結して以来、われわれは各国における相当数の反対派グループを相手取ってこなくてはならなかった。どの国にも自称王位後継者と元貴族がいる。彼らはファウンデーションに好意をよせているふりすらも満足にできない。おそらく、そうした連中が行動を起こしたのだろう」

マロウもどちらかといえば反体制派だ。

「わかったよ。で、おれに何を言いたいんだ。おれはスミルノ人だぜ」

「知っている。きみはスミルノ人だ――かつての四王国のひとつ、スミルノで生まれ、教育によってファウンデーション市民になった。生まれとしては異国人、よそものだ。おそらくきみの祖父は男爵で、アナクレオンとロリスを相手に戦ったのだろう。そして、セフ・サーマクが土地再配分をおこなったときに一族の領地を没収された」

「冗談じゃない、とんでもない話だ！　ファウンデーション創設以前、おれの祖父《じい》さんは素《す》寒貧《かんぴん》のけちな宇宙船乗りで、雀《すずめ》の涙ほどの賃金で石炭を運びながら死んでいったんだ。おれは旧体制になんの恩義もない。それでもおれはスミルノで生まれたんだし、スミルノのことも、スミルノ人であることも、けっして恥だなんて思っちゃいない。あんたが厭味《いやみ》ったらしく裏切りの可能性をほのめかしたって、パニックを起こしてファウンデーションにこびへつらったりはしないさ。さあ、命令を与えるのか、それとも告発するのか。おれとしてはどっちでもいいぜ」

「上級貿易商ホバー・マロウ、わたしはきみの祖父がスミルノ王であろうと惑星最貧の物乞《ものご》いであろうと、一エレクトロンの関心もない。きみの生まれと家系についてつまらぬ話を長々もちだしたのは、そのことを示すためだったのだがね。どうやらきみには通じなかったようだ。では話をもとにもどそう。きみはスミルノ人だ。異国人というものを知っている。またきみは貿易商——いや、最優秀の貿易商のひとりだ。コレルに行ったことがあり、コレルのことにもくわしい。そこできみの出番というわけだ」

マロウは深く息を吸った。

「スパイとしてか」

「いやいや、とんでもない。貿易商としてだよ——だが目はしっかりあけておいてくれたまえ。そして、核エネルギーがどこから流れているかをつきとめたら——。そうそう、きみはスミルノ人なのだから、これを教えておこう。行方不明になった船のうち、二隻にはスミルノ人の乗員がいた」

「いつ出発すればいい?」

「船の準備にはどのくらいかかる?」

「六日」

「では六日後に出発したまえ。詳細はすべて宙軍本部で手にはいる」

「わかった！」

貿易商は立ちあがって乱暴に相手の手を握り、ずかずかと退室した。

サットはしばし待ち、それから用心深く手をひろげて痛む指をこすった。そして肩をすくめ、市長のオフィスにはいった。

市長はヴィジプレートを消し、椅子の背にもたれた。

「サット、きみはどう思うかね」

「あの男は名優になれますね」

サットはそして、考え深げにじっと前方を見つめた。

2

その同じ日の夕方、パブリス・マンリオは、ハーディン・ビル二十一階にあるジョレイン・サットの独身用マンションでちびちびとワインを飲んでいた。

マンリオは老齢にさしかかった痩身《そうしん》の男で、ファウンデーションのふたつの要職を占めている。市長内閣では外務相を務め、ファウンデーション以外のすべての恒星系においては、教会首座《しゅざ》大神官、聖なる糧《かて》の施《ほどこ》し手、神殿総長などなどといった、漠然《ばくぜん》としてよくわからないながらも仰々《ぎょうぎょう》しい肩書で呼ばれている。

「だが彼も、あの貿易商を派遣することには同意した。要はそこだよ」

「ですがほんのささいなことにすぎません」とサット。「すぐさま結果が出るわけでもなし。全体としても不完全極まりない戦術です。先行きの見通しがまったくたたないのですから。どこかで結ぼれることを期待してロープをくりだしていくようなものですね」

「いかにもな。だがあのマロウという男は有能だ。そう簡単に騙《だま》されてくれないときはどうするね」

「それはやってみなければわからない賭けです。もしこの事態が裏切りによるものなら、関わっているのは有能な連中でしょう。裏切りでないのなら、真実をつきとめるために有能な男が必要となる。マロウには監視をつけます。ところで、グラスが空《から》ですよ」

「いや、もう結構だ」

サットは自分のグラスだけを満たし、相手の不安げなもの思いに辛抱強くつきあった。どのようなもの思いだったにせよ、確かな結論を導きだすことはできなかったようだ。首座大神官はふいに激しい声でたずねた。

「サット、きみはいったい何を考えているのだ！」

「つまりはこういうことですよ、マンリオ」薄いくちびるがひらいた。「われわれはいま、セルダン危機のただなかにあるのです」

マンリオは目を瞠《みは》り、それから静かに言った。

「なぜそうとわかるのだ。時間廟堂《びょうどう》にまたセルダンがあらわれたのか」

「セルダンなどあらわれなくとも明らかでしょう。まあ考えてごらんなさい。外縁星域が銀河帝国に遺棄《いき》され、自助努力に追いこまれて以来、わたしたちは一度として核エネルギーをもった敵に直面したことがなかった。それがいまはじめて出くわしたのです。たとえ危機とは無縁の事象であったとしても、重要な意味をもつとは思えませんか。そしてこれは独立した事象ではない。わたしたちはいま、七十年の歴史を通じてはじめて、国内における大きな政治的危機にも直面しています。国内と国外と、ふたつの危機が同時に生じたのですよ。これはもう疑問の余地などないでしょう」

マンリオがすっと目を細くした。

「それだけでは充分ではあるまい。セルダン危機はこれまでに二度訪れた。いずれの場合もファウンデーションは壊滅の危険にさらされた。ふたたびそのような危険が訪れるまでは、第三の危機とはいえまい」

サットはけっしていらだちを表《おもて》にあらわすことがない。

「その危険が訪れつつあるのです。訪れてしまえばどんな愚か者にもわかります。芽《め》のうちにそれを探知することこそが、国に対する真《しん》の義務なのです。いいですか、マンリオ、わたしたちは事前に計画された歴史に従って進んでいる。わたしたちは、ハリ・セルダンが未来における歴史的確率を計算しつくしたことを知っている。いつの日か、わたしたちが銀河帝国を再建することを知っている。それには一千年かそれくらいの歳月が必要だということも知っている。そして、その期間内に何度か明確な危機に直面するだろうことも知っているのです。最初の危機はファウンデーション設立の五十年後で、第二の危機はさらにその三十年後だった。あれからおよそ七十五年がすぎています。そろそろですよ、マンリオ、そろそろその時期なんです」

　マンリオは不安そうに鼻をこすった。

「そこできみは、その危機に対処するための計画を立てたというわけか」

　サットはうなずいた。

「そしてわたしにも」とマンリオはつづけた。「その計画の中で果たさねばならぬ役割があるのだな」

　サットはふたたびうなずいて答えた。

「異国による核エネルギーの脅威にたちむかう前に、まず家の中を整理しなくてはなりません。あの貿易商たちは――」

「ああ！」首座大神官の身体《からだ》がこわばり、眼差しがきつくなった。

「そう。あの貿易商たちです。役には立つが、あまりにも強力で――しかもコントロールがきかない。彼らは異国人だが、宗教と無縁な教育を受けている。われわれは彼らに知識を与えながら、もっとも厳格な手綱《たづな》をかけずに放置しているのです」

「もし裏切りが証明されたらどうするのだ」

「その場合は、直接行動に出るのが簡単ですし、それで充分だろうと思います。だがはっきりいって、それはどうでもいい。実際に裏切りを働いていなかったとしても、彼らはわれわれの社会において不穏分子となる可能性が高い。愛国心によっても、共通の先祖によっても、ましてや宗教的畏怖《いふ》によっても、われわれとの絆《きずな》を築いていませんからね。宗教に捕らわれない彼らが主導権を握れば、ハーディン以来われわれを聖なる惑星と崇《あが》めてきた外部星郡《せいぐん》が離反していくかもしれません」

「なるほど、それはわかる。だがいったいどうすれば――」

「いますぐにも対処しなくてはなりません。セルダン危機が切迫する前に。国外に核兵器、国内に騒乱となれば、いささか困難がすぎるでしょう」サットはいじっていた空のグラスをおろした。「これは明らかにあなたの仕事です」

「わたしの？」

「わたしには、できません。わたしは任命によってこの職についているのであって、法的権限をもちませんからね」

「市長は――」

「あの性格ですから話になりません。まるっきり消極的で、精力的に働くのは責任逃れをするときだけ。もし再選をさまたげるような独立政党があらわれたら協力するかもしれませんがね」

「だがサット、わたしは実際的な政治にはむいていないぞ」

「それはわたしに任せてください。いいですか、マンリオ。サルヴァー・ハーディンの時代からこっち、首座大神官の地位と市長職がひとりの人間にゆだねられたことは一度もないのです。それがいま、起こるかもしれない——あなたがみごとな手練《しゅれん》を発揮しさえしたら」

3

そして市の反対端にある、より質素ながら暖かな場所では、またべつの会見がおこなわれていた。ホバー・マロウはじっと長いあいだ相手の話に耳を傾け、いまやっと慎重に口をひらいたところだ。

「ああ、貿易商の代表を議会に送りこもうっていうあんたの運動のことは耳にしている。だがトゥワー、なぜおれなんだ」

ジェイム・トゥワーは、人から質問されようとされまいと、自分はファウンデーションで宗教のからまない一般教育を受けた最初の異国人のひとりだと、ことあるごとに主張したがる男だ。その彼がにっこりと微笑して答えた。

「自分が何をしているかはちゃんとわかっているよ。昨年、はじめて会ったときのことはおぼえているかな」

「貿易商大会でだったたな」

「そうだ。きみは会議を切りまわしていた。雄牛《おうし》のように怒りっぽい男どもを座席に釘《くぎ》付けにしたあげく、みごと手中におさめたじゃないか。それにきみはファウンデーションの大衆にも人気がある。ある種の魅力にあふれているからね——というか、きみの冒険物語はひろく世間に知れわたっているんだよ。つまりは同じことだ」

「いいだろう」マロウは淡々と答えた。「だが、なぜいまなんだ」

「いまがチャンスだからだ。教育相が辞表を出したのは知っているかい。まだ公表されてはいないが、いずれ明らかになる」

「あんたはなんでそれを知ってるんだ」

「それは——気にしないでくれたまえ——」むっとしたように手をふって、「とにかくそういうことなんだ。行動党は分裂寸前だ。いまなら連中を葬《ほうむ》り去ることができる。貿易商にも同等の権利を与えろと真っ向から質問をぶつけてやればいい。いや、民主主義か反民主主義かの問題にするべきかな」

マロウは椅子の背にゆったりともたれかかり、太い指を見つめた。

「ふむ、だがすまんな、トゥワー。おれは来週、仕事で出かけるんだ。誰かほかのやつに頼んでくれ」

トゥワーは目を瞠った。

「仕事だって？　どういう仕事だ」

「超極秘。トリプルAの優先事項だ。それだけしか言えない。市長閣下の個人秘書官と話をした」

「蛇のサットか」ジェイム・トゥワーは興奮した。「罠《わな》だ。あの野郎、きみを追いはらおうとしているんだ。マロウ、きみは――」

「よしな！」相手の握り締めたこぶしを抑え、「まあおちつけよ。もし罠なら、もどってきたときに落とし前をつけてやるだけのことさ。罠じゃないなら、あんたのいう蛇のサットも、おれたちの術中にはまってるってことだ。いいか、セルダン危機が起ころうとしてるんだ」

マロウは相手の反応を待ったが、何も返ってはこなかった。トゥワーはただ目を見ひらいてたずねただけだった。

「セルダン危機って、なんだ？」

「なんてこった！」期待外れの結果に、マロウは怒りをこめてさけんだ。「いったいぜんたい学校で何を習ってきたんだ。そんなくだらん質問をするとは、どういうつもりなんだ」

年長の男は顔をしかめた。

「説明してくれれば――」

長い沈黙の末に、マロウは眉をさげてゆっくりと話しはじめた。

「それじゃ説明してやる。銀河帝国が周辺部から衰退し、辺境宙域が文明を失い離反しはじめたとき、ハリ・セルダンと心理歴史学者の一団はその混沌《こんとん》のただなかで、ここに植民地を、ファウンデーションを設立した。芸術や科学やテクノロジーを保存培養し、第二帝国の核となるためだ」

「ああ、そう、そうだったな――」

「まだ話は終わっちゃいない」貿易商は冷静につづけた。「ファウンデーションの未来は、当時高度に発達していた心理歴史学によって定められている。設置された条件に基づいて一連の危機を生じさせ、われわれがもっともすみやかに未来の帝国に至るルートをたどるよう、計画されているのだ。それぞれの危機は、それぞれのセルダン危機は、その時代における歴史的大事件となる。いま、その危機が――第三の危機が、訪れようとしているんだ」

「そうそう、そうだった！」トゥワーは肩をすくめた。「忘れてはいけないことだった。だが学生だったのはずいぶん昔の話だからな――きみよりもずっと前だよ」

「ああ、そうだろうさ。まあいい。問題は、おれはいまから、その危機のど真ん中につっこんでいくってことだ。もどってきたときにどうなってるか、予想もつかん。だが議員選挙なら毎年おこなわれるだろう」

トゥワーが視線をあげた。

「何か確かな目当てでもあるのか」

「いや」

「何かはっきりした計画を立てているのか」

「これっぱかしもないね」

「それじゃ――」

「そう、何もないのさ。ハーディンも言ってるじゃないか。『計画のみでは成功は見こめない。臨機応変も必要なり』ってね。おれも臨機応変でいくつもりさ」

トゥワーは心配そうに首をふった。そしてふたりは立ちあがり、見つめあった。

マロウはとつぜん、当然といった口調で提案した。

「なあ、あんたもいっしょにこないか。そんな目で見るなよ。あんただって政治に夢中になる前は貿易商だったんだろ。少なくともおれはそう聞いているぜ」

「どこに行くのだ。それを教えてくれ」

「ホワッサル裂罅《れっか》のほうさ。宇宙に出るまで、それ以上のことは話せない。どうする？」

「サットはわたしが目の届かないところに行くのをいやがるのではないかな」

「そんなことはない。おれを追いはらいたがってるってなら、あんたのことだって同じだろう。それに、自分でクルーを選ばず宇宙に出て行く貿易商はいない。おれは自分の気に入ったやつを選ぶんだ」

年長の男の目に奇妙なきらめきが宿った。

「いいだろう、同行しよう」手をさしのべ、「三年ぶりの旅だ」

マロウはしっかりとその手を握った。

「よし！　これで決まりだ！　となると、クルーどもに招集をかけなくてはならんな。あんた、ファー・スター号がどこに停泊しているか、知ってるよな。明日、きてくれ。じゃあな」

4

コレルは歴史にしばしば登場する現象の一例といえよう。すなわち、共和国とは名ばかりで、絶対的独裁者のあらゆる特性を備えた統治者をいただいていたのである。統治者はそれゆえ、正当な専制君主国において緩和作用となるふたつの要因、王の〝名誉〟と宮廷礼式に制限されることなく、ありきたりの暴政を存分に享受《きょうじゅ》していた。

物質的な繁栄度はきわめて低い。銀河帝国の時代は去り、ものいわぬ記念碑と壊れた建物だけがその名残《なごり》をとどめている。ファウンデーション統治の時代はまだはじまっていない——支配者たる第一市民《コムドー》アスパー・アルゴが、貿易商を厳格に取り締まり宣教活動を徹底的に排除するべく苛烈《かれつ》なまでの決意を固めているため、ファウンデーション統治の時代はけっして訪れそうになかった。

宙港そのものも老朽化し、いまにも崩《くず》れそうだ。ファー・スター号のクルーたちは、それを見て憂鬱《ゆううつ》になった。ぼろぼろの格納庫が荒廃の雰囲気をいっそう助長させている。ジェイム・トゥワーはいらだちながら、鬱々とトランプのひとり占いをしていた。

ホバー・マロウは考え深げに口をひらいた。

「ここでならいい商売ができそうだ」

そして静かに窓の外をながめた。いまのところ、コレルについてそれ以上言えることは何もない。ここまでの旅は順調だった。ファー・スター号を阻止するべくとびだしてきたコレルの編隊は、飛行するのがやっとという、ちっぽけな過去の栄光の遺物か、図体《ずうたい》ばかりが大きい不格好な廃船だった。彼らはびくびくと距離をとり、その距離を維持したまま、すでに一週間がすぎている。なのに、現地政府と会見したいというマロウの要求には、なんの返答もない。

「ここでならいい商売ができそうだ」マロウはくり返した。「処女地みたいなものだからな」

ジェイム・トゥワーがもどかしげに顔をあげ、カードを脇に押しやった。

「いったい何をしようとしているのだ、マロウ。クルーは愚痴《ぐち》をこぼしている。士官たちは不安がっている。そしてわたしは疑問を抱いている――」

「疑問？　なんの疑問だ」

「この状況に関する疑問だ。きみに関する疑問だ。わたしたちは何をしているのだ」

「待っているのさ」

年長の貿易商は鼻を鳴らし、真っ赤になってうなった。

「きみは何も考えていないだろう、マロウ。宙港は警備隊にとりまかれているし、上空には船がいる。地面に大穴をあけて、われわれをぶちこもうとしているのかもしれない」

「もう一週間もたつってのに？」

「援軍を待っているのかもしれない」トゥワーの視線は鋭く厳しい。

マロウはふいに腰をおろした。

「ああ、それはおれも考えた。いいか、こいつはなかなかの難問なんだ。まず、おれたちはなんのトラブルもなくここまでやってきた。もしかしたら、それにはべつに意味なんかないのかもしれん。昨年消えたのは三百隻以上の船の中のたった三隻なんだからな。割合としてはごく低い。だがそれは、核エネルギーを搭載したやつらの船がわずかしかなくて、その数が増えるまで不用意に人目にさらさないようにしているだけなのかもしれない。

そのいっぽうで、もしかしたら核エネルギーなんかまったく所持していない可能性だってあり得る。もしくは、核エネルギーをもってはいるが、われわれが何か嗅《か》ぎつけていることを恐れてひた隠しにしているのかもしれない。うろついている軽武装の交易船を分捕《ぶんど》っているからといって、ファウンデーションの信任状をもった外交使節にまで手を出すわけにはいかないだろう。そんなものがきたという事実そのものが、ファウンデーションが疑惑を抱いていることを意味しているのかもしれないいんだからな。

そうした条件をすべて考えあわせると——」

「待てよ、マロウ。ちょっと待ってくれ」トゥワーが両手をあげた。「情報が多すぎて溺れてしまいそうだ。つまりは何が言いたいのだ。思考過程はいいから結論だけを言ってくれ」

「思考過程が重要なんだ。でなければ理解できない。トゥワー、いまは双方が待っているんだ。やつらはおれがここで何をしているのかわかっていないし、おれはやつらがむこうで何を考えているのかわからない。立場が弱いのはおれのほうだ。こっちは船一隻なのに、むこうは惑星ひとつを拠《よ》り所にしているんだからな――それも、たぶん核エネルギーを備えた惑星だ。ここで弱音を吐いているわけにはいかない。もちろん危険に決まっている。地面には穴があいていて、おれたちを待ち構えているだろう。だがそんなことは最初からわかってたじゃないか。ほかにどうしようっていうんだ」

「わたしにはわからな――おや、どうしたんだ」

マロウは静かに顔をあげ、受信機のスイッチをいれた。ヴィジプレートが明るくなり、当直軍曹のいかつい顔があらわれた。

「なんだ、軍曹」

「報告いたします。部下がファウンデーションの宣教師を収容いたしました」

「なんだって？」マロウの顔が青ざめた。

「宣教師です。治療が必要です――」

「今回の仕事で治療が必要になる人間はまだまだ出てくるさ。総員戦闘配置につくよう指示を出せ」

　クルー・ラウンジにはほとんど誰もいなかった。指示が出た五分後、非番の者たちもふくめ、すでに全員が武装している。外縁星域恒星間宙域の無政府領域において、もっとも重要なものはスピードであり、上級貿易商率いるクルーは何よりこのスピードにおいて秀でているのである。

マロウはゆっくりとラウンジにはいり、その宣教師を上から下までつくづくながめまわした。ティンター中尉に視線をすべらせると、中尉はおちつかなげに脇によった。つづいて当直のデメン軍曹に目をむけたが、軍曹は無表情に、中尉の隣にのっそりと立ったままだ。

上級貿易商はトゥワーをふり返り、考えこみながら足をとめた。

「そうだな、トゥワー、士官をここに集めてくれ。ただし大事《おおごと》にはするな。総合調整官と軌道算出官はいい。兵士はおって指示するまで持ち場にとどめておく」

その五分の空白時間に、マロウはトイレの個室ドアをすべて蹴りあけ、カウンターの背後をのぞき、分厚い窓のカーテンを閉めてまわった。それから三十秒ほど部屋から完全に姿を消し、のんびりと鼻唄を歌いながらもどってきた。

士官がぞろぞろとはいってきた。しんがりのトゥワーが静かにドアを閉める。

マロウは穏やかに口を開いた。

「まず第一に、おれの命令なしにこの男を船にあげたのは誰だ」

当直軍曹が前に進みでた。すべての視線が彼にむけられる。

「失礼ながら、誰と特定することはできません。全員の合意というか。この人はいわば、われわれの同胞なのですし、この星の者たちが――」

マロウはそれをさえぎった。

「その気持ちは理解できるし、わからんでもない。そいつらはおまえの部下なんだな」

「はい」

「この件が片づいたら、部下全員に一週間の自室謹慎《きんしん》を命じる。おまえの指揮権も同期間剝《はく》奪《だつ》だ。いいな」

軍曹は表情を変えなかったが、ほんのわずかに肩がさがった。

「了解いたしました」短い答えが返る。

「ではさがれ。持ち場につけ」

退室した彼の背後でドアがしまり、ざわめきが起こった。トゥワーが異議を唱えた。

「マロウ、なぜ処罰するのだ。きみも知っているだろう、コレル人はとらえた宣教師を殺すのだぞ」

「おれの命令に反した行動は、いかなる理由があろうと、それ自体が罪だ。いかなる者も、おれの許可なくこの船を出入りしてはならない」

「七日間、まったく無為《むい》にすごしているんです」ティンター中尉が反抗的につぶやいた。

「こんな状態で規律を守ることなんてできません」

「おれはできる」マロウは淡々と答えた。「なんの問題もない環境で規律が守られるのはあたりまえだ。おれは、死に直面した状況でもそれを守らせたい。さもなければそんなものに意味はない。ところで宣教師はどこに行った。おれの前に連れてこい」

貿易商が腰をおろすと、緋《ひ》の衣《ころも》を着た男が丁重に連れてこられた。

「老師、お名はなんという」

「え?」

緋の衣の男は、ぐるりと全身でむきを変えてマロウに正対した。その目は虚《うつ》ろに見ひらかれている。片側のこめかみに傷がある。さっきのひと幕のあいだ、ひと言も発することなく、マロウにわかるかぎりでは身動きもしていない。

「お名を、老師」

宣教師はふいに興奮して活気づき、抱擁するように両手を突きだした。

「わが子よ――子供たちよ。銀河霊の加護のつねに汝《なんじ》らのもとにあらんことを」

トゥワーが両眼に困惑を浮かべたまま進みでて、かすれた声で言った。

「この人は病気だ。誰か寝台にお連れしろ。マロウ、寝台に連れていって手当てをするよう命じてやれ。ひどい怪我をしている」

マロウの大きな手が彼を押しもどした。

「邪魔をするな、トゥワー。さもないとあんたを部屋から追いだすことになる。お名を教えてくれ、老師」

宣教師がふいに、哀願するように両手を組みあわせた。

「あなた方は啓蒙《けいもう》された文明人だ。あの異教徒どもの手から救ってくだされ」言葉がほとばしった。「獣のごとき暗愚《あんぐ》の民《たみ》から救ってくだされ。あの者らはわたしを追いまわして襲う。罪でもって銀河霊を苦しめる。わたしはジョード・パルマ。アナクレオンで生まれ、ファウンデーションで教育を受けた。ファウンデーションでだ、子供たちよ。わたしはすべての秘儀を受けた銀河霊の神官で、内なる声に導かれてこの惑星にやってきた」あえぎながら、

「わたしは無知蒙昧《もうまい》な民の手で苦しめられている。あなた方は銀河霊の子だ。銀河霊の御名《みな》により、わたしをあの者たちから守ってくだされ」

非常警報ボックスがけたたましい金属音を響かせ、声が割りこんできた。

「敵の集団を視認！　指示を請う！」

その瞬間、すべての視線が頭上のスピーカーにむけられた。

マロウは乱暴に毒づきながら送信に切り換え、怒鳴った。

「監視をつづけろ！　それだけだ！」

そしてスイッチを切って窓に歩み寄り、分厚いカーテンをひらいて、険悪な顔で船外をながめた。

敵の集団だと！　暴徒と化した数千ものコレル人じゃないか。うねるように押し寄せる群衆が船を取り囲み、目の届くかぎり端から端まで宙港を埋めつくしている。そして硬質の冷たいマグネシウム光のもと、最前列の者たちがさらに近づいてくる。

「ティンター！」ふり返りはしないものの、うなじが赤く染まっている。「外部通信システムをオンにして、やつらが何を要求しているのかさぐれ。政府関係者がいないか確認しろ。約束も脅迫もするなよ。そんなことをしたら、きさまは死刑だ」

ティンターがむきを変えて退室した。

荒々しく肩に手がおかれ、マロウはそれをふりはらった。トゥワーだ。怒りのこもった声が耳もとでささやいた。

「マロウ、きみはどうあってもこの人を保護しなくてはならない。でなければ沽券《こけん》と名誉にかかわる。彼はファウンデーション市民なのだし、なんといっても——神官だ。外の蛮人どもは——おい、聞いているのか」

「聞いているさ、トゥワー」マロウは辛辣《しんらつ》に答えた。「おれがここにきたのは、やらなくてはならない仕事があるからだ。宣教師を保護するためじゃない。おれはおれのやりたいようにやる。それを邪魔するっていうなら、セルダンと全銀河系にかけて、あんたの薄汚い喉笛を掻き切ってやるからな。余計な真似をするなよ、トゥワー。でなきゃあんたも終わりだ」

そして大股に向きを変えた。

「あんた！　パルマ師！　協定により、ファウンデーションの宣教師はコレル領域にはいっちゃならんことは知っていたか」

宣教師はふるえている。

「わが子よ、わたしは銀河霊の導きたもうところに行く、ただそれだけだ。暗愚の民が教化を拒《こば》むなら、それこそ教化が必要とされている、より偉大なしるしではないか」

「そいつはまたべつの問題だ。とにかくあんたは、コレルとファウンデーション双方の法に反してここにいる。法に則《のっと》れば、おれはあんたを保護するわけにはいかない」

宣教師はまた両手を掲げた。さっきまでの戸惑いは消えている。船の外部通信システムが騒々しく作動しはじめ、群衆の怒号《どごう》がかすかに聞こえてくる。宣教師の目に激情が浮かんだ。

「あれが聞こえぬか。なぜ法の話をする。人によってつくられた法など。より高き法があろう。銀河霊は語りたもうた。『汝、傷つける友を座視することなかれ』。また、こうも仰せられている。『汝が力なき弱き者を遇《ぐう》するがごとく、汝もまた遇されるであろう』

銃をもっておらぬのか。船をもっておらぬのか。背後にファウンデーションがひかえてはおらぬのか。そして頭上に、周囲のいたるところに、宇宙を統《す》べたもう銀河霊がましまさぬとでもいうのか」彼はそこで息をついた。

そのときファー・スター号外部の騒音がやんで、困惑を浮かべたティンター中尉がもどってきた。

「報告しろ！」マロウが短く命じる。

「彼らはジョード・パルマの引き渡しを要求しております」

「拒絶した場合は？」

「さまざまな威嚇《いかく》をかけてきております。はっきりした内容はわかりません。あまりにも大勢で——しかも怒り狂っておりますので。その中にひとり、自分はこの地域の統治者で警察も掌握《しょうあく》していると主張する者がいるのですが、どう見てもその男も、思うように行動できているようではありません」

「行動できていようといまいと」マロウは肩をすくめた。「そいつが法の代表者だろう。統治者だか警察だか、まあなんでもかまわんが、そいつがひとりで船までくるなら、ジョード・パルマをひきわたしてやると伝えろ」

ふいに彼の手に銃があらわれた。

「おれは反抗ってやつがどういうものか知らん。まだお目にかかったことがないからな。だがそいつを教えてやろうという者がここにいたら、返礼としておれなりの対抗手段を教えてやる」

銃がゆっくりと移動し、トゥワーにむけられてとまった。年長の貿易商は懸命に無表情を保ったまま、握ったこぶしをひらいておろした。鼻孔《びこう》から漏れる息が荒い。

ティンターが退室して五分後、か弱げな小さな人影が群衆から歩みでてきた。ゆっくりとためらいがちに近づいてくるが、明らかに恐怖と不安におののいている。彼は二度ふり返り、二度とも多頭《たとう》モンスターのごとき群衆に脅され、押しだされるように前に進んだ。

「いいだろう」マロウは握ったままの小型ブラスターをふった。「グラン、アプシャー、この男をひきわたせ」

宣教師が悲鳴をあげた。両腕を掲げ、こわばった指をひらいて宙に突きたてる。ゆったりとした袖がまくれ、血管の浮いた細い腕があらわになる。そのとき、かすかな光がほんの一瞬ひらめき、すぐさま消えた。マロウはまばたきをしながらも、横柄《おうへい》に、もう一度ブラスターをふった。

もがきながらひきずられていく宣教師の口から、言葉があふれこぼれた。

「同胞なる者を邪悪と死の中に見捨てる裏切り者よ、呪われてあれ。弱き者の懇願を聞かぬ耳よ、ふたがれよ。罪なき者を見ぬ目よ、盲《めし》いよ。闇とまじわる魂よ、永遠に闇に沈め——」

トゥワーが両手でかたく耳をふさいだ。

マロウはくるりとブラスターをまわしてホルスターにおさめ、淡々と命じた。

「各員持ち場にもどれ。群衆が解散したあとも、六時間、厳戒態勢を維持しろ。その後四十八時間は配置を二倍にする。それ以後のことは改めて指示する。トゥワー、きてくれ」

ふたりはマロウの私室にはいった。ほかには誰もいない。マロウが椅子を示し、トゥワーが腰をおろす。がっしりとした身体《からだ》が萎縮している。

マロウは皮肉をこめて彼を見おろした。

「トゥワー、おれは失望したぞ。三年も政治に関わっていたおかげで、貿易商気質が抜け落ちちまったようだな。いいか、ファウンデーションにいるときなら、おれだって民主主義を唱導《しょうどう》するだろう。だが、意のままに船を飛ばすためには独裁支配が必要なんだ。おれはこれまで一度だって、部下にブラスターをむけるような羽目《はめ》になったことはない。あんたが余計なことをしなければ、今日だってそんな必要はなかった。

トゥワー、あんたには正式な地位があるわけじゃない。おれが誘ったからこの船に乗ってるんだ。おれとしてはあんたに最大限の礼を尽くす――ふたりだけのときはな。だが以後、士官や兵のいるところではおれに敬意をはらえ。〝マロウ〟と呼び捨てにするな。おれが命令したら、いちばん下っ端《したっぱ》の新兵よりもてきぱきと行動しろ。さもなければすぐさま船倉《せんそう》にぶちこむ。わかったか」

党首は無表情に怒りをこらえ、しぶしぶ口をひらいた。

「すまなかった」

「それでいい！　じゃあ握手しようじゃないか」

トゥワーの華奢《きやしや》な指がマロウの大きな手に包みこまれる。トゥワーは言った。

「善なる動機による行動だった。リンチにされるとわかっているところに人を送りだすのはつらい。現地総督だかなんだか知らないが、あの頼りなげな男では宣教師を守ることはできない。これは人殺しだ」

「しかたがないだろう。正直な話、この件はどうもくさい。あんた、気がつかなかったのか」

「気がつくって、何に？」

「この宙港は人里離れた僻地《へきち》のどまんなかにある。とつぜん宣教師が脱走してきた。どこからだ？　そしてここにくる。偶然か？　ものすごい群衆が集まってくる。どこからだ？　どれくらいの規模にせよ、いちばん近くの都市と名のつくものから、少なくとも百マイルは離れてるんだぜ。なのにやつらは半時間とたたずに集まってきた。どうやって？」

「どうやって？」トゥワーがくり返した。

「そうさ。もしあの宣教師がここまで連れてこられて、餌《えさ》として放たれたのだとしたらどうだ。われらが友人パルマ師はかなり混乱していた。どう見ても正気じゃなかった」

「ひどい話だ――」トゥワーが苦々《にがにが》しくつぶやく。

「そうだな。もしかすると、おれたちに勇敢なる騎士道精神を発揮させて、あの男を守るという愚行に走らせることを狙っていたのかもしれない。あいつはコレルとファウンデーションの法に反してこの地にいた。そんな男を保護したら、それはコレルに対する戦争行為となり、ファウンデーションにもおれたちを守る法的権利がなくなるからな」

「それは——こじつけがすぎるのではないか」

スピーカーが大声をあげてマロウの返答をさえぎった。

「公式通信を受領しました」

「いますぐこっちによこせ！」

かちりと音をたてて、きらめくシリンダがスロットにあらわれた。マロウはそれをひらき、銀を含浸させた紙をとりだした。そして嬉しそうに、二本の指のあいだでこする。

「首都から直接送られてきた第一市民《コムドー》専用箋《せん》だぜ」さっと一読して短い笑い声をあげ、「で、おれの考えはこじつけがすぎるって？」

彼はその紙をトゥワーに投げてやった。

「宣教師をひきわたして半時間、ようやく畏《おそ》れ多くも第一市民《コムドー》に拝謁《はいえつ》できる丁重な招待状が届いたじゃないか——その前に七日間も待たされたがな。どうやら試験に合格したようだ」

5

第一市民《コムドー》アスパーは民の味方を自任している。後頭部に残る白髪はだらしなく肩にかかり、洗濯をしたほうがよさそうなシャツを着ている。そして話すときは鼻声だ。

「ここには虚飾というものが存在しないのだよ、貿易商マロウ。見栄《みえ》を張る必要がない。きみの前にいるわたしは、国の第一市民にすぎない。コムドーとはそういう意味であり、それがわたしのもつ唯一の肩書なのだよ」

そうしたことすべてを異様なほどお気に召しているようだ。

「コレルと貴国をもっとも強固に結びつけているのは、まさにこの事実であろう。貴国の民も共和制の恩恵を享受しているようだな」

「そのとおりです、コムドー」心の中でその比較に異議を唱えながら、マロウは重々しく答えた。「それこそまさしく両国間の末永き平和と友好を支える絆《きずな》となるでしょう」

「平和とな! ああ!」コムドーが感傷的な表情をつくるたびに、まばらな灰色の髭《ひげ》がぴくぴく動く。「この外縁星域にわたしほど深く平和の理想を抱いている者はおらぬ。著名なる父よりこの国の指導者たる立場を引き継いで以来、平和の治世が破られたことは一度もない。わたしは自信をもってそう断言するぞ。これはわたしの口から語るべきことではないが」――と軽く咳払いをして――「わたしの民は――いやいや、同胞たる市民たちは、わたしのことを〝愛すべきアスパー〟と呼んでいるそうだよ」

マロウは周囲に視線をさまよわせた。見るからに危険そうな奇妙な形の武器を携《たずさ》えた長身の男たちが、手入れの行き届いた庭園のあちこちに身をひそませている。これはきっと彼を警戒してのことだろう。それならば納得できる。だが、この館《やかた》をとりまいてそびえる鉄骨入りの壁は、明らかにごく最近補強されていて――〝愛すべきアスパー〟にふさわしいものではない。

「ではコムドー、あなたと交渉できるわたしは非常に幸運ということですね。このあたりの多くの国は文明的な政治に恵まれず、それらを治める専制君主や独裁者もまた、〝愛すべき〟支配者となる資質に欠けていますからね」

「資質とは、どのようなもののことだね？」コムドーが用心深くたずねた。

「たとえば、国民がつねに最大の利益を得られるよう心がけるといったようなことです。もちろんコムドーは理解しておいででしょう」

ふたりはのんびりと砂利道《じゃり》を歩いていた。コムドーは視線を落としたまま、両手を背中にまわしてこすりあわせている。マロウは澱みなく言葉をつづけた。

「両国間の交易は、これまでのところ、貴国の政府が貿易商に課した制限により停滞しています。もちろんとっくにご存じとは思いますが、無制限貿易は——」

「自由貿易か！」コムドーがつぶやく。

「そう、自由貿易ともいいますね。それが両国に利益をもたらすものであることは、コムドーも当然ご承知でしょう。あなた方のもとにはわたしたちの欲《ほっ》するものがあり、わたしたちはあなた方の欲するものをもっている。いっそうの繁栄をもたらすためには、それらを交換するだけでいいのです。あなたのように進んだ文明観をおもちの支配者、国民の友——そう、国民の一員である方に、くどくど説明する必要もないことです。これ以上のことは申しあげますまい、あなたの知性を侮辱《ぶじょく》することになる」

「まさしくそのとおりだ！　それはわかっているとも。だがきみたちのほうはどうかな」彼の声があからさまに愚痴っぽくなる。「きみたちはつねに理不尽ではないか。わたしはわが国の経済に可能なかぎり、あらゆる貿易を歓迎している。だがきみたちのやり方はどうだ。わたしはひとりでこの国を支配しているわけではない」声が高くなる。「世論の下僕《げぼく》にすぎぬのだ。わが民は緋と黄金の輝きを帯びた交易を受け入れはせん」

マロウは背筋をのばした。

「宗教の押しつけだとおっしゃるのですか」

「事実上そのとおりであろう。もちろんきみは、二十年前のアスコーンを忘れてはいまい。きみたちはまずいくつかの品を売りつけ、それらを正しく動かすために必要だと、伝道の完全な自由を要求した。それから、健《すこやか》なる神殿の建設、神学校の設立、宗教関係者全員の自治権要求とつづき、その結果はどうだ。アスコーンはいまではファウンデーション・システムの一部となり、大元首にいたっては下着一枚すらわがものと主張できずにいる。いやいや、とんでもない！　尊厳をもって独立した民には、とうてい受け入れられるものではない」

「わたしはそのようなことを申しあげているのではありませんよ」マロウはコムドーの言葉をさえぎって告げた。

「ちがうと？」

「ええ。わたしは上級貿易商ですからね。わたしの宗教は金です。宣教師どもの神秘主義やらお題目やらは鬱陶《うっとう》しいだけです。その受け入れを拒否すると聞いて安心しました。わたしとコムドーならうまくやっていけるでしょう」

　コムドーは発作的に甲高い笑い声をあげた。

「よくぞ申した！　ファウンデーションはもっとはやく、きみのように有能な人間を送りこむべきであったぞ」

　そして貿易商のたくましい肩に馴《な》れ馴れしく手をかけた。

「だがきみの話はまだ半分にすぎぬ。売り物が何でないかを語っただけではないか。それが何であるかを聞かせてくれ」

「売り物はただひとつ。コムドー、あなたはこれから巨万の富を手に入れるのです」

「まことか」コムドーは鼻を鳴らした。「だが富があったとてなんになろう。真の財産は民の愛だ。わたしはすでにそれを手にしている」

「どちらも手にすればよいではありませんか。片手で黄金を集め、もう一方の手で愛を得ることも不可能ではありません」

「それはじつに興味深い話だ。どのようにすればよいのだね」

「ああ、方法はいくらでもあります。問題はその中のどれを選ぶかです。そうですねえ。うん、奢侈《しゃし》品などはいかがですか。たとえばこの品──」マロウは内ポケットから慎重に、磨かれた金属をつないだ平たい鎖《くさり》をとりだした。「これなどはどうでしょう」

「それはなんだね」

「実演が必要ですね。ご婦人をひとり、お借りしたいのですが。若いお嬢さんならどなたでも結構。それと、等身大の鏡ですね」

「ふむ。では中にはいるとしようか」

コムドーは自分の住まいを〝家〟と呼んでいる。庶民なら間違いなく宮殿というだろう。マロウの率直な目に、それは異様な要塞に映った。首都を見おろす小高い丘の上に建てられ、補強した分厚い壁に囲まれている。アプローチには衛兵が立ち、建築様式は防御に主眼をおいている。まさしく〝愛すべき〟アスパーにふさわしい住居だと、苦々しい思いがこみあげる。

若い娘がふたりの前に立ち、コムドーにむかって深々と腰をかがめた。

「第一市民妃《コムドラ》の侍女《じじょ》だ。これでよいか」

「申し分ないですね」

コムドーが注意深く見守る前で、マロウは鎖を娘の腰に巻きつけてとめ、うしろにさがった。コムドーが鼻を鳴らした。

「ふむ。それで終わりなのか」

「カーテンを閉めていただけますか、コムドー。お嬢さん、留《と》め金のそばに小さなスイッチがあるでしょう。それを上向きに動かしてください。さあ、何も怖いことはありませんから」

娘が指示に従い、はっと息をのんだ。両手を見つめ、「まあ!」と声をあげる。

冷やかな光が腰から流れだして彼女を包んでいた。光は色を変えながら娘の頭上まで這いあがり、液状の炎となってきらめく小冠《コロネット》をつくりあげている。まるで、空からオーロラを引き剝がし、それでマントを仕立てたみたいだ。

娘は鏡に歩み寄り、うっとりと見惚《みと》れた。

「さあ、これを」マロウは鈍色《にび》の石を連ねた首飾りをわたした。「首につけてください」

娘はふたたび指示に従った。光のフィールド内にはいった瞬間、ひとつひとつの石がそれぞれ炎となって、深紅《しんく》と黄金の踊るようなきらめきを放つ。

「いかがですか」マロウは娘にたずねた。

娘は答えなかったが、その目には賛嘆の色が浮かんでいる。コムドーの合図を受けて、娘が渋々《しぶしぶ》スイッチを切ると、光も消滅した。娘が退室した――記憶だけを抱いて。

「進呈いたしますよ。どうぞ、コムドラにさしあげてください。ファウンデーションより、ささやかな贈り物です」

「ふむふむ」コムドーは重さを計ろうとするかのように、ベルトと首飾りを手の中でひっくり返している。「どのようなしかけになっているのだ」

マロウは肩をすくめた。

「それはわが国の技術専門家にたずねてください。ですがこの品は、神官の助けがなくとも――よろしいですか、神官の助けがなくともですよ――作動します」

「だが所詮《しょせん》はくだらぬ女の飾り物にすぎん。これをどうしろというのだ。どこから金がはいってくるのだ」

「舞踏会や、歓迎会や、晩餐会《ばんさん》や――そういった集まりがありますよね」

「ああ、もちろんだ」

「ご婦人方がこうした装飾品にどれだけのものを支払うか、ご存じですか。少なく見ても一万クレジットはくだらないでしょう」

「なんと！」コムドーは呆然《ぼうぜん》としている。

「また、この品のパワー・ユニットは六カ月しかもたないので、しばしば交換しなくてはなりません。一千クレジット相当の錬鉄《れんてつ》と引き換えに、お望みの数だけそれもお譲《ゆず》りしましょう。そちらの利益は九百パーセントとなります」

コムドーは髭をひっぱりながら、頭の中で驚くべき額の計算をしているようだ。

「すばらしい。金持ち女どもが争って手に入れたがることだろう。市場に出す数を絞っておけば、どんどん値は吊りあがる。もちろん、わたしが個人的に関わっていることは知らせず――」

「よろしければ、ダミー会社の運営についても説明しますよ。ほかにもいろいろと手をひろげられます。わたしどもの家庭用品一式などいかがでしょう。どのような堅さの肉でも、二分でお好みのやわらかさに焼きあげる折り畳み式コンロ。研《と》ぐ必要のない包丁。完全な洗濯装置一式と同じ働きをし、しかも小さなクロゼットに収納できる全自動洗濯機。同様の食洗機。これまた同様の床掃除機、家具磨《みが》き機、集塵《しゆうじん》機、照明器具――なんでもお望みのものがあります。これらの品が民の手にわたるようはからえば、あなたの人気はどれほど高まることでしょう。そして、政府の独占販売として九百パーセントの利益をあげれば、あなたの、そう、現世の富がどれだけ増大することか。人々にとっては金額の何倍もの値打ちがあるものですし、あなたがそれにどれだけの仕入価格を支払ったかを知らせる必要もありません。そして、いいですか、これらの品はどれひとつをとっても、神官の監督を必要としません。四方八方すべてが幸せになれるのです」

「きみ自身を除いて、と聞こえるようだが。きみは何を得るのだね」

「ファウンデーション法に基づいて、すべての貿易商が得るものを。収益の半分がわたしと部下のものになります。わたしが売りたいものすべてをあなたが買ってくださるだけで、双方ともに満足できるのです。きわめて大きな満足になるでしょうね」

コムドーは自分の思考を楽しんでいる。

「何で支払いをしてほしいと言ったのだったかな。鉄かね」

「ええ。それと石炭、ボーキサイトですね。それから、煙草、胡椒《こしょう》、マグネシウム、堅木《かたぎ》。どれもあなたの国にふんだんにあるものです」

「よさそうな話だ」

「そうでしょう。ああ、そういえばもうひとつありました。コムドー、工場の機械を一新するというのはいかがですか」

「なんだと？　どういうことだね」

「そうですね、たとえば製鋼所です。わたしのところにある便利な小型機械を使えば、生産費を従来の一パーセントにおさえることができます。売値を半分にしても、製造者と莫大な利益をわけあえるでしょう。実演を許可していただければ、どのようなものかお見せできるのですが。この町に製鋼所はありますか。さほど時間はかかりません」

「手配しよう、貿易商マロウ。だがそれは明日、明日のことだ。今夜はわたしと食事をともにせぬか」

「部下たちが――」マロウは言いかけた。

「みな呼び寄せるがよい」コムドーは鷹揚《おうよう》に答えた。「両国の友好的結びつきの象徴となろう。さらに友好的な話し合いをもつ機会にもなろうしな。だがひとつだけ」彼の顔が厳しさを帯びる。「宗教はなしだ。これをきっかけとして、宣教師を送りこめるなどと考えてはならんぞ」

「コムドー、はっきり申しあげておきますが」マロウは淡々と答えた。「宣教師などがからむと、わたし自身の利益が損なわれてしまいます」

「ならばそれでよい。では船まで送らせよう」

6

第一市民妃《コムドラ》は夫よりもはるかに若かった。顔は青白く、冷たく整っていて、黒い髪をきっちり背後に撫《な》でつけている。声もまた辛辣《しんらつ》だった。

「おすみになりまして？　慈悲深く尊《たっと》きわが君《きみ》。ほんとうに、ほんとうに、終わりましたの ね？　では庭園に出てもよろしゅうございますわね」

「芝居がかるのはおやめ、リシア」コムドーは穏やかに答えた。「あの若者は今宵《こよい》の晩餐に出席する。好きなだけ話をすればよいし、わたしの話を聞いて楽しんでもよい。宮殿内のどこかに、あの男の部下のための場所を用意せねばな。あまり大人数でなければよいのだが」

「きっと、四分の一頭の牛肉、大樽《おおたる》ひとつの葡萄酒をひとりでたいらげる、とんでもない大食らいどもですわよ。あとで費用を計算して、ふた晩うめいて過ごすことになるのですわ」

「いやいや、そんなことはあるまいよ。おまえの意見は意見として、晩餐は盛大に催《もよお》すつもりだ」

「わかりましたわ」蔑《さげす》むように夫をながめ、「あなたはあの蛮人と意気投合していらっしゃいましたものね。わたくしがあなた方のお話に加えていただけなかったのは、きっとそのせいですわね。あなた、もしやその卑《いや》しい心で、父に叛旗《はんき》を翻《ひるがえ》そうと企《くわだ》てているのではありませんわよね」

「とんでもない」

「その言葉が信じられればいいのですけれど。ああ、政治の犠牲となって意に染まぬ結婚をした哀れな女がいるとしたら、それはわたくしですわ。故郷の惑星の路地裏や泥山からだって、もっとましな殿方《とのがた》を選ぶことができましたのに」

「そうかそうか。では奥方さまは里帰りをしたいというのだな。だったらわたしは、おまえを忍ぶよすがとして、もっとも馴染《なじ》み深いおまえの一部を手もとにとっておこう。まずはその舌を切り落とす。それから」推《お》し量《はか》るように首をかしげ、「耳と鼻を削《そ》ぎ落とせば、その美貌が非の打ち所なきものとなるだろうよ」

「できるものですか、パグ犬のくせに。玩具《おもちゃ》のようなあなたの国など、お父さまの手にかかれば流星塵《じん》のように粉々になってしまいますわよ。どのみち、あなたがあの蛮人と取引していることをわたくしが話せば、間違いなくそうなりますわね」

「ふむふむ。脅しをかける必要はないよ。今夜、好きなだけあの男にたずねるがいい。それまでは、奥方さま、そのよくまわる舌を静かにさせていてくれんかね」

「それは命令ですの？」

「さあ、これをやる。だからおとなしくしていておくれ」

コムドーは奥方にベルトと首飾りを巻きつけ、スイッチをいれて一歩さがった。

コムドラははっと息をのみ、こわばった両手をさしのべた。それからそっと首飾りをまさぐり、もう一度息をのんだ。

コムドーは満足して両手をこすりあわせた。

「今夜、それをつけるがいい――ほかにもいろいろと手に入れてやろう。だからいまは静かにしていておくれ」

コムドラは沈黙した。

7

ジェイム・トゥワーがいらいらと足をすりあわせながらたずねてきた。

「どうして顔をゆがめているのだ」

ホバー・マロウはもの思いから浮上した。

「顔がゆがんでるって？　そんなつもりはなかったんだがな」

「昨日、何か起こったのではないか——つまり、あの晩餐のほかにだ」ふいに確信をもって、

「マロウ、トラブルだな、そうだろう」

「トラブルだって？　いや。まったく逆だよ。じつのところ、全体重をかけてぶつかろうとしたのに、ドアが勝手にあいたみたいなものさ。あまりにも簡単に製鋼所にはいれることになっちまった」

「罠《わな》なんだな」

「おいおい、セルダンにかけて、メロドラマじゃあるまいに」マロウはいらだちをのみこみ、さりげなくつけ加えた。「簡単にはいれるってのはつまり、見るべきものが何もないってことさ」

「核エネルギーのことか」トゥワーは考えこんだ。「いいか。ここコレルには核エネルギー

経済の徴候がまったく見られない。核エネルギーのような基礎テクノロジーは、広範囲にわたってあらゆるものに影響を及ぼす。その形跡すべてを隠すことは容易ではないだろう」

「だがな、トゥワー、使いはじめたばかりで、戦争経済のみに応用されているなら、そうともいえないだろう。その場合、徴候が見られるのは造船所や製鋼所くらいのもんだ」

「そこでも見当たらないとなれば、つまり――」

「ここにはないってことだ――もしくは、うまくごまかしているか。コインを投げて、あてみるかい」

トゥワーは首をふった。

「昨日、きみといっしょにいられればよかったのだが」

「ああ、おれもそう思うよ」マロウは冷やかに答えた。「精神的支援に異存はない。だが残念なことに、会見の条件を決めたのはおれじゃなくてコムドーなんだ。さて、おれたちを製鋼所に連れていってくれるコムドーの地上車がやってきたようだ。機械の用意はできているか」

「準備万端整っている」

8

それは大きな製鋼所で、どれだけ表面的な修理をしても消すことのできない腐敗臭が漂っていた。いま、コムドーとその廷臣《ていしん》たちの来駕《らいが》という思いがけない状況を迎え、工場内にはまるでひとけがなく、異常なほどの静寂に包まれている。

マロウは無造作に、鋼鉄板を二脚の支持台にのせた。トゥワーがさしだした機械を受けとり、鉛《なまり》のおおいにくるまれた革のハンドルを握る。

「この機械は危険です。ですがそれをいうなら、円鋸《まるのこ》だって危険です。どちらの場合も、指を近づけなければいいだけの話です」

そう言いながら、銃口のような切断機を鋼鉄板の全長にそってすばやく走らせた。板は一瞬にして音もなく真っ二つになった。

全員がいっせいにとびあがる。マロウは笑った。そして、半分になった片方をひろいあげ、膝《ひざ》にたてかけた。

「切断の長さは百分の一インチまで正確に調整可能ですし、厚さ二インチの板でも、これと同じように簡単に切断できます。厚さを正確に測定しておけば、木のテーブルに鉄板をのせて、テーブルにはかすり傷ひとつつけず切断することもできます」

ひと言ごとに核剪刀《はさみ》が動き、小さくなった鉄板の欠片《かけら》が部屋じゅうに飛び散る。

「これは――鉄を切るための――いわゆるナイフですね」剪刀をトゥワーに返し、「鉋《かんな》もあります。鉄板を薄くしたいとか、でこぼこをならしたいとか、錆《さび》をとりのぞきたいというご要望はありませんか。ごらんください！」

大きいままの残り半分の鉄板から、六インチ、八インチ、それから十二インチの幅で、半透明な薄片《はくへん》が舞いあがった。

「それともドリルがいいでしょうか。どれも原理は同じです」

いまや全員が彼の周囲に群がっていた。奇術ショーや街角の手品やヴォードヴィルの芸で、強引な押し売りをしているようなものだ。コムドー・アスパーは鋼鉄の薄片に指を走らせている。政府のお偉方《えらがた》たちは爪先立って、たがいの肩ごしにのぞきこみながら、マロウが核ドリルを操《あやつ》って一インチの硬い鋼鉄板に美しい円形の穴をあけるのをながめ、ささやきあっている。

「もうひとつだけ実演しましょう。どなたか、短いパイプを二本、もってきてくださいませんか」

われを忘れて興奮している人々の中から、式部長官《しきぶ》か何かの要職についている高官がとびだし、労働者のように手を汚して要望に応えた。

マロウはパイプを立て、剪断機《せんだん》のひとふりで両方の先端を切り落とした。そして切り口と切り口をあわせた。

するとどうだ、一本のパイプになったではないか！　新たな切り口は原子配列の乱れがないため、あわせるだけでひとつにつながるのだ。たちまちのうちにヨハニソン・ブロックのできあがりである。

マロウはそこで観客に目をむけ、最初の言葉につまって口を閉じた。胸の中には激しい興奮が渦巻いているのに、胃の腑《ふ》はきりきりと冷たくこごっている。

　コムドーの護衛までが、熱狂する人々をかきわけ、前列に進みでている。マロウはそこではじめて、彼らのもつ馴染みのない小型武器をしげしげとながめることができたのだった。核エネルギーを使った武器だ！　間違えようがない。火薬によって銃弾を発射する武器なら、こんな形の銃身をもつことはあり得ない。だがそれはたいした問題ではない。まったく問題にならないことだ。

　その武器の銃床《じゅうしょう》は、擦《す》り切れた金メッキでおおわれていた。そしてそこにくっきりと、〈宇宙船と太陽〉の紋章が刻まれていたのだ！

　ファウンデーションが刊行しいまだ完結していない百科事典《エンサイクロペディア》の分厚い原本各巻にも、同じく〈宇宙船と太陽〉の紋章が刻印されている。数千年にわたり、銀河帝国の旗に描かれていた、あの〈宇宙船と太陽〉の紋章である。

　マロウはそれらの思考を押し隠したまま、言葉をつづけた。

「手にとってください！　一本のパイプになっています。もちろん完全ではありませんが、そもそも手でくっつけただけのものであることを考えてみてください」

　それ以上の手品は必要なかった。これでいい。マロウの仕事は終わった。求めていた情報が手にはいった。彼の心を占めているのはただひとつ。様式化された光線に囲まれた金色の球体と、斜めに傾いた葉巻型の宇宙船。

　帝国の〈宇宙船と太陽〉！

帝国か！　その言葉が突き刺さる。もうすでに一世紀半がすぎた。だが帝国はいまも存在している。銀河系のどこか奥深くに。それがふたたびこの外縁星域にあらわれようとしているのだ。

マロウはにっこりと笑った。

9

ファー・スター号が宇宙に出て二日。ホバー・マロウは私室で、ドロート大尉に封筒とマイクロフィルムと銀色の長球を手わたした。

「いまから一時間後、おまえはファー・スター号の艦長代理となる。おれがもどるまで——もしくは、永遠にだ」

ドロートが思わず立ちあがろうとする。マロウはきっぱりと手をふってそれをとめた。

「黙って聞きたまえ。封筒には、おまえがむかわなくてはならない惑星の正確な位置情報がはいっている。そこで二カ月、おれを待ってくれ。二カ月たつ前にファウンデーションに発見されたら、そのマイクロフィルムが今回の旅に関するおれの報告書となる。

だがもし」彼の声が厳しさを増す。「二カ月たってもおれがもどらず、ファウンデーションの船に発見されることもなかったら、テルミヌスにもどり、このタイム・カプセルを報告書として提出するんだ。わかったか」

「はい」

「おまえをふくめ、乗員の誰であろうと、いついかなる場合においても、おれの公式報告書をひらいてはならない」

「尋問された場合はどうすればよいでしょうか」

「おまえは何も知らない。いいな」

「わかりました」

会見が終わった。五十分後、ファー・スター号の舷側《げんそく》から救命艇が軽やかに発進していった。

10

オナム・バーは老人である。何ひとつ恐れるものがないほど年老いている。最後の騒乱よりのちは、廃墟から救いだしたわずかばかりの本だけをもって、ひとり僻地で暮らしている。失って困るようなものなど何もない。なかんずく、擦《す》り切れた残骸のようなおのれの生命など、問題にもならない。だから彼はひるむことなく侵入者とむかいあった。

「ドアがあいていたので」見知らぬ男が弁明した。

歯切れがよく、いくぶんがさつな話しぶりだ。そしてバーは、男の腰にさがる鋼《はがね》色の不思議な小型兵器を見逃しはしなかった。薄暗く狭い部屋で、男をとりまくフォース・シールドが冷光を放っている。

「閉めておく理由がないからね。わたしに何か用かな」バーは疲れ果てた声でたずねた。

「ああ」たくましい長身の男だ。侵入者は部屋の中央に立ったまま答えた。「このあたりにはあなたの家しかないのだな」

「人里離れた土地だよ」バーはうなずいた。「だが東に行けば町がある。道を教えてあげるよ」

「あとで頼む。すわってもいいだろうか」

「椅子がおまえさんに耐えられるならね」老人は重々《おもおも》しく答えた。

椅子もまた古いもので、若きよき日々の形見《かたみ》だ。

「おれはホバー・マロウ」見知らぬ男が名のった。「遠い星郡からきた」

バーはうなずいて微笑した。

「その話しぶりですぐにわかったよ。わたしはシウェナのオナム・バー——かつては帝国の名門貴族《パトリシアン》だった」

「それじゃ、ほんとうにここがシウェナなんだな。調べようにも古い星図しかなかったので」

「きっとひどく古い星図なのだろうね、星の位置がちがっていたのなら」

静かにじっとすわっていると、相手の目が夢想の中に漂っていくのがわかった。男の周囲から核エネルギーによるフォース・シールドが消えている。バーは淡々と認めた。もはや自分という人間は、他者から――よかれ悪《あ》しかれ敵からすらも、危険と思われることがないのだろう。

「わが家は貧しく、食料も乏《とぼ》しい。黒パンと干しトウモロコシで我慢できるなら、食事をしていくかね」

マロウは首をふった。

「いや、食事はすませているし、長居もできない。中央政府への道筋を教えてほしい」

「それなら貧しいわたしにも容易なことだ。懐《ふところ》が痛むこともない。おまえさんが知りたいのはこの惑星の首都のことかな、それとも帝国星域の首都のことかな」

若者の目がすっと細くなった。

「そのふたつは同じものではないのか。ここはシウェナなのだろう?」

老貴族はゆっくりとうなずいた。

「いかにもシウェナだよ。だがいまのシウェナはノーマン星域の首都ではない。結局は古い星図に騙《だま》されたようだね。星々は何世紀たっても変わらないが、政治的境界はしじゅう揺れ動く」

「そいつは困った。どうしようもなく困る。その新しい首都は遠いんだろうか」

「オーシャ第二惑星。ここから二十パーセク離れている。おまえさんの星図でもわかるだろう。それはどれくらい古いものなのだね」

「百五十年」

「そんなに古いのか」老人はため息をついた。「そのころから歴史は波瀾万丈《はらんばんじよう》、騒然としている。おまえさんも少しは聞いたことがあるだろう」

マロウはゆっくりと首をふった。

「それは幸運だね。この星域はずっとひどい時代がつづいていた。スタンネル六世の治世だけは例外だが、その皇帝も五十年前に崩御《ほうぎよ》なされた。それ以来、叛乱につぐ崩壊、崩壊につぐ叛乱だよ」

自分は饒舌《じようぜつ》になっているのではないか。この僻地での暮らしは孤独だ。人と話す機会もめったにない。

マロウがふいに鋭い口調で切り返した。

「崩壊だって？　この地方が荒廃してしまったような口ぶりだが」

「完全に荒廃したわけではない。第一級惑星二十五個の物的資源すべてを使い果たすには、長い時間がかかるからね。だが前世紀の繁栄と比較すれば、長い坂をくだっているのは明らかだよ——そしてそれが上向きになる気配はまだない。だがなぜそんなことに興味があるのだね、お若い方。おまえさんは生気にあふれ、目も輝いているではないか！」

貿易商はいまにも赤面《せきめん》しそうだ。年老いた目が彼の奥深くをのぞきこみ、そこに見えたものを笑っているかのように感じたのだろう。

「おれは貿易商だ——銀河系の辺境を縄張《なわば》りとしている。古い星図を何枚か見つけたので、新しい市場をひらこうと出向いてきた。星郡が荒廃していると聞けば、心配になるのも当然だろう。なんといっても、金のない世界で金を儲《もう》けることはできないんだから。で、それでいうならば、シウェナはどうなんだ」

老人は身をのりだした。

「なんともいえないね。だがたぶん、まだなんとかやっていけるのだろう。だがおまえさんが貿易商だと？　むしろ戦士のように見えるよ。手がいつも銃のそばから離れないし、あごに傷痕がある」

マロウはぐいと首をひいた。

「おれが商売をしているあたりでは、あまり法が力をもっていないんでね。戦闘と傷は貿易商にとって必要経費の一部なんだ。だが戦闘ってやつは、最終的に金がはいる場合にのみ意味がある。戦闘なしに金が手にはいるなら、そのほうがずっとありがたいがね。それで、ここには戦闘に値するだけの金があるんだろうか。戦闘だけならいくらでも見つかりそうだが」

「いくらでも見つかるだろうね」バーは同意した。「レッド・スターにいるウィスカードの残党に加わればよい。あれを戦闘と呼ぶべきか、海賊行為と呼ぶべきか、迷うところだがね。もしくは、いま現在の慈悲深き総督の配下にはいってもいい――殺人や略奪・強奪をくり返しながら、合法的に暗殺された少年皇帝の言葉により〝慈悲深き〟と呼ばれている男だよ」

名門貴族《パトリシアン》は痩せた頬を赤く染めた。目蓋《まぶた》を閉じ、それから鳥のような輝きを帯びた目をひらく。

「あまりその総督を好いていないようだな、パトリシアン・バー」マロウが言った。「おれが総督のスパイだったらどうする」

「スパイだったらだと？」バーは苦々しく答え、しなびた腕でがらんとしたボロ部屋を示した。「いったい何を奪っていけるというのだね」

「あなたの生命を」

「ほどなく失われるものだよ。五年ほど長くもっていすぎた。だがおまえさんは総督の手下ではない。もしそうなら、わたしの自己防衛本能が働いて、いまごろは口をつぐんでいる」

「なぜわかる」

老人は笑った。

「おまえさんは疑《うたぐ》り深いね。賭けてもいいが、罠にはまって、政府に対する非難をひきだされるのではないかと怪しんでいるのだろう。そうではない。わたしはもう政治になど関心はないよ」

「関心がない？　政治を切り捨てるなんてことができるだろうか。あなたが総督について語ったときの言葉――なんだったかな。殺人とか略奪とか。傍観者のものではなかった。いや、それでは正確ではないな。政治に関心がない人のようには聞こえなかった」

老人は肩をすくめた。

「思い出はふいによみがえって痛みをもたらすのだよ。まあ、聞きなさい！　そして自分で判断するがいい！　シウェナがこの星郡の都であったころ、わたしは名門貴族《パトリシアン》で、星郡の元老院議員だった。古く栄誉ある家柄なのだよ。わたしの曾《そう》祖父は――。いやいや、やめておこう。過去の栄光を反芻《はんすう》しても虚《むな》しいばかりだ」

「どうやら内乱か革命があったみたいだな」

バーは顔を曇らせた。

「あの衰退期、いたるところで絶えず内乱が起こっていた。それでもシウェナはちがった。スタンネル六世のもと、かつての繁栄をとりもどそうとしていた。だがそのあとに惰弱《だじゃく》な皇帝がつづいた。皇帝が弱いと総督が力を得る。そして最後の総督は――レッド・スターでいまも残党が交易船を襲っているというそのウィスカードだがね、その男が皇帝の座を狙ったのだ。むろん、そのような野望を抱いたのは彼がはじめてではないし、もし成功していたとしても、成功した最初の人間になっていたわけでもない。

だが彼は失敗した。皇帝の提督が艦隊を率いてこの星郡にせまってきたとき、シウェナは謀叛人《むほんにん》たる総督に対して叛乱を起こしたのだよ」彼は悲しげに言葉をとめた。

マロウは椅子の端までのりだして、身体をこわばらせている。その彼が、ゆっくりと緊張をほぐしながら言った。

「つづきを聞かせてくれ」

「老人につきあわせてすまぬな」バーは疲れた声でつづけた。「彼らは叛乱を起こした。いや、わたしたちはというべきだろう。わたしもささやかながらリーダーのひとりだったのだからね。ウィスカードはすんでのところでわたしたちを出し抜き、シウェナを脱出した。そしてこの惑星は、星郡もろとも、皇帝への忠誠をあますところなく示しながら、提督にすべてをあけわたしたのだ。なぜそんなことをしたのか、わたしにもわからないよ。きっと、皇帝という個人ではなく――冷酷で悪辣《あくらつ》な子供だったよ――それが象徴するものに忠誠をおぼえたのだろう。包囲戦を恐れたのかもしれない」

「それからどうなったのだ」マロウが穏やかに促した。

「そう」陰鬱《いんうつ》に答える。「だがそれが、提督のお気に召さなかったのだよ。彼は謀叛を起こした星郡を征服する栄誉を望んでいたのだし、彼の部下たちもまた、そうした征服につきものの略奪を求めていた。だから、人々がまだすべての大都市に集まり、皇帝と提督に喝采《かっさい》を送っているそのさなか、提督はすべての武装地域を占拠し、それから全住民を核ブラスターで射殺するよう命じたのだ」

「どういう理由で」

「皇帝の任命による総督に叛乱を起こした罪でだよ。一カ月にわたって虐殺《ぎゃくさつ》と略奪をおこない、底知れぬ恐怖を撒《ま》き散らしたあげく、その提督が新たな総督となった。わたしには六人の息子がいたのだがね。五人が死んだ――死に方はさまざまだったがね。娘もひとりいた。いまではもう死んでいてくれることを願っている。わたしが生き残ったのは老人だからだ。わたしはここに落ちのびた。この歳だ、提督の脅威となる恐れはない」灰色の頭《こうべ》をたれ、「何ひとつ残してはもらえなかった。叛逆者たる総督の放逐《ほうちく》に手を貸し、提督の栄光を損なったのだからな」

マロウは黙って腰かけたまま待った。それから穏やかにたずねた。

「残された六人めの息子は？」

「なに？」バーは苦笑した。「あれは生きているよ。偽名のもと、一兵卒《いっぺいそつ》として提督軍に加わったからな。いまは総督私設艦隊の砲手をしている。いやいや、そんな目をしないでくれ。悪い子ではないのだよ。時間がとれればいつも、できるだけのものをもって、ここにきてくれる。わたしがいま生きていられるのはあれのおかげだ。いつの日か、偉大にして栄光あるわれらが総督も死に屈する。そのときの死刑執行人はわたしの息子だろう」

「見知らぬ他人にそんな話をしてもいいのか。息子を危険にさらすことになる」

「いやいや。むしろ息子を助けているのだよ、新たな敵をひきいれることでね。わたしは総督の敵だが、もし友人だったら、銀河系の端まで外宇宙にしっかり船を配置するよう助言するね」

「配置していないのか」

「一隻でも見かけたかな。おまえさんが到着するとき、尋問する警備隊がいたかね。船があまりにも少なく、星郡の辺境には陰謀と不正があふれかえっているから、星郡外の蛮人《ばんじん》を警戒するために割《さ》く船など一隻もないのだよ。星もまばらな銀河の果てから危険な脅威が訪れたことなど、これまで一度もなかったからね——おまえさんがやってくるまでは、だが」

「おれが？　おれはべつに危険じゃない」

「おまえさんのあとにつづくものがあるだろう」

マロウはゆっくりと首をふった。

「あなたの話はよくわからない」

「聞きなさい！」老人の声に興奮と鋭さがまじった。「はいってきた瞬間、わたしにはおまえさんという人間がわかった。おまえさんはフォース・シールドを張りめぐらしている——いや、はいってきたときには張りめぐらしていた」

曖昧な沈黙。それから、

「ああ、張っていた」

「よろしい。おまえさんは気づかなかったようだが、それが間違いだったのだよ。わたしにもそれなりの知識はある。この衰退の時代に軍人でいるなど時代遅れなことだ。物事は閃光《せんこう》のように過ぎ去っていく。核ブラスターを手にその潮流と戦えない者は押し流されていくばかりだ。わたしのようにね。だがわたしは学者だった。わたしの知るかぎり、核エネルギーの全歴史を通じて、携帯用フォース・シールドが発明されたことはいまだかつてない。もちろんフォース・シールドそのものはあるよ——町や船などを守るもので、巨大で場所ふさぎな動力室が必要とされる。そして、ひとりの人間を守ることはできない」

「なるほど」マロウは下唇《したくちびる》をつきだした。「それで、あなたはそこからどんな結論を導きだしたのだ」

「宇宙にあまねく伝播《でんぱ》している物語がある。奇妙な道筋をたどって伝えられ、一パーセクごとにゆがんでいく話だ——。わたしが若いころ、奇妙な人々を乗せた小型船がやってきた。

彼らはわたしたちの習慣を知らず、また自分たちがどこからきたのか教えようとしなかった。そして、銀河の果てに住むという魔術師について語った。その魔術師たちは闇の中で光り、なんの助けもなく宙を飛び、武器によっても傷つくことがないそうだ。

みんなは笑い飛ばした。わたしも笑った。今日までそのことを忘れていたよ。だがおまえさんは闇の中で光っていた。いまここにブラスターがあったとしても、おまえさんを傷つけることはできないのだろう。おまえさんはいま、ごく自然にそこにすわっているけれども、同じように宙を飛ぶこともできるのかね」

「あなたが何を言いたいのか、おれにはまったくわからない」

マロウの静かな答えに、バーは微笑を浮かべた。

「その答えで満足だよ。客のことをあれこれ詮索《せんさく》するつもりはない。だがほんとうに魔術師がいるのなら、そしておまえさんがそのひとりなら、いつの日か魔術師が、もしくはおまえさんのような人が、どっと押し寄せてくるのかもしれないね。たぶん、それはよいことなのだろう。たぶん、わたしたちには新しい血が必要なんだよ」独り言のように静かにつぶやき、それからゆっくりとつづけた。「だが、それが逆に作用することもあり得る。新しい総督もまた、以前のウィスカードと同じように、夢を見ているからな」

「その男もまた皇帝の座を求めているのか」

バーはうなずいた。

「息子がいろいろな話を聞いている。総督の側近ともなると、いやでも耳にはいってくるようだ。息子はそれをわたしに話してくれる。われらが新総督は、もし帝位を勧《すす》められたら断りはしないだろうが、逃げ道だけはしっかり確保している。噂《うわさ》では、至高の座を得ることに失敗したら、蛮人の住む未開の地に新たな帝国を築く計画を立てているそうだ。事実かどうかは知らぬが、星図にもない外縁星域のどこかの小国の王に、すでに娘のひとりを嫁《とつ》がせているという」

「耳にする話すべてを信じるのは――」

「わかっているとも。ほかにもいろいろな話がある。わたしは年寄りだから、他愛もないことを口走るのだよ」

年老いた鋭い目がじっと心の奥をのぞきこんでくる。貿易商は思案した。

「おれは何も言わない。だがおまえさんはどう考えるね」

「おれは何も言わない。だがひとつたずねたいことがある。シウェナには核エネルギーがあるだろうか。いや、待ってくれ。核エネルギーの知識があることはわかっている。つまり、無傷の発電所があるかということだ。それとも、せんだっての略奪で破壊されただろうか」

「破壊だと？　とんでもない。最小の発電所に手を出しただけで、惑星の半分が吹き飛ばされてしまう。あれらはかけがえのない施設で、艦隊の動力源にもなっているしな」誇らしげといえそうな口調で、「この惑星には、トランターのこちら側で最大にして最高の発電所があるのだよ」

「その発電所を見たいと思ったら、まず何をしたらいいだろう」

「冗談ではない！」バーはきっぱりと答えた。「どこであれ軍事施設に近づこうとしたら、即座に射殺される。誰も近づくことはできない。シウェナはまだ市民権を奪われたままなのだからね」

「つまり、発電所はすべて軍の管理下にあるのか」

「いや。小規模な市の発電所はあるよ。各家庭の暖房や照明、乗り物の動力などに使うためのものだ。だがやはり近づくことはできない。技術官が管理しているからね」

「技術官とは？」

「発電所を管理する専門家だよ。世襲制の名誉職でね、若いときから見習いとして職業訓練を受ける。義務とか名誉とかいったものを厳しく教えこまれる。技術官以外の者が発電所にはいることはできない」

「なるほど」

「だがね」バーはつけ加えた。「技術官が買収された例がないとはいわないよ。五十年のあいだに九人の皇帝が立ち、そのうちの七人が暗殺されている時代だ——宇宙船の艦長は誰も彼も総督の地位奪取《だっしゅ》を目論《もくろ》み、総督はみな帝位を狙っている。技術官だとて金の誘惑に負けないともかぎらない。だがちょっとやそっとでは駄目だろうし、わたしは一文《いちもん》なしときている。おまえさんはもっているのかね」

「金を？　ないな。だが、賄賂《わいろ》といったって金でなくてはならないわけじゃないだろう」

「ほかに何があるかね。金さえあればなんでも買えるのに」

「金で買えないものはいくらだってある。それじゃ、すまないが発電所のあるいちばん近くの町と、そこに行く方法を教えてくれないか」

「待ちなさい！」バーは痩《や》せた両手をさしのべた。「いそいでどこへ行こうというのだね。おまえさんはここにきた。わたしは何もたずねなかった。だが、住人がいまだ叛徒《はんと》と呼ばれている町に行けば、その言葉を聞き身形《みなり》を見た最初の兵か警備士が、すぐさま不審を抱くだろう」

そして立ちあがり、古い櫃《ひつ》の奥から一冊の小冊子をとりだした。

「わたしのパスポートだよ——偽造だがね。わたしはこれを使って逃げだすことができた」

それをマロウの手にのせ、指を折って握らせた。

「おまえさんでは記述と合致しないが、見せるだけで、くわしく調べられないこともあるからな」

「それではあなたが。これがなくなっては困るだろう」

老亡命者は皮肉っぽく肩をすくめた。

「どうということはない。そうだ、もうひとつだけ忠告しておこう。できるだけ口をつぐんでおきなさい！　おまえさんのアクセントは粗野《そや》だし、言葉づかいは特殊だし、ときどき驚くほど古風な話し方をする。口数が少なければ、それだけ疑惑を招くこともない。では町への道を教えよう——」

五分後、マロウはその家を去った。

だが永遠に立ち去る前に、ほんの一瞬、一度だけ、老貴族の家にもどったのだった。翌早朝、ささやかな庭に出たオナム・バーは、足もとに小さな箱を見つけた。中には食料がはいっていた。宇宙船内で使う濃縮食料で、味も調理方法も異質だった。

しかしながら、それは美味《びみ》で、長持ちした。

11

その技術官は背が低く、太っていて、肌はつやつやしていた。頭の周囲にのみ髪が残り、頭頂はピンクに禿《は》げあがっている。指にはいくつもの指輪がどっしりと重たげにはまり、衣服からはよい匂いが漂《ただよ》ってくる。この惑星にやってきてから、ひもじそうに見えない人間に出会うのはマロウもこれがはじめてだ。

技術官は不機嫌そうにくちびるをとがらせた。

「さあ、さっさとしてくれ。とても大切な仕事がいくつも待っているのだ。おまえはよそ者のようだが――」

そして、明らかにシウェナ風ではないマロウの服装を値踏みし、疑惑をこめて目を細くした。

「確かにおれはこのあたりの者ではないが」マロウはおちついて答えた。「それは関係のないことだ。昨日、ささやかな贈り物をさせてもらった――」

技術官の鼻がもちあがった。

「ああ、受けとった。安ぴか物だが興味深い。機会があれば使おう」

「ほかにも興味深い贈り物がいろいろとある。安ぴかなどではなく、はるかに立派なものだ」

「ほおおお」技術官は考えこむように単音節の感嘆詞を長くのばした。「この会見の行きつくさきはすでに見えているぞ。以前にもあったことだからな。いくつかのくだらん贈り物――数クレジット程度のマントとか、二級の宝石とか。技術官を堕落させるのに充分だと、その卑《いや》しい心根《こころね》で判断したものだろう」敵意もあらわに下唇をつきだし、「引き換えにおまえが何を求めるかもわかっておるわ。同じように小賢《こざか》しいことを考えた者なら、これまでもやまほどいた。われらの氏族に加わりたいとか、核エネルギーの秘密や機械の操作方法を学びたいとか。おまえたちシウェナの犬どもは――よそ者のふりをしているのも身の安全をはかってのことだろうよ――叛乱の罪で日々罰せられている。だから技術官ギルドの特権と庇《ひ》護《ご》のもとに身をよせれば、当然の処罰を逃れられると考えているのだろう」

マロウが口をひらこうとすると、技術官はとつぜん声を高めて吠えたてた。

「市の護民官に報告する前に立ち去れ。わたしが信頼を裏切るとでも思うのか。わたしの前任たるシウェナの売国奴なら――ころんだかもしれん！　だがわたしはそのような連中とはちがう。ああ、まさしく、わたしはなぜいまこの瞬間にも、きさまをこの手でくびり殺さずにいるのだろう」

マロウは心の中で笑った。演説の口調も内容も、すべてが明らかにわざとらしく、おかげで威厳をこめたはずの怒りが、つまらぬ道化芝居《どうけ》になりさがっている。

貿易商は面白そうに技術官の両手をながめた。ふむ、あの締まりのない手でおれを処刑しようというわけか。

「賢者殿。あなたは三つの点で間違っている。第一に、おれはあなたの忠誠をためしにきた総督の部下ではない。第二に、おれの贈り物は、恐れ多くも皇帝陛下その人といえど所有なさってはおらず、今後も所有なさることのないものだ。第三に、引き換えにおれの求めるものはごくわずかだ。ほとんど無に等しい、ささやかなことにすぎない」

「よくぞ言うた！」強烈な皮肉をこめ、「神にも似たその力できさまがわたしによこそうという、ご大層な贈り物とはなんだ。皇帝陛下ご自身ももっておられぬものだと？」そして甲高い嘲笑《ちょうしょう》を爆発させた。

マロウは立ちあがり、椅子を横に押しやった。

「おれは賢者殿に会うため三日待ったが、それをお見せするには三秒とかからない。そのお手もとにあるブラスター——銃把《じゅうは》が見えている。それを抜いてくれ」

「なんだと？」

「そして、おれを撃ってくれ」

「なんだ、と？」

「もしおれが死んだら、あなたを買収してギルドの秘密をさぐろうとした男だと、警察に話せばいい。お褒めの言葉がもらえる。死ななければ、このシールドをさしあげよう」

技術官はそのときになってはじめて、訪問者の身体が真珠の粉《こな》をまぶしたような白い光にぼんやり包まれていることに気づいた。彼はブラスターをかまえ、脅威と疑惑に目をすがめたままスイッチを押した。

空気の分子が、とつぜん原子分裂の波に巻きこまれ、白く燃えるイオンとなり、まばゆいひと筋の線を描いてマロウの心臓にぶつかり——砕け散った！

マロウの辛抱強い表情にはなんの変化も見られない。彼に命中した核エネルギーは、そのかすかな真珠色の光に跳《は》ね返され、吸収され、宙に消えた。

ブラスターが音をたてて床に落ちたが、技術官は気づきもしなかった。

「皇帝は個人用フォース・シールドをお持ちだろうか。これをあなたにさしあげよう」

「おまえは技術官なのか」彼はどもりながらたずねた。

「ちがう」

「では——どこで手にいれたのだ」

「そんなことはどうでもいい」マロウは侮蔑《ぶべつ》をこめて冷やかに答えた。「これがほしいか」

「さあ、とるがいい」

いくつか突起《とっき》のついた細い鎖《くさり》がデスクの上に落ちる。

技術官はひったくるようにそれをとりあげ、不安そうにいじりまわした。

「これでぜんぶなのか」

「ぜんぶだ」

「動力源はどこにある」

マロウの指が、目立たない鉛のケースでくるんだ、いちばん大きな突起を示す。

技術官が真っ赤に染まった顔をあげた。

「いいか、わたしは上級技術官だ。監督として二十年務め、トランター大学では偉大なるブラー教授のもとで学んだ。こんな――胡桃《くるみ》のような馬鹿げた大きさの容器に核動力装置がはいっているだと。そんなとんでもない大法螺《おおぼら》を吹くなら、三秒のうちに護民官の前にひったてるぞ」

「だったら自分で答えを見つけるがいい。おれはそれでぜんぶだと言った」

技術官の顔からゆっくり紅潮《こうちょう》がひいていった。彼は腰に鎖を巻きつけ、マロウの指示に従って突起を押した。かすかな光輝《こうき》が浮かびあがって全身を包む。彼はブラスターをとりあげ、ためらってから、火傷《やけど》も生じない最低レベルにゆっくりと調節した。

それから思い切ってスイッチをいれ、自分の手に核の炎を吹きつけた。彼の手は無傷のままだった。

技術官がくるりとふり返った。

「もしわたしがおまえを撃って、このシールドをわがものにしたらどうする」

「やってみるがいい！」マロウは言った。「おれがひとつしかないシールドを譲ったと思うのか」

彼もまたしっかりと光に包まれている。

技術官は神経質な笑いを漏らし、ブラスターが音をたててデスクにおかれた。

「それで、おまえが引き換えに求める、ほとんど無に等しいささやかなこととはなんだね」

「あなた方の発電機が見たい」

「それが禁じられていることはわかっているだろうな。露顕《ろけん》すればふたりとも宇宙に放りだされ——」

「触れるつもりはないし、何かしようというのでもない。ただ見たいだけだ——遠くからでもいい」

「もし断れば？」

「断ったら、か。あなたはいまシールドを手に入れたが、おれはほかにもいろいろなものをもっている。たとえば、シールドを貫くよう特別に設計されたブラスターとか」

「ふむ」技術官は目をそらした。「ついてくるがいい」

12

マロウは技術官の家はささやかな二階屋で、市の中心部を占める窓のない巨大な立方体の建造物のそばに立っていた。技術官の家から地下道を抜けていくと、そこは静かでオゾン臭の漂う発電所内部だ。

マロウは十五分のあいだ無言で、案内されるまま技術官について歩いた。その目は何ひとつ見逃さないが、指は何にも触れることはなかった。やがて技術官がくぐもった声で言った。

「もういいか。こればかりは部下も信用できない」

「そもそも信用したことがあるのかな」マロウは皮肉っぽくたずねた。「ああ、もう充分だ」

オフィスにもどると、マロウは考えこみながらたずねた。

「あの発電機すべてがあなたの管理下にあるのか」

「ひとつ残らず」技術官の答えには自己満足以上のものがこもっている。

「そして、すべてあなたが稼働させ、正常に維持しているのか」

「そうだ！」

「もし故障したら？」

技術官は憤然《ふんぜん》と首をふった。

「故障などしない。けっして故障することはない。永遠に動くよう設計されている」

「永遠とは長い時間だ。もし――」

「無意味な仮定は非科学的だ」

「そうだな。だがもし、おれがその中枢部を吹き飛ばしたらどうする。あの機械も核エネルギーの攻撃に耐えることはできないだろう。もしおれが重要な連結部を溶かすとか、クォーツD管を破壊するとかしたら？」

「もしそんなことになったら」技術官は憤然と怒鳴った。「おまえを殺す」

「ああ、もちろんそうだろうさ」マロウも怒鳴り返した。「だが発電機はどうなる。修理できるのか」

「取引は公正に終了したぞ」技術官はわめいた。「おまえは求めるものを手に入れた。出て行け！　もう借りはない！」

マロウはあてこするように丁重に頭をさげ、立ち去った。

二日後、マロウは彼を乗せて惑星テルミヌスに帰還しようと待機していたファー・スター号にもどった。

そしてさらに二日後、技術官のシールドが動かなくなり、どれほど頭を悩ませても悪態《あくたい》をついても、二度と光をとりもどすことはなかった。

13

マロウはほぼ六カ月ぶりにゆったりとくつろぎ、新居のサンルームに裸であおむけに横たわっていた。日焼けしたたくましい両腕をぐいとひろげて上にのばすと、筋肉がのびて張りつめ、それからまたゆっくりとほぐれる。

かたわらの男がマロウの歯のあいだに葉巻をさしこみ、火をつけてくれた。それから自分も一本くわえる。

「きみは働きすぎだ。しばらく休んだほうがいい」

「そうかもしれんな、ジェイル。だがどっちかといえば、市議会の椅子で休みたいね。おれはその席を手にいれるつもりだ。あんたも手伝ってくれることだしな」

アンカー・ジェイルが眉をあげた。

「いつのまにそんな話になっているのだ」

「当然だろう。第一に、あんたは老練《ろうれん》な政治屋だ。第二に、あんたはジョレイン・サットに閣僚の座を追われた。あいつはあいつで、おれが議席にすわるのを目にするくらいなら、自分の目ん玉をえぐりだしたほうがましだと考えている。あんた、おれにはどうせ無理だと思ってるんだろう」

「あまり可能性はないな」元教育相は答えた。「きみはスミルノ人だ」

「そいつは法的障害にならない。おれは一般教育を受けている」

「おやおや。いったいいつから、偏見が差別意識を捨てて法に従うようになったのだね。ところで、きみの友人——ジェイム・トゥワーとかいうあの男はどうなんだ。彼はなんと言っているのだ」

「一年ほど前に、おれを議会に出したいと言ってきた」マロウは軽く答えた。「だがいまはもうあいつの手には負えなくなっている。どっちにせよ、あいつではおれを勝たせることはできなかっただろう。あいつは浅い。確かに声は大きいし説得力もある——だがそれでは逆に反感を煽《あお》るだけだ。おれはほんもののクーデターをやらかそうとしている。だからあんたが必要なんだ」

「ジョレイン・サットはこの惑星でもっとも頭の切れる政治家だ。その彼がきみの敵にまわる。わたしにはあの男を出し抜く自信はない。当然やつも容赦なく、しかも汚い手を使ってくるだろう」

「金ならあるぜ」

「それは助かる。だが偏見をくつがえすには莫大な額が必要だ——なんといってもきみは薄汚いスミルノ人なんだからな」

「いくらでも用意するさ」

「そうか、ならば考えてみよう。だがけっして、とつぜん立ちあがって、わたしがそのかしたのだなどと吠えたてるのはやめてくれよ。おや、誰か客かな？」

マロウは口角《こうかく》をさげて答えた。

「ジョレイン・サットご本人さまさ。予定よりもはやいが、まあしかたがない。この一カ月、おれはやつから逃げまわっていたんだからな。いいか、ジェイル、隣の部屋に行って、弱音《じゃくおん》でインターフォンをオンにしていてくれ。あんたにも聞いていてもらいたい」

そして素足で市議を蹴りだし、立ちあがって絹《きぬ》のローブをまとった。太陽灯が強度を落とし、ふつうの明るさにおさまった。

市長秘書官が堅苦しい態度で入室し、真面目くさった顔の執事が静かにドアを閉めた。

マロウはベルトを締めながら声をかけた。

「好きな椅子にすわってくれ、サット」

サットはかろうじてかすかな微笑を浮かべて椅子を選んだ。それはすわり心地のよいものだったが、彼はくつろごうとはせず、浅く腰かけたまま口をひらいた。

「まずきみの条件をあげたまえ。それから仕事の話にはいろう」

「条件とはなんのことだ」

「とぼけるつもりかね。いいだろう。たとえば、きみはコレルでいったい何をしてきたのだ。きみの報告書は中途半端だ」

「報告書なら一カ月前に提出した。あんたは満足していたじゃないか」

「そうだ」サットは一本の指で考えこむようにひたいをこすった。「だが、それ以後のきみの行動がいささか問題なのだ。マロウ、われわれはきみが何をしているか、ほぼ把握している。いくつの工場を建てているか、どれほどそれをいそがせているか、どれだけの費用がかかっているか、正確なことをつかんでいる。そしてこの豪邸だ」称賛するでもなく冷やかに周囲を見まわし、「わたしの年収よりはるかに多くの金がかかっているだろう。そしてきみは、ファウンデーション上層階級のあいだでも派手なふるまいにおよんでいる――多少の金では追いつかない、とんでもなく派手なふるまいだ」

「なるほど。あんたは有能なスパイを雇っているようだ。だがそれで何がわかるっていうんだ」

「いまのきみが、一年前にはもっていなかった金をもっているということだ。そこからさまざまな推測ができる——たとえば、コレルでわれわれの知らない出来事がいろいろあったようだとか。どこでこんな金を手に入れたのだ」

「おいおい、親愛なるサット、まさかおれが答えるなんて思ってないだろうな」

「ああ」

「だろうと思った。だから話してやるよ。この金はコレルのコムドーの金庫からまっすぐころがりこんでくるのさ」

サットが驚いて目を瞠《みは》った。マロウは微笑してつづけた。

「残念ながら、合法的な金だ。おれは上級貿易商だぜ。コムドーに提供した大量のがらくたと引き換えに、錬鉄《れんてつ》とクロマイトをたんまり手に入れたのさ。旧態依然たるファウンデーションとの取り決めで、五十パーセントがおれの取り分になる。残りの半分は、善良なる市民が所得税をはらう年末に、政府の金庫に納めてやる」

「きみの報告書には、貿易協定について何も書かれていなかった」

「書かれてなかったことなら、ほかにもいっぱいあるだろう。その日、朝食に何を食べたかとか、いまどんな女とつきあっているかとか、関係のない詳細はぜんぶだな」マロウの微笑が嘲笑に変わった。「おれが派遣されたのは——あんた自身の言葉を借りれば——目をしっかりあけておくためだ。一度も閉じたりしなかったさ。あんたは、捕獲されたファウンデーションの交易船に何が起こったか知りたがっていた。船は見つからなかったし、なんの情報もなかった。あんたはコレルに核エネルギーがあるかどうか知りたがっていた。だからおれは、コムドーの護衛が核ブラスターをもっていることを報告した。ほかに、核エネルギーを使ったものは見当たらなかった。おれの見たブラスターは帝国の遺物だったから、もしかしたらただのお飾りで、役に立たないしろものだったのかもしれない。

そこまではおれもちゃんと指示に従っている。だがそれ以外のことに関しては、あのときもいまも、おれは自由商人だ。ファウンデーション法によれば、上級貿易商は自由に新しい市場を開拓できるし、その利益の半分を正当に受けとる権利を有する。それでどんな文句があるっていうんだ。おれにはわからんね」

サットは慎重に壁のほうに視線をそらし、怒りを隠しきれない口調で言った。

「貿易商はすべて、商品とともに宗教を提示するのが一般的慣習となっている」

「おれは法律は遵守《じゅんしゅ》するが、慣習は気にしない」

「慣習が法より重視されることもある」

「だったら法廷に訴えればいい」

サットが視線をあげた。眼窩《がんか》の奥にひっこんでしまったかのように、双眸《そうぼう》が陰を帯びている。

「つまるところ、きみはスミルノ人なのだな。教育を受けて市民権を得ようと、その血の穢《けが》れをとりのぞくことはできんようだ。それでもとにかく、よく聞いて、理解しようとしてくれ。

これは金とか市場などといったものとは次元の異なる話なのだ。偉大なるハリ・セルダンの科学により、われわれには未来の銀河帝国の命運がかかっている。その帝国につづく道をはずれることは許されない。そして宗教は、その目的達成のために必要欠くべからざる重要な道具なのだ。宗教により、われわれは四王国を支配下におさめた。壊滅させられる恐れがあったときでさえもだ。宗教は、人と惑星を支配するにあたって、現在知られているかぎり、もっとも有効な手段なのだ。

交易と貿易商を推奨《すいしょう》してきたのは、主として、宗教をよりすみやかに導入させ、ひろめることができるからだ。新技術と新経済を受け入れさせれば、完全にして直接的な支配が保証される」

息継ぎのために言葉が途切れたので、マロウは静かに口をはさんだ。

「その理論なら知っている。完全に理解している」

「理解している? それは意外だ。ならむろん、自身の利益のみを目的とした交易、惑星経済に表層的な効果しか与えない無価値な商品の大量生産、利益のみを重んじて恒星間政策を破壊すること、惑星支配のための宗教を核エネルギーから分離すること――そうしたきみの試みが、一世紀のあいだ成果をあげてきた政策をくつがえし、完全に否定するものであることも理解できるだろう」

「同時に」マロウは淡々と言った。「それが時代遅れで危険で現実味のない政策になっちまってるってこともね。あんたたちの宗教は、確かに四王国で成功したかもしれないが、外縁星域の惑星ではほとんど受け入れられていない。ファウンデーションが四王国を支配した当時、大勢の亡命者が各地に流れて、サルヴァー・ハーディンがいかにして神官制度と人々の迷信を利用して世俗的専制君主の権力と惑星の独立を奪ったかという話をさんざんひろめちまったからな。それだけじゃ足りなかったとしても、二十年前のアスコーンの件がある。いまじゃ外縁星域の統治者はひとり残らず、ファウンデーションの神官を国内にいれるくらいなら、自分の咽喉《のどか》を搔き切ったほうがましだと考えているよ。

コレルにせよほかの惑星にせよ、おれは連中がほしがらないものを無理やり押しつけたりはしない。そうさ、サット。確かに核エネルギーを手に入れた連中は危険な存在になり得る。それでも、根拠のない銀河霊による支配なんかより、交易によって培《つちか》った真摯《しんし》な友情のほうが何倍もいいじゃないか。異国の宗教による支配は憎悪を招くし、わずかでも弱体化したが最後、完全に崩壊し、永久に消えることのない恐怖と憎悪よりほか、本質的なものなど何ひとつ残らないんだからな」

答えるサットの声には皮肉がこもっている。

「ご立派な言い分だ。では本来の議題にもどろうではないか。きみの条件は？　きみの考えをわたしの考えととりかえるために、何を要求するかね」

「おれの信念が買えると思っているのか」

「なぜいけない」冷やかな答えが返る。「売り買いをする、それがきみの商売ではないか」

「利益のあるときだけだな」マロウは腹も立てていない。「いま現在おれが手にしている以上の利益を提供できるのか」

「収益の半分ではなく、四分の三をきみの取り分としよう」

マロウは短く笑った。

「破格の申し出だな。だがあんたの条件でやったんじゃ、全収益そのものが現在の十分の一をはるかに下まわることになる。ほかにないのか」

「市議会の議席を提供しよう」

「そいつはあんたに助けてもらわなくても、もしくは妨害されたって、いずれ手に入れるさ」

サットはふいにこぶしを握り締めた。

「刑期を減らしてやろう。わたしがそのつもりになれば二十年の実刑だ。その利益を考えてみるのだな」

「利益なんかないね。その脅し、実行するつもりなのかい」

「殺人罪で裁判にかけてやる」

「おれが誰を殺したって？」マロウは馬鹿にしたようにたずねた。

大きさは変わらないもの、サットの声が酷薄《こくはく》さを帯びる。

「ファウンデーションに所属するアナクレオン人の神官を殺害した」

「へえ、そんなことになってるのか。それで、証拠は？」

市長秘書官は身をのりだした。

「マロウ、これははったりではないぞ。予備審理はすでに終了している。わたしが決裁書にサインをするだけで、ファウンデーション対上級貿易商ホバー・マロウの裁判がはじまる。

マロウ、きみはファウンデーション市民を見捨て、異国の群衆の手によって苦しめられ殺されるのを放置した。五秒やろう。当然課せられるはずの刑罰をまぬがれるかどうか、決めたまえ。もっともわたしとしては、きみが虚勢《きよせい》をはってこの提案を蹴ってくれることを希望するがね。転向した疑わしい友としてのきみよりも、破滅した敵であるきみのほうが安心できる」

「だったらあんたの希望をかなえてやろう」マロウはおごそかに宣言した。

「よかろう！」秘書官は獰猛《どうもう》な笑みを浮かべた。「妥協を提案したのは市長だよ、わたしではない。そしてわたしは、誓って無理強《じ》いはしなかったからな」

ドアがひらき、彼は退室した。

アンカー・ジェイルがもどってきたので、マロウは顔をあげた。

「聞いていたか」

政治家は床にすわりこんだ。

「あの蛇を知って以来、あれほど怒りに満ちた声を聞くのははじめてだ」

「そうか。で、どう思う？」

「そうだな。宗教による他国の政治支配は、彼にとって固定観念《イデ・フィクス》になっている。だがわたしの見たところ、彼の最終目標は宗教的なものではない。言うまでもないが、わたしが内閣を追われたのも、同じ問題を論じたからだ」

「知っているさ。で、あんたの見たところ、やつの宗教的ではない最終目的ってのはなんだ」

ジェイルの表情が深刻さを帯びた。

「そうだな、彼は愚かではない。だから宗教政策の破綻《はたん》は見えているはずだ。この七十年、ひとつの惑星も征服できていないのだからな。あの男が自分の目的のためにこのシステムを利用していることは明らかだ。

どんなものであれ、主として信仰や感情に基づいた教義は、他人にむけて使用すると、危険な武器になる。その武器が逆転し、使用者にむけて使われないという保証はないからね。われわれは百年にわたって儀式と神話を維持してきた。それはどんどん神聖化し、因習化し——動かしがたいものとなった。ある意味、われわれのコントロールの及ばないところまでいってしまっている」

「どういう点でだ」マロウはたずねた。「つづけろよ。あんたの意見が聞きたい」

「ああ。ひとりの男が、それも野心あふれる男が、われわれのためにではなく、われわれにむかって、宗教による権力をふるうケースを考えてみてくれ」

「あんたが言うのはつまり、サットが——」

「そう。サットのことだ。いいか、もし彼が、正統派信仰の名のもとに、支配下にある惑星のさまざまな階級の聖職者を総動員し、ファウンデーションに歯向かわせたとしたら。そうしたら、われわれにどんな勝ち目がある？　信者の頂点に自分を位置づければ、たとえばきみに代表される異教徒に対して戦《いくさ》をしかけ、最終的には王になることもできる。つまるところ、ハーディンが言ったように、『核ブラスターはよい武器だが、その銃口はどちらにもむけることができる』んだよ」

マロウはむきだしの太股《ふともも》をぴしゃりとたたいた。

「いいだろう、ジェイル、ではおれを市議会にいれてくれ。やつと戦う」

ジェイルは言葉をとめ、それから意味ありげに言った。

「いや、それはどうかな。神官をリンチで殺したという話はなんなんだ。事実ではないのだろうな」

「まぎれもない事実さ」

マロウの無造作な答えに、ジェイルはひゅうと口笛を吹いた。

「はっきりした証拠を握られているのか」

「たぶんな」マロウはためらい、それからつけ加えた。「ジェイム・トゥワーは最初っからやつのスパイだったんだ。おれがそれに気づいていることは、ふたりとも知らないがね。そのジェイム・トゥワーが目撃している」

ジェイルは首をふった。

「ううむ、そいつはまずいな」

「まずい？　なにがまずいんだ。あの神官はファウンデーション法に反してあの惑星にいたんだ。それに、みずから希望したかどうかはべつにしても、囮《おとり》としてコレル政府に利用されていたのは明らかだ。あらゆる常識から判断して、とるべき行動はひとつしかなかった――そしてその行動は、厳密にいって違法ではない。おれを裁判にひっぱりだしたところで、あいつ自身がとんでもない馬鹿をさらすだけさ」

ジェイルはふたたび首をふった。

「駄目だよ、マロウ。きみは見落としている。あの男は汚い手を使うと言っただろう。彼はきみを有罪にしようとしているんじゃない。それができないことは百も承知だ。あの男はただ、きみの評判を落とそうとしているのだ。あの言葉を聞いただろう。『慣習が法より重視されることもある』。きみは裁判では無罪を勝ち取れるだろう。だが神官を犬どものあいだに投げこんだことが知られれば、きみの人気は地に落ちることになる。

それが法にかなった行為であることは世間も認めるだろう。賢明だとすら考えるかもしれない。だがそれでも彼らの目に、きみは意気地《いくじ》のない犬ころ、冷酷な人でなし、極悪非道のモンスターと映る。そうなってしまったら、きみが市議に選出されることは絶対にあり得ない。投票によって市民権を剝奪《はくだつ》され、上級貿易商の資格まで失うかもしれない。きみはここの生まれではないからな。サットがそれ以上の何を望んでいると思うんだ」

マロウは頑《かたく》なに眉をひそめた。

「そういうことか！」

「いいか、わたしはきみの味方だ。だがわたしではきみを助けることはできない。きみは窮《きゅう》地《ち》に追いこまれている――窮地のまっただなかに」

14

上級貿易商ホバー・マロウの公判四日め、会議場はまさしく文字どおり立錐《りっすい》の余地もなかった。ただひとり欠席した市議は、ベッドに縛りつけられる原因となった頭蓋骨折を、弱々しい声で呪った。傍聴席は、権力か金にものをいわせて、もしくは超人的な忍耐力をふるって入場の権利を手に入れたごくひと握りの人々が、通路から天井までを埋めつくしている。あぶれた人々は外の広場に押し寄せ、屋外立体テレヴァイザーの前に群がっていた。

アンカー・ジェイルは群衆をかきわけて会議場の入口まで進み――警官が懸命に手を貸してくれたが、ほとんど役に立たなかった――同じような混乱をかきわけてようやくホバー・マロウの席にたどりついた。

マロウがほっとしたようにふり返った。

「やあ、ぎりぎり間にあったな。もってきてくれたか」

「ほら、これだ」とジェイル。「きみの要求したものすべてがそろっている」

「よし。外はどうなっている?」

「荒れ狂っている」ジェイルはおちつかなげに身じろぎをした。「公聴会を許可すべきではなかった。やめさせることだってできたのに」

「やめさせたくなかったのさ」

「リンチの話もひろがっている。外惑星ではパブリス・マンリオの部下が――」

「そいつを聞きたかったんだ。ジェイル、あいつは聖職者集団を煽動《せんどう》して、おれを攻撃しようとしてるんだろう?」

「してるんだろう、だと? あんなにみごとな出来レースは見たことがない。彼は外務相として恒星間法に関する事件の告発をおこなう。そして教会を代表する首座《しゅざ》大神官として狂信者の集団を煽《あお》り立て――」

「まあ、放っておけよ。あんた、一カ月前にハーディンの警句を引用しただろう。おぼえているか。核ブラスターの銃口はどちらにもむけられるってことを、あいつらに教えてやるよ」

市長が席につき、市議たちが敬意を表して起立した。

「今日はおれの番さ」マロウはささやいた。「そこにすわって、傑作なショーをゆっくり見物するんだな」

その日の審理がはじまって十五分後、ホバー・マロウは敵意に満ちたささやきの中を、市長席の前まで進みでた。スポットライトが彼をとらえ、市の公共テレヴァイザーに、そしてファウンデーションに属する惑星上ほとんどすべての家庭にある無数のテレヴァイザーに、ただひとり、挑むような目をして立つ男の姿が映しだされる。

彼はゆったりとおちついた口調で話しはじめた。

「時間の無駄をはぶくため、わたしはわたしに対してなされた告発があらゆる点において真実であることを認める。検察の主張する神官と暴徒に関する話は、あらゆる詳細にいたるまですべて事実と一致する」

場内にどよめきが走り、傍聴席からいっせいに勝ち誇ったようなり声があがる。マロウはそれが静まるのを辛抱強く待った。

「しかしながら、検察側が提出した事件状況は完全とはいいがたい。わたしは、わたしなりのやり方でそれを補足する許可を求める。わたしの話は、はじめのうちは当件と無関係に思えるかもしれない。その点は容赦願いたい」

マロウは目の前のノートに視線を落とそうともしない。

「では、検察側と同じ時点から話をはじめよう。すなわち、わたしがジョレイン・サットとジェイム・トゥワーに会った日だ。その会見がどのようなものであったかは、諸君の知るとおりだ。会話の内容は報告されているし、つけ加えるような詳細もない――ただ、その日わたしが何を考えたかだけはべつだ。

わたしは疑惑を抱いた。その日の出来事はいかにも奇妙だった。考えてみてほしい。ふたりの人間が、それもさほど親しくもない人間が、不自然な、信じられないような申し出をしてきたのだ。そのひとり、市長秘書官は、政府の機密事項に関して諜報員の役目を果たしてほしいという。その任務の性質と重要性についてはすでに説明があったとおりだ。そしてもうひとり、政党のリーダーを自称する男は、市議に立候補しろと言う。

当然ながら、わたしはそれらの会見の裏にひそむ動機を見つけようとした。サットの動機は明らかに思えた。彼はわたしを信用していない。おそらくわたしが叛乱を目論んで敵に核エネルギーを売りつけていると考えたのだろう。だから無理やりそれにふさわしい状況をつくろうとした。少なくともそのつもりだった。その場合、与えられた任務をこなすわたしのそばに、腹心の者をスパイとしてつけなくてはならない。もっともこの最後の部分は、あとになってジェイム・トゥワーが登場するまで、わたしも気づいてはいなかった。

もう一度くり返す、考えてみてほしい。トゥワーは、引退して政治家になった貿易商だと自称している。わたしは貿易商に関して相当量の知識を有しているが、彼の貿易実績に関する詳細は何ひとつ知らない。さらには、トゥワーは一般教育を受けたことを自慢しているにもかかわらず、セルダン危機のことをまったく知らなかったのだ」

ホバー・マロウはその言葉の重要性が浸透するのを待った。それに報《むく》いるように、聴衆がいっせいに息をのみ、審理がはじまって以来はじめて議場がしんと静まり返った。いまの部分が放送されるのはテルミヌスの住人にむけてのみであり、外惑星では宗教に基づいて検閲《けんえつ》されたものしか聞くことができない。外惑星の人間にセルダン危機のことを知らせてはならないのだ。だがこのあとには、けっして見逃すことのできない衝撃がさらに待ち受けていた。

マロウはつづけた。

「宗教と無縁な一般教育を受けながら、セルダン危機がどのようなものかを知らない人間がいるなどと、諸君の中の誰が考えるだろう。ファウンデーションにおいて、セルダンが計画した歴史に関する詳細すべてを排除し、なかば伝説的な魔術師としてのみ扱う教育機関はただひとつだ——

わたしはその瞬間、ジェイム・トゥワーが貿易商であったことは一度としてないのだと知った。聖職者で、おそらくは資格をもった神官なのだろうと悟った。そんな彼が三年のあいだ貿易商の政党党首を装ってきた。つまり彼は間違いなく、ジョレイン・サットに金で雇われた人間なのだ。

そこまできて、わたしは闇の中で暗礁《あんしょう》にのりあげてしまった。サットがわたしに対して何をたくらんでいるか、わからなかったのだ。だが気前よくロープをくりだしてくれるのだから、わたしのほうでもいくらかお返しをすることにした。トゥワーはジョレイン・サットのために非公式の監視役としてわたしの旅に同行するつもりでいる——わたしはそう推察した。もしトゥワーを同行させなければ、べつの罠《わな》が仕組まれることになる。そうしたら、いざというとき、つぎの罠を見破るのが手遅れになるかもしれない。既知の敵はさほど危険ではない。そこでわたしは、旅に同行しないかとトゥワーを誘った。彼は承諾した。

市議諸君、ここでふたつの事実が説明される。第一に、トゥワーは検察側が信じさせようとしているように、良心に従って心ならずも不利な証言をしたわたしの友人ではないということだ。彼はスパイであり、金で雇われ任務を果たしているにすぎない。つぎに説明されるのは、被害者とされる神官がはじめて登場したときに、わたしがとったある行動に関する事実なのだが——その行動は誰にも知られていないため、この審理においてはまだ言及されていない」

市議のあいだに不安げなささやきがかわされた。マロウは芝居がかった咳払いをし、話をつづけた。

「最初に逃亡宣教師を船内に収容したという報告を受けたときのわたしの気持ちは、とても言葉にできるものではない。思いだしたくもないくらいだ。基本的に、さきがまったく読めず、激しい不安に襲われたといえるだろう。その瞬間、これはサットの仕業《しわざ》だとひらめきはしたものの、わたしの理解や計算を超えていたのだ。わたしは途方に暮れた——完全に。できることがひとつだけあった。わたしは士官を呼んできてくれと言って、五分間トゥワーを部屋から追いだした。そして彼がいないあいだに、これから起こるだろう出来事すべてをあとから検証できるよう、映像記録装置をセットした。いまは混乱をしかもたらさない状況だが、再生して見てみればはっきり理解できるのではないかという希望——理屈ではない、ひたむきな希望に基づいた行動だった。

あれ以後、わたしは五十回その記録映像を見なおした。いまそれをここにもってきている。いますぐ諸君の前で、五十一回めの再生をおこなおう」

聴衆がどよめき、会議場は騒然となった。市長が淡々と槌《つち》を打って静粛《せいしゅく》を求める。テルミヌスの五百万の家庭では、興奮した視聴者が受像機につめよった。検察側の席ではジョレイン・サットが、心配そうな大神官にむけて冷やかに首をふりながらも、燃えるような目でしっかとマロウをにらみつけている。

会議場の中央部にスペースがつくられ、照明が暗くなった。アンカー・ジェイルが左側の席についたまま調整をおこない、スイッチがかちりと音をたてる。ひとつのシーンが浮かびあがった。色彩も立体感も、生命そのものがないことをのぞいて、まさしく実物そのままだ。中尉と軍曹にはさまれて、混乱し傷ついた宣教師が立っている。映像のマロウは静かに待っている。やがて士官たちが列をなしてはいってきた。その最後尾にトゥワーがいる。

会話が正確に逐一《ちくいち》再現された。軍曹が処罰され、宣教師が尋問される。暴徒があらわれたのだろう、怒号《どごう》が聞こえる。ジョード・パルマ師が半狂乱で訴える。マロウが銃を抜く。ひきずられていく宣教師が狂ったように両腕をもちあげ、最後にのろいの言葉を吐いたとき、かすかな光がひらめいて消えた。

士官たちは恐ろしい事態に凍《こお》りつき、トゥワーはふるえる両手で耳をおおっている。マロウが冷静に銃をおさめたところで、映像が終わった。

ふたたび照明がともった。フロア中央のスペースは、もはや映像に埋められてはいない。マロウが――この場にいるほんもののマロウが、改めて解説をはじめた。

「ごらんのように、まさしく検察側が訴えたとおりの事件が起こっている――ただし表面上は、だ。それについてはいまから説明する。だがその前に、この事件のあいだじゅうジェイム・トゥワーが示していた態度から、彼が神官教育を受けた人間であることは明らかだろう。

さて、わたしはこの日、この事件における矛盾《むじゅん》点をトゥワーに指摘した。当時われわれはほとんど無人に近い荒野のど真ん中にいたのだが、宣教師はいったいどこからきたのか。最《も》寄《よ》りのものでもそれなりの大きさをもつ町から百マイルも離れているのに、おびただしいあの暴徒はどこからきたのか。だが、検察側はそうした問題にはいっさい注目していない。

ほかにも疑問点はある。たとえば、ジョード・パルマがあからさまに人目《ひとめ》につく格好をしているのは奇妙ではないか。コレルとファウンデーション双方の法に反し、生命をかけてコレルにいる宣教師が、真新しい、いかにも神官然とした衣装を見せびらかすように歩きまわっている。そんなことがあり得るだろうか。あの宣教師は意図せずしてコムドーに利用されているのではないか、コムドーは彼を使ってわれわれに乱暴で違法な侵犯行為をおかさせ、それを口実にわれわれと船を破滅に導き、それを法的に正当化しようとしているのではないか、そのときわたしはそう語った。

検察はわたしの弁明を予測していた。船とクルーと任務が危険にさらされているのだから、たったひとりの人間のためにそれを犠牲にすることはできない、その男は、われわれがいようといまいと、いずれにせよ殺されるのだから——検察はわたしがそう説明することを期待していた。そして、ファウンデーションの〝名誉〟とか、われわれの支配を維持するためには〝尊厳〟を保たねばならないなどといったごたくで、それに反論している。

しかしながら奇妙なことに、検察側はジョード・パルマ本人——個人としての彼のことは、完全に無視している。彼に関する詳細は何ひとつ提出されていない。出身地も、教育歴も、前歴に関する具体的なことは何ひとつわかっていない。それが説明されれば、たったいま諸君がごらんになった映像に関してわたしがさきほどあげた矛盾点もまた、説明されるだろう。このふたつは密接な関係にあるのだ。

検察がジョード・パルマに関する詳細を提出していないのは、それが不可能だからだ。さきほど諸君が見た記録映像はまやかしである。すなわち、ジョード・パルマという人物がまやかしなのだ。ジョード・パルマなどという人間はそもそも存在しない。この裁判そのものが、一度として存在したことのない事件に対してでっちあげられた、史上最大の茶番なのだ」

マロウはふたたび騒ぎが静まるまで待たなくてはならなかった。つづいてゆっくりと語った。

「さきほどの記録映像のひとこまを、拡大静止画としてお見せしよう。それを見ればおのずとわかる。ジェイル、もう一度たのむ」

照明が落ち、虚空《こくう》にふたたび、幽霊のような、蠟《ろう》人形のような、凍りついた静止像があらわれた。ファー・スター号の士官たちが、あり得ない姿勢で身体をこわばらせている。不動のマロウの手が銃を構えている。その左ではジョード・パルマ師が、悲鳴なかばで、鉤爪《かぎづめ》のように指を曲げて両手を上方につきだしている。袖がなかばずり落ちている。

宣教師の手からかすかな光が漏れている。さっきの再生では一瞬ひらめいてすぐに消えたものが、いまは恒久的に光りつづけている。

「あの手の光に注目してほしい」マロウは影の中から言った。「ジェイル、拡大してくれ!」

活人画《かつじんが》が急速にふくれあがった。宣教師が中心に移動して巨大化するにつれ、周囲の映像がはみだして消える。やがて頭部と腕だけに、そして手だけになった。ぼんやりとかすんだ巨大なそれがスペース全体を満たしている。

さっきの光が不鮮明ながら輝く文字列となった。KSPと読める。

「あれは」マロウの声がとどろいた。「ある種のタトゥーだ。通常の光のもとでは見えないが、紫外線下でくっきりと浮かびあがる——わたしはこの記録映像をとるため、室内に紫外線をあてていたのだ。身分証を隠す方法としてはじつに単純だが、町なかに紫外線灯がないコレルではそれなりに役に立つ。わたしの船内においても、この発見は偶然によるものだった。

諸君の中には、KSPが何をあらわすか、すでに推測している方もおられるだろう。ジョード・パルマは神官用語にくわしく、その役割をみごとに果たしていた。彼がどこでどのようにそれを学んだのか、わたしは知らない。だがKSPは、コレル秘密警察《シークレット・ポリス》の略称なのだ」

マロウは興奮と騒音に負けじと声をはりあげた。

「文書化した補強証拠もコレルより持ち帰っている。要求があれば議会に提出しよう。

さて、となると、検察側が主張する事件はどこにあるのか。検察はすでに何度も、わたしは法に反しても宣教師を助けるべく戦うべきだった、ファウンデーションの〝名誉〟のために任務と船とわたし自身を犠牲にすべきだったと、恐るべき主張をくり返してきた。

だがそれを、詐欺師のためにおこなえというのか。

おそらくアナクレオン亡命者から借用したのであろうローブと用語で飾りたてたコレルの秘密諜報員のために、それをおこなうべきだったというのか。ジョレイン・サットとパブリス・マンリオがたくらんだ愚《おろ》かで卑劣《ひれつ》な罠に——」

彼のかすれた声は、わめきたてる群衆にのみこまれてしまった。彼らはマロウをかつぎあげ、市長席まで運んだ。窓の外では、狂乱した人々が怒濤《どとう》のように押し寄せ、すでに広場を埋めつくす数千人に加わろうとしている。

マロウはアンカー・ジェイルをさがしてあたりを見まわしたが、この混乱と狂騒の中でひとつの顔を見わけることは不可能だった。彼はやがて、ひとつの言葉がリズミカルにくり返されていることに気づいた。はじめはささやかだったそれは、しだいにひろがり脈動し、熱狂的な響きを帯びていった。

「マロウばんざい――マロウばんざい――マロウばんざい――」

15

アンカー・ジェイルは憔悴《しょうすい》しきった顔をマロウにむけた。この二日はまさしく狂瀾怒濤《きょうらんどとう》で、ほとんど寝る時間もなかったのだ。

「マロウ、確かにすばらしいショーだったが、やりすぎて台無しにしてはならない。まさか本気で市長選に出馬するつもりではないだろうな。大衆の熱狂はすさまじいが、とんでもなく移り気だということもわかっているだろう」

「まさしくそのとおりさ!」マロウの声は厳しい。「だから上手に育ててやらなきゃならない。それにはショーをつづけるのが一番だ」

「こんどは何をするのだ」

「パブリス・マンリオとジョレイン・サットを逮捕する――」

「なんだって！」

「いま言ったとおりだよ。あんたが進言して、市長にふたりを逮捕させる！ どんな脅しを使ってもかまわん。群衆はおれが操る――いまなら大丈夫さ。市長だって群衆と対決したくはないだろう」

「だが、なんの容疑で逮捕するんだ」

「あからさまなやつさ。あいつらは外惑星の神官を焚《た》きつけて、ファウンデーション内の派閥抗争に加担させようとした。これは重大な違法行為だ。〝国家を危険にさらした〟罪で告発しろ。有罪になるかどうか、そいつはどうでもいい。あいつらだって、おれの裁判のときはそうだったからな。とにかく、おれが市長になるまでやつらの動きを封じるんだ」

「選挙まで半年もある」

「長すぎるということはない！」マロウは立ったまま、ふいにジェイルの腕をきつく握りしめた。「いいか、必要となったら、おれは武力をもってしても政権を手に入れる――百年前にサルヴァー・ハーディンがやってのけたようにな。セルダン危機は依然として近づきつつある。危機が訪れたとき、おれは市長で、かつ大神官でなくてはならない。その両方でなくてはならないんだ！」

ジェイルはひたいに皺《しわ》をよせて静かにたずねた。

「何が起こるというのだ。つまるところ、コレルなのか」

マロウはうなずいた。

「もちろんだ。いずれやつらは宣戦布告してくる。まあ、もう二年はかかるだろうと踏んでいるがな」

「核エネルギー艦隊でか」

「いまさら何を言っている。あの宙域で失われた三隻の交易船は、圧縮エアガンでやられたわけじゃないんだぞ。ジェイル、やつらは帝国そのものから船を手に入れている。馬鹿みたいにぽかんと口をあけるのはやめろ。おれは帝国と言ったんだ！　帝国はまだ存在している。このあたり、外縁星域ではすでに影もなくなっちまったが、銀河系の中心部ではいまもまだ勢力を誇っているんだ。一歩でも踏み間違えれば帝国が——帝国そのものがせまってくる。だからおれは市長兼大神官にならなくてはならないんだ。この危機と戦う方法を知っているのはおれひとりなんだから」

ジェイルは生唾をのみこんだ。

「どうやるというのだ。いったい何をするつもりなんだ」

「何もしない」

ジェイルは曖昧な笑みを浮かべた。

「おいおい！　何を言いだすんだ！」

　だがマロウの答えは鋭かった。

「このファウンデーションのトップになったら、おれは何もしないつもりだ。百パーセント完全に、まったく何もしない。それがこの危機に対する秘策なのさ」

16

コレル共和国の第一市民《コムドー》〝愛すべき〟アスパー・アルゴは、薄くなった眉をさげ、おどおどと奥方《おくがた》を迎えた。少なくとも奥方に対しては、自分でつけたふたつ名は通用しない。自分でもそれはよくわかっている。

　奥方の声は、その髪のようになめらかで、瞳のように冷たかった。

「慈悲深きわが君は、成り上がりファウンデーションの運命について、とうとうご決断なされたそうですわね」

「まことか」コムドーは苦々《にがにが》しく答えた。「そして、おまえのその才能豊かな頭脳はほかに何を聞きつけてきたのだね」

「もうたくさんですわよ、尊《たっと》きわが君。また顧問官のみなさまと結論の出ない会議をなさいましたのね。ご立派な顧問官と」かぎりない侮蔑《ぶべつ》をこめて、「わたくしの父の不興《ふきょう》をもかえりみず、わずかな利益をやせ衰えた胸にしっかりと抱えこんだ、ろくに目も見えない中風病《ちゅうぶや》

「それで、おまえがそのように理解するにいたったすばらしい情報を与えてくれたのは、いったい誰なのだね」というのがおだやかな返答だった。

第一市民妃《コムドラ》は軽い笑い声をあげた。

「お教えすれば、その者は人ではなく死体になってしまいますわね」

「ああ、おまえはいつものように好きにしていればよいよ」コムドーは肩をすくめて背をむけた。「おまえの父上の不興のことだが、もうこれ以上船をやらぬなどと物惜しみをされては、はなはだしく困るのだがね」

「もっと船がほしいですって！」彼女は一気にまくしたてた。「もう五隻もおもちではありませんか。否定なさっても無駄ですわよ。五隻おもちであること、わたくしは存じているのですから。六隻めも約束していらっしゃいますわよね」

「あれは昨年の約束分だ」

「ですが一隻で――ほんの一隻だけで――ファウンデーションを粉々に爆破して瓦礫《がれき》にすることができますのよ。一隻だけで！　一隻で、あの取るに足らないちっぽけな艦隊を宇宙から一掃《いっそう》することができますわ」

「一ダースあったとしても、あの惑星を攻撃することはできぬよ」

「交易網が破壊され、玩具《おもちゃ》やがらくたを運ぶ船が沈んだら、あの惑星がどれだけの期間もちこたえるとお思いですの」

「その玩具やがらくたが金になるのだ」彼はため息をついた。「大量の金にな」

「ですがファウンデーションを征服すれば、あれの所有するすべてがあなたのものになるではありませんか。そしてお父さまの敬意と感謝を勝ち得れば、ファウンデーションが与えてくれる以上のものが手にはいりますのよ。あの蛮人が魔法の余興《よきょう》をしてみせてから、もう三年になりますわね――いえ、それ以上ですわ。もう充分に待ちましたわ」

「いいかね」コムドーはふり返って奥方とむきあった。「わたしは歳をとった。疲れてもいる。おまえのよくまわる舌に耐える気力はもうない。おまえは、わたしが決断したことを知っていると言う。いいだろう。決断しよう。もう終わらせよう。コレルはファウンデーションと開戦する」

「よくおっしゃいましたわ！」コムドラの全身がふくれあがり、双眸《そうぼう》がきらめく。「そのお歳になってようやく知恵を身につけることができましたのね。この辺境の地の支配者となれば、あなたでもそれなりの重きと貫禄《かんろく》を得て、帝国で立派に尊敬してもらえるようになりますわ。そうですわね、この野蛮な惑星を去って、総督の宮廷にだって出られるかもしれませんわ。ええ、ほんとうにそうなるかもしれませんわ」

彼女は微笑を浮かべ、腰に手をあてて、颯爽《さっそう》と歩み去った。光を受けて髪が輝いていた。

コムドーは奥方が去ってしまうのを待ち、それから悪意と憎悪をこめて、閉ざされた扉にむかってつぶやいた。

「おまえの言う辺境の地の支配者となれば、わたしはおまえの傲慢な父親やその娘の舌がなくとも、立派に尊敬してもらえるようになるだろうさ。そうさ、そんなものが——何ひとつなくともな!」

17

ダーク・ネビュラ号の大尉は恐怖におののいてヴィジプレートを見つめた。

「偉大なる銀河にかけて!」わめいたつもりだったが、ささやきが漏れたにすぎなかった。

「いったいあれはなんだ」

それは船だった。だが、雑魚《ざこ》のごときダーク・ネビュラ号に比べ、その威容はまさしく鯨《くじら》だ。船腹には帝国の〈宇宙船と太陽〉が描かれている。船内すべての警報がヒステリーを起こしたかのように鳴り響いた。

つぎつぎと命令がくだされ、ダーク・ネビュラ号の態勢が整う。可能ならば逃げる、必要とあれば戦う。通信室からファウンデーションにむけて、嵐のように猛然たる通信がハイパースペースを通して送られた。

幾度も幾度もくり返し! 一部には援軍の期待をこめて。だがそれは主として危険の警告だった。

18

ホバー・マロウは報告書に目を通しながら、いらだたしげに足を組みかえた。市長職について二年がすぎ、以前よりもいくらか行儀がよくなり、わずかに温和になり、少しだけ我慢強くなっている——だからといって、政府の報告書や、そこで使われるうんざりさせられる官庁用語が好きになったわけではない。

「何隻やられたのだ」ジェイルがたずねた。

「四隻が地上で捕獲された。二隻が消息不明。あとはすべて所在確認できて無事だ」マロウはうなり声をあげた。「もっとうまくやればよかったな。だがまあ、かすり傷だ」

返事がなかったので、マロウは顔をあげた。

「何か心配事でもあるのか」

「サットがきてくれればいいのに」というのが、的外《まとはず》れな答えだった。

「ああ、そうだな。そして国内戦線についてまたひとくさり説教されるのか」

「いや、そういうことではない」ジェイルが言い返した。「だがきみも頑固だな、マロウ。きみは対外状況については最後まで計算しつくしているが、ここテルミヌスで起こっていることにはまるで関心をはらおうとしない」

「だってそれはあんたの仕事じゃないか。なんのためにあんたを教育相兼宣伝相に任命したと思ってるんだ」

「わたしを早々にみじめな墓場に追いやるためだろう。きみがそんなありさまではね。サットと宗教党の脅威については、去年、耳が痛くなるほど警告したはずだぞ。サットが特別選挙を強行してきみを放りだしたら、計画がなんの役に立つんだ」

「なんの役にも立たんだろうな、確かに」

「そして昨夜の演説だ。にっこり肩をたたいて、サットに選挙を手わたしてやったようなものじゃないか。あそこまでざっくばらんにやる必要があったのか」

「サットのお株を奪ってやろうと思ったんだがな、駄目だったか」

「駄目だ」ジェイルはきっぱりと否定した。「あんなやり方では無理だ。きみはすべてを予見していると主張しながら、この三年にわたりコレルに独占的な利益が生じる交易をつづけてきた理由を説明しようとしない。きみの唯一の戦略は、戦闘を避けて退却することだ。コレル近辺の星域とはすべての交易を打ち切った。そして膠着《こうちゃく》状態だと堂々公言している。将来の攻撃についても何ひとつ約束しない。なあ、マロウ、こんな苦境で、わたしにどうしろというのだ」

「魅力が足りないか」

「足りないのは市民に訴える力だ」

「同じことだろう」

「マロウ、目を覚ましてくれ。選択肢はふたつだ。腹の中で何を考えていようと、市民に強力な外交政策を提示するか、もしくは、なんらかの形でサットと妥協するかだ」

「わかったよ」とマロウ。「最初のやつに失敗したら、第二案をやってみよう。ほら、サットがきたぜ」

サットとマロウは、二年前の裁判の日以来、直接顔をあわせたことがない。どちらもさほど変わったわけではないが、わずかな雰囲気の変化が、統治者と挑戦者という立場の逆転を如実にあらわしている。

サットは握手もかわさず腰をおろした。

マロウは葉巻を勧《すす》め、口をひらいた。

「ジェイルがいてもかまわないよな。こいつは妥協を熱心に勧めているんだ。議論が白熱したら調停役にもなってくれる」

サットは肩をすくめた。

「妥協はきみにとって有利なだけだ。以前、わたしはきみに条件を告げろと言った。いまはどうやら立場が逆転したようだ」

「ああ、そうだな」

「ではわたしの条件を述べよう。賄賂やちゃちな玩具を売りつける交易を主とした悪辣《あくらつ》な経済政策を放棄し、われらの父祖がおこなってきた確かな外交政策にもどりたまえ」

「つまり、宣教師による征服ってことかな」

「そうだ」

「それ以外に妥協案はないのか」

「ない」

「ふうむ」マロウはゆっくりと葉巻に火をつけ、深々と吸った。先端が赤く輝く。「ハーディンの時代、宣教師による征服が目新しく急進的だったころ、あんたのような連中はそのやり方を批判した。それがいまでは実証され、信頼され、神聖なものになった――ジョレイン・サットのような男たちがよきものと見なしているんだからな。だがそれで、現在の苦境をどうやって切り抜けられるっていうんだ?」

「現在の苦境はきみのものだ。わたしには関係がない」

「適当な修正を加えて考えてくれ」

「強力な攻勢が望ましい。きみは膠着状態で満足しているようだが、これは致命的だ。外縁星域の全惑星に対して、おのれの弱さを告白しているようなものではないか。ここでは強さの誇示がなによりも重視される。やつらはどいつもこいつも、死体の分け前にあずかろうと攻撃に加わる禿鷹《はげたか》なのだ。きみもそれを理解すべきだ。きみは確かスミルノの出身だったな」

マロウは意味ありげないまの言葉を聞き流してたずねた。

「コレルを打ち負かしたとして、そのあと帝国をどうするんだ。それこそが真の敵なんだぜ」

サットは口の両端をぐいとひいて薄く笑った。

「いやいや、きみのシウェナ来訪報告書は完璧だったではないか。ノーマン星域の総督は、おのが利益を図《はか》って外縁星域に争いを起こそうとしているものの、ようとしている。それを中心政策に据えてはいない。近隣に五十もの敵を抱え、皇帝に対する叛乱の機会をうかがっているというときに、すべてを捨てて銀河系の果てまで遠征してくることはない。ちなみに、わたしはきみ自身が綴った言葉を咀嚼《そしやく》してくり返しているだけだ」

「いやいや、サット、こっちが強くて危険だと判断したら、やつだって攻めてくる気になるかもしれん。もしおれたちが主力を動員して正面攻撃でコレルを打ち負かしたら、きっとそう考えるだろう。つまり、おれたちはもっと狡猾《こうかつ》に動かなくてはならんのだよ」

「たとえば――」

マロウは椅子の背にもたれかかった。

「サット、あんたにチャンスをやろう。おれはあんたを必要としていないが、あんたを使うことはできる。すべての事情を話してやろう。そのうえで、おれに加担して連立内閣の一翼をになうか、殉教者《じゆんきようしや》を演じて監獄で朽《く》ち果てるか、どちらかを選んでくれ」

「きみは以前、そのトリックを切り抜けたな」

「それほどたいへんでもなかったさ。いいか、サット、そのときがきたんだ。聞いてくれ」

マロウはすっと目を細くして話しはじめた。

「はじめてコレルにおりたとき、おれは貿易商がつねにストックしている安価な装飾品や小物でコムドーを買収した。最初は、製鋼所にはいりこむことだけが目的だった。それ以上のことは何も考えていなかった。そしてそれに成功し、望む情報を手に入れた。だがそのあと帝国を訪れたとき、その交易が立派な武器にしたてあげられることに気づいたんだ。サット、おれたちはいまセルダン危機に直面している。セルダン危機を解決するのは個人ではなく歴史的な力だ。未来の歴史の道筋を計画したとき、ハリ・セルダンが考慮したのは、個々の英雄的行為ではなく経済学と社会学の大きな流れだった。だからそれぞれの危機は、その時点でわれわれの手にある力によって解決されなくてはならない。

今回はそれが——交易なんだ！」

サットは疑わしげに眉をあげ、言葉が途切れたのをきっかけに反論しはじめた。

「わたしは自分の知力が並み以下でないことを期待しているが、じつのところ、きみの曖昧な講義をはっきり理解できたとはいいがたい」

「おいおいわかってくるさ」マロウは答えた。「交易の力がどれほど過小評価されていたか考えてみてくれ。これまで、交易を強力な武器とするためには、管理された神官制度が必要だと思われてきた。だがそうじゃない。そいつを明らかにしたのは、銀河系全体に対するおれの貢献だともいえる。つまり、神官制度を抜きにした交易！　交易のための交易だ！　それだけで充分に強力じゃないか。ごく単純に、具体的に考えてみよう。コレルはいま現在われわれと交戦状態にある。その結果、コレルとの交易はとまっている。しかしだ——いいか、おれは足し算の問題くらいに単純化して話しているんだぞ——過去三年のあいだにコレルの経済は、おれたちがもちこんで、おれたちだけが供給できる核エネルギー技術にどんどん頼るようになっていった。そこでだ、あのちっぽけな核動力装置が故障して、機械類がつぎつぎ動かなくなったら、いったいどうなると思う。まず小さな家庭用品からはじまるな。あんたが嫌っているこの膠着状態が半年もつづけば、奥さんたちの核エネルギー包丁が仕事をしなくなる。レンジが使えなくなる。洗濯機がちゃんと働かなくなる。夏の暑い日に温度湿度調整装置がとまる。さて、どうなるかな」

言葉をとめて返事を待っていると、サットが冷静に答えた。

「何も起こらない。戦時中の民は多くのことを辛抱するものだ」

「まさしくそのとおり。連中は辛抱するだろう。破壊された宇宙船で恐ろしい死を迎えるために、数知れぬ若者が送りだされる。半マイルも地下の洞窟《どうくつ》で、堅くなったパンと濁った水だけで生きていかなくてはならなくなっても、敵の爆撃に耐える。だが、差し迫った危険によって愛国心が昂揚《こうよう》していないときは、ちょっとしたことにも耐えられなくなるものなのさ。膠着状態がつづく。死傷者は出ない。爆撃もない。戦闘もない。

切れない包丁と、料理のできないレンジと、真冬に凍《こご》えそうな家があるだけだ。なんとも鬱陶《うっとう》しい。人々は不平をこぼしはじめる」

サットが驚きをこめてゆっくりと言った。

「きみはそんなことをあてにしているのか。いったい何を期待しているのだ。主婦による叛乱か。農民一揆《いっき》か。肉屋や食料品屋が肉切り包丁やパンナイフをふりかざして『自動スーパー・クリーノ核エネルギー洗濯機を返せ』と蜂起《ほうき》することか」

「そうじゃない」マロウはいらだたしげに言い返した。「そんなことじゃない。おれが期待しているのは、そうした不平不満の背景となるものがどんどんひろがって、より重要な連中の心を占めるようになることさ」

「重要な連中とはなんだ」

「コレルの製造業者、工場主、実業家たち、だな。膠着状態が二年もつづいたら、工場の機械はひとつずつ動かなくなる。何から何まで新しい核動力装置に切り換えた産業は、自分たちが急激な破滅に瀕していることに気づく。重工業はすべて、ほんとうにとつぜん、自分たちの所有する機械がなんの役にも立たないスクラップに成り果てたことを知るんだ」

「どの工場もきみがあの地にいく前はちゃんと動いていた」

「そうだよ、サット、ちゃんと動いていたさ——およそ二十分の一の利益でね。それも、核エネルギー以前の動力にもどす費用をさしひいてだ。実業家や財界人や一般人や、すべての人間を敵にまわして、コムドーはいつまで耐えられるかな」

「好きなだけ我慢するだろう。帝国から新しい動力装置を手に入れればいいと思いつきさえすればな」

そこでマロウは楽しそうな笑い声をあげた。

「間違ってるよ、サット。コムドーと同じくらい間違っている。何もかもすべて間違っていて、何ひとつ理解していない。いいか、帝国からは何ひとつ手に入れることはできない。帝国は巨大な富を抱えている。いつだってすべてを惑星単位、星系単位、銀河系の全星域単位で計算する。思考そのものが巨大化している。だから連中の動力装置もまた巨大なんだ。

だがわれわれは——金属資源をほとんどもたない一惑星、ちっぽけなファウンデーションのわれわれは、情け容赦ないほど経済的にやっていかなくてはならなかった。使える金属がわずかしかないから、われわれの動力装置は親指ほどの大きさでなくてはならなかった。新しい技術と新しい方法をあみださなくてはならなかった——帝国には真似ることのできない技術と方法だ。連中はもう、真に活気ある重要な科学的進歩をなし得る段階を通りすぎ、退化してしまっているんだよ。

帝国は、宇宙船や都市や惑星全体を保護する巨大な核シールドをもってはいるが、人ひとりを守るシールドをつくることはできなかった。都市全体に光と熱を送りこむために、六階建てビル相当の動力装置を使っている——おれはこの目で見てきたんだ。だがおれたちの装置ならこの部屋にだって悠々《ゆうゆう》おさまる。胡桃《くるみ》の大きさの鉛容器に核動力装置がはいっていると教えたとき、帝国のある核エネルギー専門家はその場で憤死《ふんし》しそうになったよ。

そして、いいか。連中はもはや自分たちの巨大機械すら正しく理解してはいないんだ。なんの問題もなく動きつづけたまま世代から世代へと譲られてきているうえ、管理者は世襲制だ。あの巨大な構造物のどこかでD管が一本焼き切れただけで、もうどうしようもなくなってしまうだろう。

この戦争はつまり、ふたつのシステムの戦いなんだ。帝国とファウンデーション、大と小の戦い。ひとつの惑星を支配しようとして、帝国は、戦争を起こすことはできるが経済的にはまるで無意味な超巨大宇宙船を賄賂として提供する。いっぽうわれわれは、戦争には役に立たないが繁栄と利益に欠かせないささやかなもので買収する。全王にせよコムドーにせよ、そうした連中は宇宙船を手に入れて戦争を起こそうとする。民歴史を通じて、専制君主はおのれの考える名誉とか栄光とか征服とかいうもののために、民を犠牲にしてきた。だが、問題となるのはいつだって、生活におけるささやかなものなんだ——アスパー・アルゴだって、この二、三年のうちにコレル全域に襲いかかる経済不況に耐えることはできないだろう」

サットはマロウとジェイルに背をむけて窓際に立っている。日が暮れようという時刻で、ここ銀河系の端の端でも、ぼんやりとかすんだレンズを背景に、いくつかの星がまたたいている。そのレンズの中に、彼らに戦いを挑もうとしている、いまだ巨大な帝国の残骸がひそんでいる。

「いや、きみでは駄目だ」サットが言った。

「おれの話が信じられないのか」

「わたしが信用できないのはきみだ。きみは弁が立ちすぎる。以前コレルへ行かせたときも、しっかり監視下においたつもりでいたのに、みごとに裏をかいてくれた。裁判で追いつめたと思ったときも、まんまとそれを切り抜け、民を煽動《せんどう》して市長の椅子におさまった。きみはあまりにも底が知れない。どの動機も背後にべつの動機を隠している。どの言葉にも三つの意味が隠されている。

もしきみが裏切り者だとしたら。帝国を訪問したときに報酬をもらい、権力を約束されていたとしたら。その場合もきみは、いまとまったく同じ行動をとるだろう。敵に力を与えてから戦争を起こす。ファウンデーションを無気力状態に陥れる。そして、すべてにもっとももらしい説明をつける。誰もが納得するような、もっともらしい説明をね」

「つまり妥協はできないということか」マロウは静かにたずねた。

「自分の意志でにせよ、強制的にせよ、きみは去らなくてはならない」

「さっきも警告した。協力を拒《こば》むなら、その結果はひとつしかない」

ふいに感情が激したのだろう、ジョレイン・サットの顔に血がのぼった。

「わたしもきみに警告するぞ、スミルノのホバー・マロウ。わたしを逮捕するなら、もう容赦はしない。わたしの部下たちが、はばかることなくきみの真実を告げてまわる。ファウンデーション市民は団結して、異国の支配者に歯向かうだろう。彼らはスミルノ人にはけっして理解できない運命意識をもっている——その意識がきみを滅ぼすだろう」

ホバー・マロウは、はいってきた衛兵ふたりにむかって静かに告げた。

「連れていけ。拘禁《こうきん》しろ」

「最後のチャンスだぞ」

マロウはじっと顔を伏せたまま、押しつぶすように葉巻の火を消した。

五分後、ジェイルが身動きして疲れた声をかけた。

「それで、きみは大義《たいぎ》のために殉教者をつくりだしたわけか。つぎは何をするつもりだ」

マロウは灰皿をいじるのをやめて顔をあげた。

「あれは昔おれが知っていたサットじゃないな。まるで逆上した猛牛だ。なんてこった、おれを憎んでいる」

「それだけにいっそう危険だ」

「いっそう危険だって？　くだらん！　判断力をすべて失ってるじゃないか」

「きみは自信過剰に陥っているぞ、マロウ」ジェイルが厳しい声で言った。「市民による叛乱の可能性をかえりみようとしない」

マロウは視線をあげ、同じく厳しい声で返した。

「はっきり言っておくがな、ジェイル、市民による叛乱の可能性はない」

「いかにも自信ありげだな」

「おれが信じているのは、セルダン危機が起こり、それがファウンデーションの内部でも外部でも無事解決されるという歴史的正当性だ。サットに話さなかったことがある。あいつは外惑星と同じように、ファウンデーションそのものも宗教的権力によって支配しようとしていた。そして失敗した――これは、セルダン計画において宗教の役割が終わったことを告げる、もっとも確かな証拠だ。

経済による支配は、宗教とはまったく異なる働き方をする。きみの好きなサルヴァー・ハーディンの有名な警句をもじるなら、『銃口を双方向にむけられない核ブラスターは、よい武器ではない』ということだな。コレルはわれわれとの交易で栄えたが、それはわれわれも同じだ。われわれとの交易なくしてコレルの工場がとまるなら、そして商業的孤立によって外惑星の繁栄が消滅するなら、われわれの工場もとまり、われわれの繁栄も消滅する。いま現在、おれはすべての工場、すべての貿易センター、すべての運送業を掌握《しょうあく》している。サットが革命を起こそうとしてプロパガンダをおこなっても、握りつぶせないものなどひとつもない。どこかでやつのプロパガンダが成功したら、成功したように見えただけでもいい、その地の繁栄は消え失《う》せる。プロパガンダが失敗すれば、繁栄はつづく。おれの工場がいつでも十二分に人を雇っていくからだ。

つまりおれは、コレルが繁栄のために叛乱を起こすだろうことを確信するように、ファウンデーションが繁栄に逆らって叛乱を起こすことはないと確信しているんだよ。最後の最後までゲームをやりとげようじゃないか」

「つまりきみは」とジェイル。「金権国家をつくろうとしているのか。この惑星を貿易商と豪商の国にしようというのか。未来はいったいどうなるんだ」

マロウは陰鬱な顔をあげて、乱暴にさけんだ。

「未来なんか知るもんか。きっとセルダンがそれも予見して、準備をしているだろうさ。いま宗教の力が衰えたように、金だっていつか効力を失う。そのときつぎの危機が訪れる。今日おれがひとつの危機を解決したように、新しい問題の解決は後継者たちにまかせてやるよ」

コレル……記録にあるかぎりもっとも戦闘がおこなわれなかった三年におよぶ戦争ののち、コレル共和国は無条件降伏をした。そしてホバー・マロウの名は、ハリ・セルダンとサルヴァー・ハーディンについで、ファウンデーションの人々の心にしっかりとその位置を定めたのである。

銀河百科事典《エンサイクロペディア・ギャラクティカ》

時代を超えてSF読者の支持を集める《銀河帝国の興亡》三部作の開幕編

牧　眞司

本書『銀河帝国の興亡1』は、アイザック・アシモフの代表作《銀河帝国の興亡《ファウンデーション・トリロジー》》三部作の第一冊目 *Foundation*（1951）の全訳である。

この三部作は、本文庫では厚木淳訳『銀河帝国の興亡』1〜3（初版一九六八〜七〇年）として半世紀余にわたるロングセラーになっていたが、デイヴィッド・S・ゴイヤー製作・脚本による実写ドラマ化を期に、鍛治靖子さんに新訳を起こしていただいた。いまの時代にあった瑞々《みずみず》しい言葉によって、この名作を堪能いただきたい。

まず、本シリーズの基本設定を押さえておこう。

銀河帝国は首都惑星トランターを中心に一万二千年にわたる発展をつづけ、二千五百万近い居住惑星にその版図《はんと》を広げていた。人類文明はゆるぎのない繁栄を謳歌《おうか》している。ほとんどのひとはそう思っていた。しかし、ここにひとり、帝国の滅亡を予見する人物があらわれる。ハリ・セルダン、希代の数学の使い手だ。彼が理論化した心理歴史学《サイコヒストリー》によれば、銀河帝国の衰退はすでにはじまっている。帝国が滅亡すれば、蓄積された知識は消失し、確立された秩序も崩壊する。もはやこの趨勢《すうせい》を食いとめることはできない。しかし、帝国滅亡後につづく三万年もの暗黒時代を、一千年にまで短縮することは可能だ。

かくして、人類の叡智《えいち》の避難所として、ふたつのファウンデーションが設置される。第一ファウンデーションは銀河系の最外縁の惑星テルミヌスに。第二ファウンデーションの場所は秘匿《ひとく》され、ただ「銀河系の向こう端、いわゆる〝星界の果て〟」とだけ伝えられる。

本書『銀河帝国の興亡1』では、第一ファウンデーションの設置からはじまり、内政的事情・外交的環境が時代とともに移りゆくなか、社会システム（共同体の形態）の変遷が描かれる。

＊　　　＊　　　＊

翻訳ＳＦに親しんでいる読者ならば、ヒューゴー賞はご存知だろう。世界ＳＦ大会参加者の投票によって決定される年次の賞で、設立は一九五三年、翌五四年には実施されなかったものの五五年以降は途切れることなくつづき、ＳＦ界でもっとも歴史と権威がある賞となっている。この賞は規約で定められたレギュラーの部門（時代に合うよう随時見直しがおこなわれているが）のほか、当該大会の実行委員会の裁量で特別部門が設定できる。一九六六年に一度だけ「オールタイム・ベスト・シリーズ」の投票が実施され、そのときに受賞したのが《銀河帝国の興亡》三部作である。オールタイム・ベストなのでノミネートされたのはいずれ劣らぬ人気シリーズばかり。参考までに記しておくと、エドガー・ライス・バローズ

《火星》、ロバート・A・ハインライン《未来史》、E・E・スミス《レンズマン》、J・R・R・トールキン《指輪物語》だ。これらを抑えての堂々たる栄誉である。

《銀河帝国の興亡》三部作と呼ばれてはいるものの、このシリーズを「三部作」と見なすのはいささか変則的で、内容的には、ひとつらなりの宇宙未来史に属する短編・中編をまとめた三冊本なのだ。なりたちについては後述する。

実質的には連作集だが、出版企画としては長編の体裁をとる。ほかのジャンルにもあることだが、アメリカSFでは第二次大戦後、雑誌初出の作品を単行本にまとめる際によくおこなわれるようになった。有名なところで言うと、レイ・ブラッドベリ『火星年代記』やクリフォード・D・シマック『都市』だ。《銀河帝国の興亡》三部作も同様で、書誌的正確を期す場合以外は長編として扱うのが慣例になっている。

たとえば、SF情報誌〈ローカス〉が一九七五年に実施した読者投票による「オールタイム・ベスト長編」（SFおよびファンタジイが対象）では、フランク・ハーバート『デューン』、アーサー・C・クラーク『地球幼年期の終わり』、アーシュラ・K・ル・グィン『闇の左手』、ロバート・A・ハインライン『異星の客』、ウォルター・M・ミラー・ジュニア『黙示録三一七四年』に次いで、《銀河帝国の興亡》三部作が第六位にランクされている。

少し回り道になるが、〈ローカス〉がときおりおこなうオールタイム・ベスト投票における《銀河帝国の興亡》三部作の戦歴（？）を記しておこう。

一九八七年実施の「オールタイム・ベストSF長編」（これ以降はファンタジイは別カテ

ゴリになった）では、『デューン』『闇の左手』『地球幼年期の終わり』『月は無慈悲な夜の女王』『異星の客』に次いで第六位。

一九九八年の「一九九〇年以前作が対象のオールタイム・ベストSF長編」では、『デューン』『月は無慈悲な夜の女王』『闇の左手』に次ぐ第四位。

〈ローカス〉がオンライン化して以降の二〇一二年に実施された「二十世紀のオールタイム・ベストSF長編」では、『デューン』、オースン・スコット・カード『エンダーのゲーム』に次ぐ第三位となっている。そのうえ、『銀河帝国の興亡1』単体でも四十二位にランクイン。なんとも根強い人気である。

〈ローカス〉の二〇一二年投票には「二十世紀のオールタイム・ベストSF中編《ノヴェレット》」のカテゴリもあり、「ファウンデーション」が三十四位に入っている。これは本書の第二部「百科《エンサ》事典編纂者《イクロペディスト》」の初出時の題名であり、《銀河帝国の興亡》シリーズを代表する一編として票が集まったのだろう。ちなみに、この中編カテゴリ、アシモフ作品は「夜来たる」が二位、「バイセンテニアル・マン」が四位にランクされている（一位はダニエル・キイス「アルジャーノンに花束を」）。

＊　＊　＊

なぜ、《銀河帝国の興亡》は時代を超えて、かようにもSF読者から支持されるのか？

ひとことで言えば、提示されるスケールの大きさだろう。もちろん、たんに広大な宇宙や悠久の時間を扱った作品ならばアシモフ以前にもいくらでも書かれており、むしろＳＦでは手垢のついた舞台装置である。しかし、《銀河帝国の興亡》はたんなる設定ではなく、大局的な歴史（人類社会の変遷）そのものを主題化した。エピソードごとに個性的な主人公がいて、知略・冒険・葛藤《かっとう》の物語が紡《つむ》がれるのだが、一歩引いてみれば彼らはけっして特権的な存在ではなく、あくまで歴史の過程を担う要素にすぎない。例外は、銀河帝国崩壊後の暗黒時代を短縮させる〈プラン〉を立てたハリ・セルダンと、その〈プラン〉では予測不能の因子となる謎めいたミュール（『銀河帝国の興亡２』に登場）くらいである。

本書で言えば、市長サルヴァー・ハーディンも、豪商ホバー・マロウも、万人《ばんにん》の幸福のため、あるいは人類の暗黒時代を短縮するため、やがて勃興《ぼっこう》する第二銀河帝国のためなど、仰《ぎょう》仰《ぎょう》しい目標で行動してはいない。彼らは第一ファウンデーションの難局（「セルダン危機」と呼ばれる）に立ちむかうが、そこで行動原理となるのはあくまで自分の立場・分限における合理と実利だ。〈プラン〉全体で見ればひとつの局面にすぎず、たとえハーディンがいなくてもマロウがいなくても、彼らが担った役割を別な誰かが果たす（あるいは勢力間の拮抗によって実現する）はずだ。プレイヤーが違い細かな筋道が異なったとしても、歴史の大きな流れは変わらない。

マロウは言う。

セルダン危機を解決するのは個人ではなく歴史的な力だ。未来の歴史の筋道を計画したとき、ハリ・セルダンが考慮したのは、個々の英雄的行為ではなく経済学と社会学の大きな流れだった。

歴史の流れ。ハーディンの決断や策謀がその局面において妥当であっても、時代や状況が変わればその意味を失う。マロウが達成した社会秩序も、あとの時代では旧弊なシステムとして乗り越えられていく。また、第一ファウンデーションが人類史の正統でありつづけるわけでもなく、実際、後続の『銀河帝国の興亡2』『3』では、その意義や機能が相対化されていくのだ。

もちろん、歴史の流れが決まっているからと言って、ハーディンやマロウが盤上を動きまわる無個性な駒ということにはならない。そこが心理歴史学なるアイデアの塩梅《あんばい》が良いところで、〈プラン〉がどうあれ、キャラクター一人ひとりが体験する葛藤・冒険・駆け引きは、どれも抜き差しならぬ自分の人生なのだ。笠井潔は「銀河帝国の社会学」（評論集『機械じかけの夢』所収、ちくま学芸文庫）において、次のように述べている。

アシモフは、「心理歴史学」的な計算された歴史が、個々の登場人物の生きられた歴史として肉化されていく過程を作品に描き出したのであり、この過不足ない均衡が作品の安定感と深みを保障しているといってもいい。

読者はキャラクターに寄りそって物語を追いかけ、クライマックスで背後に大きな歴史が立ちあがるのを見る。物語に「謎」が仕掛けられていて、その謎が明らかになると、いっそう大きな謎（〈プラン〉の次なるステップ）への展望が開けるところが素晴らしい。

心理歴史学は、気体分子運動論のアナロジーで説明される。つまり、個々の分子がどう振る舞うかは予測できないが、まとまった容積の気体全体の挙動は計算しうる。人間もじゅうぶんに大きな集団になれば、全体の趨勢を統計的に導くことが可能だ。もちろん、社会動勢や人間行動を扱うので、考慮すべきファクターは多い。アシモフが現代に生きていたら、ビッグデータを引きあいに出して説明したところだろう。

心理歴史学は魅力的なアイデアだが、そこから作品が出発したわけではない。アシモフにインスピレーションを与えたのは、一枚の絵だった。

一九四一年八月一日、コロンビア大学の大学院生（専攻は化学）にしてデビュー三年目の新人作家だったアシモフは、当時の主要SF誌〈アスタウンディング・サイエンス・フィクション〉（以下〈ASF〉）の編集長ジョン・W・キャンベルを訪ねるため、ニューヨークの地下鉄に乗っていた。そのとき、手にしていたのはギルバート&サリヴァンの戯曲集である。本を開くと「アイオランシ」の箇所で、妖精の女王が歩哨《ほしよう》の兵卒《へいそつ》の前に身を投げだしている絵があった。そこから連鎖的に想像が膨《ふく》らみ、銀河帝国の滅亡と封建体制への後退を、それより遙か未来の第二銀河帝国の誰かの視点で描く作品へつながった。

じつを言うと、アシモフは前々から未来史に野心を燃やしていたのである。プロデビューの前後に、歴史小説の体裁による未来の物語（アシモフ自身は〝叙事詩〟と考えていた）「巡礼」〝Pilgrim〟を書きあげていたのだが、この中編はキャンベルの眼鏡に適《かな》わず、改稿をしたもののそれもまた通らず（つごう四度の没をくった）、その後に持ちこんだ他誌からも相手にされなかった（この作品は紆余《うよ》曲折のすえ〈プラネット・ストーリーズ〉に採用され、アシモフに無断で「焰《ほのお》の修道士」〝Black Friar of the Flame〟と改題のうえ一九四二年二月号で日の目をみることになる）。しかし、今度は成算がある。アシモフはエドワード・ギボン『ローマ帝国衰亡史』を二度通読していた。これを活用すればいい。

アシモフが構想を話すと、キャンベルがすぐに乗ってきた。キャンベルは単独の作品ではなく、シリーズ化するようと熱心に提案した。アシモフにとってキャンベルは大切な得意先というレベルを超えて、自分を励《はげ》まし導いてくれるSFの師である。その彼からの「提案」は、事実上の「指令」だった。

このあたりの経緯は、『アシモフ自伝I 思い出はなおも若く』（原著一九七九年、邦訳は山高昭訳、早川書房）に詳しい。

*　　　*　　　*

《銀河帝国の興亡》シリーズの最初の作品「ファウンデーション」は、〈ASF〉一九四二年五月号に発表された。先述したように、これが本書の第二部「百科事典編纂者《エンサイクロペディスト》」の初出だ。

アシモフが念願した未来史の一編、しかも編集長キャンベル肝煎《きもい》りの「ファウンデーション」だったが、最初から注目を集めたわけではない。当時の〈ASF〉では、「分析実験室《アナリティカル・ラボラトリ》」と銘打った読者投票による掲載作品のランキングがおこなわれていた。おのおの投票者が掲載作に一位、二位、三位……と順位をつけ、それを集計する方式である。全員が一位をつければ一・〇〇のスコアがつく。「ファウンデーション」は、三・二一だった。同じ号に発表された小説は五編、そのうち四番目のランクである。

もちろん、点数による絶対評価ではなく、順位を投票する相対評価なので、めぐりあわせの良し悪《あ》しはある。傑作とぶつかった場合は不利だ。ちなみに、四二年五月号の目次はこんなふうだ。未訳作品は原題で表記。数字は分析実験室のスコアである。

A・E・ヴァン・ヴォークト「避難所」……………………二・一〇
F・アントン・リード "Forever Is Not So Long" …………四・五〇
アイザック・アシモフ「ファウンデーション」………………三・二一
アンスン・マクドナルド「未知の地平線」(二分載の第二回) ……二・〇〇
アルフレッド・ベスター "The Push of a Finger" ………二・五三

アンスン・マクドナルドはロバート・A・ハインラインの別名義である。ハインラインとヴァン・ヴォークトは当時の〈ASF〉では押しも押されもせぬ看板作家であり、若手のアシモフにしてはまあ善戦と言って良かろう。ちなみに、それまでのアシモフ作品と言えば四一年九月号に発表の「夜来たる」が好評だったものの、分析実験室のスコアは二・四五で、惜しくもハインラインの「メトセラの子ら」（三分載の第三回）二・〇五の後塵《こうじん》を拝していた。

本書をお読みのかたはおわかりだろうが、「ファウンデーション」を独立した短編としてみると、結末がどうもピンとこない。市長ハーディンがファウンデーションに迫る危機を乗り越えるために導きだした方策――それはセルダンの〈プラン〉どおりに歴史が動いていることでもあるのだが――が、はっきりと示されぬままなのだ。

この最初の危機に対する解決策は明らかだった。

馬鹿ばかしいほどに、明らかだったのだ！

――という文章で、読者はうーんと考えこむ。まるでエラリー・クイーンのミステリにある「読者への挑戦状」のようではないか。

この幕切れにはアシモフの思惑があった。読者を続編へと引っぱろうというのだ。もちろん、キャンベルも一枚噛《か》んでいる。〈ASF〉誌面では、「ファウンデーション」掲載の最終ページ下段に「次号予告」がレイアウトされていた。その冒頭で、しっかりとシリーズの次回作、アシモフ「頭絡《とうらく》と鞍《くら》」が紹介されているのだ。

アシモフ「ファウンデーション」の小さな謎に首を捻っている読者もいらっしゃるだ

ろうが（ちなみに解決のヒントはすべて揃っています）、次号掲載の「頭絡と鞍」はいっそう興味深く読めること間違いなし。この作品は「ファウンデーション」の続編で、素晴らしい可能性を秘めたシリーズの第二弾にあたる。歴史に波瀾万丈の冒険が生まれるのは、ひとつの文化が崩壊しゆくときと、その闇から抜けでて新生がおこなわるとき、このふたつのステージだ。アシモフが構想しているシリーズでは、銀河帝国が崩壊したのち、新しく勃興した野蛮の勢力がファウンデーションの破壊を目論《もくろ》むさまが描かれる。ある種の動物は、異なる種の動物を嫌い、蹂躙《じゅうりん》しようとする。文化もまた——それが崩壊しゆく粗暴《そぼう》な文化であっても——は、自らの近くにある異質で高度な文化があれば、それを憎み、破壊したがる傾向がある。

「頭絡と鞍」は、厄介な問題にみごとな回答を示すのだ。

「ファウンデーション」から「頭絡と鞍」へと読者の関心を持続するため、この二作は連続して掲載される必要があった。当初、それほど苦労せずに「頭絡と鞍」が書けるつもりでいたアシモフだが、いざ取りかかってみると思うように進まず、ずいぶんと苦労したようだ。まったく筆が進まなかったとき、友人のフレデリック・ポールがくれた助言が、突破口となったという（残念ながら助言の内容をアシモフは覚えていないのだが）。

しかし、苦労の甲斐があった。〈ＡＳＦ〉一九四二年六月号に、カバーストーリーとして掲載された「頭絡と鞍」は、大好評を博したのである。「分析実験室」のスコアは一・一五。

同じ号に掲載された九作品中、堂々の一位である（ただし、「ファウンデーション」が掲載された五月号に比べると、他に強力な作品がなかったというめぐりあわせも作用している）。「頭絡と鞍」は、単行本化に際して「市長《メイアー》」と改題された。本書の第三部である。

＊　＊　＊

ここで本書収録分について、単行本と初出との書誌データをまとめておこう。

●『銀河帝国の興亡1』（単行本刊行一九五一年）

第一部「心理歴史学者《サイコヒストリアン》」"The Psychohistorians"
（単行本化の際に書き下ろし）

第二部「百科事典編纂者《エンサイクロペディスト》」"The Encyclopedists"
（初出〈ＡＳＦ〉一九四二年五月号、「ファウンデーション」"Foundation"）

第三部「市長《メイアー》」"The Mayors"
（初出〈ＡＳＦ〉一九四二年六月号、「頭絡と鞍」"Bridle and Saddle"）

第四部「貿易商《トレイダー》」"The Traders"
（初出〈ＡＳＦ〉一九四四年十月号、「くさび」"The Wedge"）

第五部「豪　商《マーチャント・プリンス》」"The Merchant Princes"
（初出〈ＡＳＦ〉一九四四年八月号、「巨人と小人」"The Big and the Little"）

注目していただきたいのは、単行本化にあたって各作品にあらためてつけられた題名（章題）である。すべて複数形なのだ。つまり、ハリ・セルダン個人ではなく心理歴史学者という専門家一般であり、サルヴァー・ハーディン個人ではなくファウンデーション市長という職位一般であり、ホバー・マロウ個人ではなく豪商という立場一般なのだ。このシリーズを貫いている「英雄ではなく歴史の流れ」という認識がはっきりとあらわれている。

さて、書き下ろしの第一部を別にすると、収録作品で最後に発表された「くさび」が一九四四年十月号の掲載。単行本化は一九五一年だから、なんと七年もあいだが開いている。当時のアメリカSF界においては雑誌が主要メディアであり、人気作家であってもなかなか単行本は出せなかったのだ。状況が変わりはじめたのは一九四〇年代末である。

《銀河帝国の興亡》の単行本化はリトル＝ブラウンやダブルデイといった大手出版社では企画が通らず、けっきょくSFファン資本のノウム・プレスで実現することになった。同社は一九五〇年に、《銀河帝国の興亡》と双璧をなすアシモフの人気シリーズ《陽電子ロボット》短編を集めた『わたしはロボット』（伊藤哲訳、本文庫。また『われはロボット』の題名で、小尾芙佐訳、ハヤカワ文庫SF）を出版していた。

《銀河帝国の興亡》はすでに第八作、三部作三巻目の最終エピソードにあたる「――しかもわかっていなくもある」"...And Now You Don't"（〈ASF〉一九四九年十一月号～五〇年一月号に三回分載）まで発表されており、アシモフはこれでシリーズを打ち止めにするつもりだった（けっきょく時代を経て再開することになるのだが）。それまで発表されたシリーズ作品をそのまま三冊本にまとめると、第一巻だけ分量が少なくなってしまう。そこで、編集者のマーティン・グリーンバーグが提案したのが、シリーズ全体の出だしを読者にわかりやすくするための導入編である。アシモフも異存はなかった。かくして、作品内の時系列では最初期にあたる「心理歴史学者《サイコヒストリアン》」が、執筆順では最後に書かれることになった。

雑誌掲載版の「ファウンデーション」では、その冒頭に、ファウンデーション設置を終えたハリ・セルダンが、迫りくる自らの死を間近にして、五十人のプロジェクト・メンバーとの最後の会合を開いてスピーチをおこなう場面が描かれていた。単行本版「百科事典編纂者《エンサイクロペディスト》」ではその部分がすっかり削られ、かわりに第一部「心理歴史学者《サイコヒストリアン》」が追加されたわけだ。

雑誌掲載版と単行本版での大きな違いがもうひとつある。各章のはじめに置かれた銀河百科事典《エンサイクロペディア・ギャラクティカ》からの引用だ。これは雑誌初出にはなく、単行本で新しく施《ほどこ》された趣向である。これが用語解説や設定説明になってもいるとも言えるが、むしろ小説構成上の機能としては、断片的な情報を小出しに提供することで読者の想像力を掻《か》きたてる役割が大きい。食事に喩《たと》えればアペリティフである。

さらに重要なのは、銀河百科事典《エンサイクロペディア・ギャラクティカ》の存在によって、アシモフが当初から考えていた「遙か未来の第二銀河帝国の誰かの視点で描く」がより鮮明に打ちだされたことである。

もっとも、《銀河帝国の興亡》に取りかかったとき、第二銀河帝国がどのような世界になるか、アシモフに具体的なイメージはなかった。三部作で扱われる時代はファウンデーション設立からおよそ四世紀であり、〈プラン〉が予測した暗黒時代一千年の半分にも達しない。

けっきょく、シリーズの長い中断を経て、アシモフは一九八二年に長編『ファウンデーションの彼方へ』（岡部宏之訳、ハヤカワ文庫SF）を発表する。それにつづく作品群では《銀河帝国の興亡》と《陽電子ロボット》との合流が実現し、ひとまわりもふたまわりも壮大な宇宙未来史が紡《つむ》ぎだされることになった。シリーズ再開までに現実世界がくぐり抜けてきた状況変化、科学技術的な発展も踏まえ、新しく勃興する第二銀河帝国のありようは銀河帝国の素朴な再生とはほど遠いものになる。

しかし、自分の創作人生にそんな未来が待っていることを、このシリーズを書きはじめたところの若きアシモフは夢想だにしていない。

二〇二一年六月

編集部註　本三部作の副題『風雲編』『怒濤編』『回天編』は、それぞれ一九六八年、六九年、七〇年に刊行された旧版（厚木淳訳）を踏襲して付したものです。

検印
廃止

訳者紹介　東京女子大学文理学部心理学科卒、翻訳家。主な訳書に、クレメント「20億の針」、ニューマン「ドラキュラ紀元」、ビジョルド「スピリット・リング」他多数。

銀河帝国の興亡1
風雲編

2021年8月31日　初版
2023年7月28日　4版

著者　アイザック・アシモフ

訳者　鍛《か》治《じ》靖《やす》子《こ》

発行所　(株)東京創元社
代表者　渋谷健太郎

162-0814/東京都新宿区新小川町1-5
電話　03·3268·8231-営業部
03·3268·8204-編集部
URL　http://www.tsogen.co.jp
DTP　工友会印刷
暁印刷・本間製本

乱丁・落丁本は、ご面倒ですが小社までご送付ください。送料小社負担にてお取替えいたします。

ISBN978-4-488-60411-0　C0197